Lost Souls Ltd.
White Sky

Exklusiv für dich:
der Song zum Buch und
spannende Infos zu Autorin und Band!

Den QR-Code scannen und schon öffnet sich im Display die verlinkte Seite, oder unter www.thienemann-esslinger.de/thienemann/exklusives/lost-souls/ abrufen.

ALICE GABATHULER

LOST SOULS LTD

White Sky

THRILLER

(Raix' Buch)

Thienemann

Von Alice Gabathuler ebenfalls erschienen:
Das Projekt
Free Running
dead.end.com
Matchbox Boy
Blackout
#no_way_out
Lost Souls Ltd. – Blue Blue Eyes
Lost Souls Ltd. – Black Rain

Gabathuler, Alice:
Lost Souls Ltd. 3 – White Sky
ISBN 978 3 522 20206 0

Einbandgestaltung: bürosüd° GmbH, München
Innentypografie und Satz: Kadja Gericke
Schrift: Joanna
Reproduktion: HKS-Artmedia GmbH, Leinfelden-Echterdingen
Druck und Bindung: CPI Books GmbH, Leck

5 4 3 2 1°   15 16 17 18

www.alicegabathuler.ch
www.erric-is-blue.com

For Eric. Your head, your heart, your soul.
May they forever be free.

Thanks to Ernst Eggenberger for the song »White Sky«.

If it's the last I'm gonna do
Paint three angels in the snow

White Sky

1.

Der Schnee fiel in großen, weichen Flocken. Sie legten sich auf die Kleider und verwandelten Nathans düsteres Schwarz in ein vergängliches Weiß. Belustigt schaute er zu, wie Raix seine Zunge aus dem Mund streckte und damit die kühlen Kristalle auffing. DeeDee drehte sich mit ausgebreiteten Armen im Kreis. Wie zwei Kinder, dachte Nathan. Er griff in seine Manteltasche und holte eine Flasche seines Inselwhiskys heraus. Hinter den Kliniktoren wartete trostlose Nüchternheit auf ihn.

Nathan setzte die Flasche an und genoss jeden einzelnen Schluck der goldbraunen Flüssigkeit. Noch einmal war er der Insel im Norden von Schottland so nah, wie er nur sein konnte. Vielleicht ein letztes Mal, doch der Entzug war sein geringstes Problem. Das Innere der *Mountain Clinic Valgronda* barg Geheimnisse, die tödlich sein konnten.

»Willst du die ganze Flasche austrinken?«, fragte DeeDee.

»Wenn es sein muss.«

Schließlich war er der kaputte Rockstar, der sich wegen massiver Alkoholprobleme selber eingeliefert hatte. So etwas musste glaubhaft gespielt sein. Am besten mit einer Fahne und leicht ramponiert. Wie vorher DeeDee breitete er seine Arme aus, wirbelte herum, taumelte ein paar Schritte und ließ sich in den Schnee fallen.

DeeDee half ihm hoch. »Steigt ein. Fünf Kilometer noch.«

»Die letzte Chance, es sich anders zu überlegen«, sagte Nathan zu Raix.

»Nein.«

Alles Unbeschwerte wich aus Raix' Gesicht. Ernst schaute er Nathan an. »Das gilt auch für dich. Du musst das nicht für mich tun.«

»Ich wollte schon immer mal in eine dieser noblen Schweizer Kliniken.« Nathan grinste. »Wir werden den Laden aufmischen und auf den Kopf stellen!«

Einen Augenblick lang hüllte sie diese spezielle Stille ein, wie sie nur der Winter hervorbringt, wenn der Schnee alle Geräusche schluckt. Nathan fühlte sein Herz schlagen und wusste, dass es Raix auch so ging. Nur schlug Raix' Herz für Menschen, die er liebte, während das von Nathan einfach schlug.

»Leute, ich will euch ja nicht drängen, aber wir sollten weiter.« DeeDee öffnete die Vordertür des schwarzen Mercedes, den Nathan am Flughafen in Zürich gemietet hatte. »Und klopft euch vorher den Schnee aus den Kleidern.«

Nathan legte den Kopf in den Nacken. Aus einem weißen Himmel schwebten unzählige Sterne auf ihn herab. In seinem Kopf erklang eine Melodie, die nur er hören konnte. Ein neuer Song. Ein Anfang. An das Ende wollte er nicht denken. Vorsichtig bewegte er seinen rechten Arm. Er schmerzte immer noch. Der Baseballschläger hatte den Knochen zertrümmert, die Heilung schritt nur langsam voran.

»Nate?«

»Bin so weit.«

Er strich den Schnee von seinem Mantel und stieg hinten zu Raix in den Wagen.

Die *Mountain Clinic Valgronda* lag in einem weiten Tal in den Bergen. Eine einzige Straße verband die kleinen Dörfer und Weiler, reihte sie auf wie Perlen an einer Kette. In der Hochglanzbroschüre der Klinik zeigten sie sich von ihrer schönsten Seite. Eingebettet zwischen zwei Gebirgszügen mit massiven Gipfeln, die Dächer der alten Holzhäuser unter einer glitzernd weißen Schneedecke, erinnerten sie Nathan an eine perfekte Welt aus einer anderen Zeit. Aber nichts war perfekt, nie, nicht einmal diese Idylle, die sich hinter dem dichten Flockentreiben nur erahnen ließ.

DeeDee lenkte den Wagen vom Parkplatz zurück auf die Straße. Die Scheibenwischer arbeiteten auf Hochtouren, genauso wie die Lüftung, und trotzdem beschlugen die Fenster, nasse Schlieren trübten die Sicht. Links und rechts von ihnen türmten sich weiße Massen, von Schneepflügen in einem fast aussichtslosen Kampf zur Seite geschoben.

Das GPS gab den Befehl, nach hundert Metern links abzubiegen.

»Witzig«, murmelte DeeDee. »Wohin denn?«

»Jetzt links abbiegen«, meldete die Frauenstimme wieder, die sie zuverlässig von Zürich bis hierher ans Ende der Welt gelotst hatte, zumindest DeeDee und Nathan. Raix war später dazugestoßen, genau nach Plan.

Direkt vor ihnen tauchte ein Hinweisschild auf. Es lag unter einer riesigen Schneehaube. Die fast gänzlich verdeckten Buchstaben konnte man nur lesen, wenn man wusste, was dort stand. *Mountain Clinic Valgronda.*

DeeDee setzte den Blinker. Die Nase beinahe an der Windschutzscheibe, drehte er am Lenkrad und manövrierte sie auf eine schmale Nebenstraße. Der Mercedes scherte in der Kurve leicht aus.

»Keine Panik«, beruhigte sie DeeDee. »Ist alles im grünen Bereich.«

Raix lachte nervös. »Du meinst im weißen Bereich.«

Verfahren war unmöglich. Wie in einer Bobbahn folgten sie der Spur zur Klinik, die sich etwas außerhalb eines Dorfes hinter einem Waldstück an einem kleinen See befand. Eine verwunschene Märchenlandschaft aus tief verschneiten Bäumen glitt an ihnen vorbei. Dort, wo das GPS den See anzeigte, erstreckte sich jetzt eine weiße Fläche. Das riesige, schmiedeeiserne Tor bei der Einfahrt der Klinik öffnete sich wie von

Geisterhand, als sie darauf zufuhren. Nachdem sie es passiert hatten, drehte sich Nathan um und sah, dass es sich wieder schloss.

Eine schnurgerade Linie, gesäumt von wundersamen Baumformationen, führte sie zum Hauptgebäude des Anwesens, ein dreistöckiger Bau mit viel Glas, kaltblau schimmernd wie die Winterwelt um sie herum. DeeDee parkte den Wagen direkt vor dem Eingang. Er stieg aus und öffnete die Türen für seine Freunde. Nathan klammerte sich daran fest, ganz der Betrunkene, der erst seinen Körper unter Kontrolle bringen musste. Er überließ es DeeDee, das Gepäck aus dem Kofferraum zu holen, und torkelte auf den Eingang zu, ohne auf Raix zu warten. Ein Mann in einem dunkelblauen Anzug mit mattsilbernen Knöpfen und einem rot aufgenähten Streifen über der Brusttasche der Jacke kam ihm entgegen. Nathan scheuchte den Uniformierten mit einer ungeduldigen Handbewegung zur Seite und stolperte durch die Drehtür in die Eingangshalle.

Ein weiterer Uniformierter eilte auf ihn zu, griff ihn am Arm und brachte ihn zum Empfang, wo er von einer Frau mit strenger Hochsteckfrisur, strenger blauer Kleidung und einem strengen Gesicht ohne den kleinsten Anflug eines Lächelns erwartet wurde.

»Mr MacArran«, begrüßte sie ihn. »Willkommen.«

Ihre Stimme war wärmer als ihr Aussehen. Trotzdem klang sie wie eine Lehrerin, die zu einem unartigen Schuljungen sprach. Nathan hatte solche Lehrerinnen nie gemocht. Er lehnte sich vor und hauchte ihr ein heiseres »Hallo« entgegen. Sie musste den Alkohol riechen, ließ sich jedoch nichts anmerken.

Hinter Nathan rumpelte es. Langsam drehte er sich um. DeeDee stand mitten in der Halle, umgeben von Nathans Gepäck. »Hättest wenigstens deine Gitarre selber reintragen können«, brummte er.

»Dein Job«, schnauzte ihn Nathan an.

Wortlos stapfte DeeDee zurück zur Drehtür, wo ihm Raix entgegenkam, ein unauffälliger junger Mann mit an den Kopf gegeltem Haar in einem teuren grauen Anzug, der so perfekt an ihm saß, als wäre er darin zur Welt gekommen. Um sein Gepäck kümmerte er sich nicht selber; das erledigte der Uniformierte, den Nathan an sich vorbeigewedelt hatte wie eine lästige Fliege. Obwohl unscheinbar, ging von Raix die Selbstsicherheit eines Menschen aus, der wusste, was man alles mit Geld kaufen konnte. Unter vielem anderen auch den kostspieligen Aufenthalt in der *Mountain Clinic*. Dass man sein Problem hier lösen würde, schien er vorauszusetzen, schließlich hatte er dafür bezahlt. Er musterte die Eingangshalle wie eine Immobilie, die er sich zu kaufen überlegte. Ein leichtes Kopfnicken drückte seine Zustimmung aus. Weniger wohlwollend war der Blick, mit dem er Nathan bedachte. Sichtbar widerwillig kam er auf ihn zu. »Wie viel schulde ich Ihnen für die Fahrt?«

Nathan puffte ihn gönnerhaft in die Seite. »Lass stecken, Kumpel.«

Die Frau hinter dem blank polierten Empfangstresen zeigte keine Regung, doch Nathan sah die Neugier in ihrem Blick. Weder er noch Raix würden sie mit einer Erklärung befriedigen.

DeeDee brachte als letztes Gepäckstück die Gitarre. »Ich hau dann mal ab. Ruf mich an, wenn du einen ordentlichen Drink oder einen Fluchtwagen brauchst.«

Die Empfangsdame ignorierte DeeDee. »Markus wird sich um Sie kümmern, Mr MacArran.« Sie winkte einen weiteren Uniformierten heran. »Er zeigt Ihnen Ihr Zimmer.«

Während Nathan Markus ignorierte und sich schwer über den Tresen beugte, wandte sich die Frau Raix zu. »Sie müssen Mr Ormond sein. Hatten Sie eine angenehme Reise?«

»Nein.«

Nathan grinste in sich hinein.

»Das tut mir leid, Mr Ormond. Roman wird Sie in Ihr Zimmer geleiten. Danach haben Sie …«

Raix brachte sie mit einem Blick zum Schweigen.

Eine Hand legte sich auf Nathans Arm.

»Mr MacArran?«

»Höchstpersönlich«, nuschelte Nathan. Er wippte ein paarmal vor und zurück, rutschte vom Tresen und ließ sich auf die Knie fallen.

»Wenn ich Ihnen behilflich sein kann?«

Ohne eine Antwort abzuwarten, half Markus Nathan hoch und führte ihn diskret vom Empfang weg.

So kalt das Gebäude von außen gewirkt hatte, so warm war es im Inneren eingerichtet. Über einen weichen roten Teppich gelangten sie zu Nathans Zimmer im ersten Stock. Der Raum mit dem dunklen, auf alt getrimmten Dielenboden roch nach Holz. Durch ein großes Glasfenster flutete Licht, selbst jetzt, wo keine Sonne schien. Nathan trat in den schmalen Eingangsbereich zwischen Garderobe und Bad. Markus blieb unter der Tür stehen.

»Wenn Sie etwas brauchen …«

»Danke. Sie können sich jetzt verpissen.«

Als hätte er Nathan nicht gehört, folgte Markus ihm in das Zimmer, das zusammen mit der Therapiebehandlung pro Tag über zweitausend Schweizer Franken kostete. »Ihren Mantel«, bat er. »Ich muss ihn durchsuchen. Genauso Ihr Gepäck.«

»Wenn Sie meinen.« Nathan ließ Markus im Eingangsbereich stehen und sah sich um.

Auf der rechten Seite ragte ein breites Bett in den Raum. Ihm gegenüber hing ein Flachbildschirm an der Wand, auf dem über dem Foto einer verschneiten Bergidylle der Schriftzug *Herzlich willkommen, Nathan* eingeblendet war. Links vom Fernseher befand sich ein zweitüriger Schrank, rechts von ihm ein Schreibtisch. Bis auf einen Notizblock und eine Broschüre war er leer. Zwischen dem Fenster und dem Bett standen auf einem lindgrünen Teppich wie auf einer Insel ein kleiner runder Tisch und zwei Armsessel. Mit Ausnahme der schwarzen Sessel waren sämtliche Möbel im Zimmer aus hellem Holz. Für Farbkontraste sorgten rote Kissen auf dem Bett und eine Schale mit verschiedenen Früchten auf dem Tisch. *Bunte Akzente.* So hätte es der Innendesigner wohl genannt, wenn er hier gewesen wäre. Passend zur *Wohlfühlstimmung* in einem *einzigartigen Ambiente*, wie es auf der Webseite versprochen worden war. Zu dieser *Wohlfühlstimmung* gehörte offenbar auch die Illusion, dass man hier zu zweit schlafen und wohnen konnte. Dabei verboten die Hausregeln jeglichen Besuch, sowohl tagsüber als auch nachts.

Nathan öffnete die Tür zum Balkon. Er setzte seinen Fuß in die weiße Masse und versank bis fast zu den Knien darin. Der beinahe unwirkliche Zauber um ihn herum fing ihn ein. Er vergaß, weshalb er hier war. Wie Raix auf dem Parkplatz streckte er seine Zunge aus dem Mund und fing mit ihr die Schneeflocken auf. Er fühlte ihre Kälte, das Prickeln, wenn sie schmolzen, kostete ihren Geschmack. Eine Erinnerung drängte nach oben. Nathan schloss die Augen und stand neben Zoe. Er glaubte, ihre Hand spüren zu können, die sich in seine schob. Winterurlaub in der Schweiz, in einer anderen Zeit, als die MacArrans noch eine Familie gewesen waren und keine auseinandergerissenen Partikel, die nie mehr zu einem Ganzen werden konnten, weil Zoe für immer fehlte. Nathan öffnete die Augen. Tief in Erinnerungen versunken watete er zum Geländer, schob den Schnee von der Brüstung und schaute ihm zu, wie er nach unten auf eine weiße Fläche fiel, aus der kahle, verschneite Bäume in den Himmel ragten.

»Sie sollten sich etwas anziehen, wenn Sie an die frische Luft gehen«, sagte Markus hinter ihm.

»Nun, Sie wollten meinen Mantel«, antwortete Nathan.

»Sie können ihn wiederhaben. Allerdings ohne die Flasche.«

»Kein Bedarf.«

Nathan beugte sich über die Brüstung. *Wetten, dass du dich nicht traust?*, hörte er Zoes Stimme.

Er beugte sich weiter vor.

»Was machen Sie denn …«

Nathan ließ sich fallen. Weicher Schnee fing ihn auf. Er tauchte hinein wie in eine Wolkendecke. *Du Irrer*. Zoe lachte. *Komm, wir spielen Schneeengel*.

Nathan rollte sich auf den Rücken. Fluffiges Weiß hüllte ihn ein, während er unter Zoes Lachen mit Armen und Beinen einen Engel für sie zeichnete. Als Markus nach einer Ewigkeit auf ihn zukam und ihn hochzog, war Zoe verschwunden und Nathan liefen die Tränen über das Gesicht. Wie kalt ihm war, merkte er erst später, im Büro der Klinikleiterin.

»Sie hätten sich verletzen können.«

Die elegant gekleidete Frau mit dem perfekt frisierten blonden Haar und dem dezent geschminkten Gesicht erinnerte Nathan an Grace, aber während seine Managerin die gelassene Sicherheit eines Menschen ausstrahlte, der in sich ruhte, flüchtete sich Ursina Derungs in Posen. Sie faltete bedächtig ihre Hände und wartete darauf, dass er etwas sagte. Nathan nahm die Herausforderung an. Einer von ihnen würde das Schweigen brechen, und er würde es nicht sein.

Auf seinen Kleidern schmolz der letzte hartnäckige Schnee, der sich nicht abschütteln lassen hatte. Der feuchte Stoff lag klamm auf der Haut, löste die Taubheit. Nasse Kälte drang durch die Poren, breitete sich aus und erreichte das Herz, das von der Erinnerung an Zoe immer noch brannte. Eis traf auf Feuer, löschte es und überzog alles mit einer harten Schicht.

Nathan spannte die Muskeln an, um das Zittern zu unterdrücken, das seinen Körper zu erfassen drohte. Er zwang seine Konzentration weg von sich, hin zu den Bildern, die an der Wand hingen. Die Fotografien hätten Ayden gefallen. Feinste sprühende Wassertropfen über schwarzem Fels. Sich aufrollender sattgrüner Farn zwischen mächtigen Baumstämmen. Ausgeblichenes Schwemmholz auf vom Fluss geschliffenen Steinen.

»Alles bei uns im Tal aufgenommen«, sagte Frau Derungs.

Nathan nahm seinen Blick von den Bildern und schaute nach draußen. Es hatte aufgehört zu schneien. Durch die Wolken brach die Sonne und brachte eine Million Eiskristalle zum Glitzern. Wäre Nathan nicht aus einem bestimmten Grund hier gewesen und hätte er nicht so grausam gefroren, hätte er sich in dieser Natur verlieren können.

Frau Derungs schien zumindest einen Teil seiner Gedanken lesen zu können. »Rund um die Klinik gibt es vierzig Kilometer Winterwanderwege. Sie werden sich wohlfühlen bei uns.«

Sie machte eine Pause, die Nathan mit Schweigen füllte.

»Es wird natürlich auch harte Arbeit für Sie werden.« Der Gesichtsausdruck der Klinikleiterin zeigte deutlich, dass sie genug gesagt hatte, und die Reihe nun an Nathan war. Er wollte sie provozieren, aber nicht den Bogen überspannen.

»Natürlich«, antwortete er.

»Sie sind hier wegen Ihrer Alkoholabhängigkeit, verbunden mit unkontrollierten Aggressionsschüben und Gewaltausbrüchen. Normalerweise kommen unsere Gäste durch ihren Arzt zu uns. Sie haben sich selber angemeldet.« Sie setzte ein professionell-warmes Lächeln auf. »Ich nehme an, weil Sie wirklich etwas in Ihrem Leben ändern wollen.«

»Ja.« Seine Hände zitterten. Falls Frau Derungs es bemerkte, würde sie es seiner Sucht zuschreiben.

»Dann sollten Sie mit uns zusammenarbeiten.«

»Klar.«

»Sich aus dem ersten Stock fallen zu lassen, ist nicht der beste Anfang.«

»Es wird nicht wieder vorkommen.«

»Gut.« Frau Derungs stand auf. »In einer halben Stunde treffen Sie Doktor Claus van der Velden, den Leiter unserer therapeutischen Abteilung. Er wird mit Ihnen Ihren Therapieplan besprechen. Markus, einer Ihrer beiden persönlichen Betreuer, wird Sie auf Ihren Gängen durch das Haus begleiten.«

Beinahe hätte Nathan gefragt, ob er wenigstens alleine zur Toilette dürfe, doch Frau Derungs sah nicht aus, als ob sie für solche Scherze empfänglich wäre. Er erhob sich und ging zur Tür.

»Ach, da wäre noch etwas«, hörte er die Stimme der Klinikleiterin in seinem Rücken. »Ihre Gitarre haben wir auf Ihr Zimmer gebracht. Das darin versteckte Handy bewahren wir bis zum Tag Ihrer Abreise bei uns auf. Alles Gute.«

Markus erwartete ihn im Flur. Auf dem Weg zum Zimmer zählte Nathan acht Überwachungskameras und keinen einzigen toten Winkel. Sein Informant hatte nicht übertrieben.

Der Wind rüttelte an den Dachziegeln, Regen peitschte gegen die Fenster. Meterhohe Wellen brachen krachend an den Klippen. Im Hafen schlugen sie weit aufschäumend gegen die Mole, schwappten ins sonst ruhige Becken, hoben die Boote an und ließen sie knirschend gegeneinanderprallen.

Kata mochte die Winterstürme, die seit fast einem Monat immer wieder über Quentin Bay zogen, doch seit ein paar Tagen wüteten sie beängstigend stark. Sie saß im Wohnzimmer am knisternden Kaminfeuer und schaute über die Bucht. Ronan legte sein Buch weg, in dem er die letzten paar Stunden schweigend gelesen hatte. »Möchtest du auch einen Tee?«

Kata hielt ihm ihre leere Tasse hin.

»Hast du Sam von den Rosen erzählt?«, fragte er, während er danach griff.

In der Zeit nach den Geschehnissen in der Kirche auf der Insel hatte Kata viel mit Sam gesprochen und den Kontakt nie ganz abgebrochen. Zum letzten Mal hatte sie ihn vor ein paar Tagen am Telefon gehabt.

»Noch nicht.«

Die roten Rosen aus John Owens Garten kamen regelmäßig, jeweils am achten des Monats, dem Geburtstag ihrer Mutter. Es war stets derselbe Junge wie beim ersten Mal, der sie ihr brachte. Längst betrachtete er das Übergeben der Blume nicht mehr als Mutprobe. Er klopfte an die Tür, wartete, bis Kata öffnete, und drückte ihr eine *Secret Beauty* in die Hand. Es lag keine Nachricht bei und der Junge wusste nur, dass die Blumen seiner Familie per Express in einer Schachtel geliefert wurden, zusammen mit einem Scheck über jeweils hundert Pfund.

Kata hatte herausgefunden, weshalb ihr John die Rosen nicht direkt schickte, sondern von dem Jungen überbringen ließ. Er hieß Jeremia, so, wie ihr Bruder geheißen hätte, wenn er nicht zusammen mit ihren Eltern umgekommen wäre, bevor er überhaupt geboren war.

»Jeremia?«, hatte sie Ronan gefragt.

»Deine Mutter mochte den Namen.«

Das war alles, was Ronan dazu sagte. Kata hörte auch das, was er nicht sagte. Sie wusste, wie sehr er darunter litt, dass sie sich weiterhin Kata nannte und nicht Caitlin, wie ihre Eltern sie getauft hatten. Für ihn war sie Cat. Die streunende Katze, die zwar nach Hause gefunden hatte, wo sie sich zurückzog und verkroch, jedoch regelmäßig für ein paar Stunden oder Tage verschwand und Dinge tat, über die sie nicht sprach. Ronan hatte das Fragen aufgegeben, genauso, wie er es aufgegeben hatte, zwischen ihr und ihrer Großmutter Olivia zu vermitteln zu versuchen.

Er ahnte wohl von den fremden Männern in Katas Leben, bei denen sie für ein paar Stunden alles vergaß. Von ihrem Besuch bei Gerry in London, zusammen mit Gemma, wusste er, nicht aber, dass sie sich dort Universitäten angeschaut hatte. Sie wollte verstehen, was Menschen wie Owen und Jenkinson antrieb, und interessierte sich für ein Studium in Psychologie und Kriminalistik. London schien ihr dafür der richtige Ort, denn *wenn* man irgendwo völlig in der Anonymität versinken konnte, dann in dieser schier endlos großen Stadt. Ronan wusste auch nichts von ihren Ausflügen nach Lynton, wo sie stundenlang Johns Anwesen *Secret Garden* beobachtete. Einmal hatte sie Esther abgefangen, eine gebrochene Frau mit leeren Augen.

»Schickst du mir die Rosen?«

»Welche Rosen?«

»Ist John tot?«

»Das weißt du doch. Und jetzt lass mich in Frieden.«

Antworten, die keine waren. Kata musste sie selber finden.

In endlosen Nächten tauchte sie in Henrys Informationen ein, aber sie fand nichts, das ihr weiterhalf. Die Dateien bestanden aus Auszügen aus Polizeiakten, Berichten, Zeitungsartikeln, unzähligen Mails und Schriften, deren Ursprung oft unklar war. Sie waren weder vollständig noch in einen chronologischen Ablauf gebracht. Vor allem hörten sie vor dem Attentat auf Stefan und Brigitta auf. Kata war sicher, irgendetwas zu übersehen, denn es musste einen Grund geben, weshalb Henry den Stick auf der *Flogging Molly* versteckt hatte.

»Hör auf damit«, bat Ronan sie immer wieder. »Schau nicht zurück. Schau nach vorn, in die Zukunft.«

Sie konnte nicht. Wenn John überlebt hatte, gab es für sie keine Zukunft, selbst wenn sie das Studium in London begann. John würde sie umbringen. Irgendwann. Bis dahin blieb sie die lebende Tote, zu der sie geworden war. Ohne

Seele, mit dem Herz einer Mörderin. John sorgte auf seine Art dafür, dass sie das nicht vergaß. Er schickte ihr seine Rosen und nistete sich in ihren Gedanken ein wie ein Computervirus. Sie war eine Getriebene auf der Suche nach Ruhe. Vergebung gab es keine.

Sam konnte ihr nicht helfen. So, wie er Nathan nicht helfen konnte. Niemand konnte Nathan helfen. Er redete nicht. Auch nicht mit Kata. Nachdem die Ermittlungen im Fall Jenkinson abgeschlossen waren, hatte er sich wochenlang auf der Insel verkrochen. Kurz vor Weihnachten tauchte er plötzlich in den Schlagzeilen auf. Er war in London, wo er sich mit einer selbstzerstörerischen Intensität ins Nachtleben stürzte. Alkohol, wechselnde Frauen, Schlägereien, Pöbeleien mit der Polizei: Er tobte sich aus, als wolle er sich bestrafen. Kata hatte ihn angerufen, doch seine Nummer war außer Betrieb. Und dann, von einem Tag auf den anderen, wurde es wieder still um ihn.

Das Pfeifen des Teekessels holte Kata aus ihren Gedanken. Wenig später kam Ronan ins Wohnzimmer zurück. Er stellte die Tasse vor sie hin. »Ich hoffe, dem Boot geht's gut.« Seufzend schaute er aus dem Fenster. »Werden schlimmer, die verdammten Stürme.«

»Gehen wir nachher noch einmal raus?«, fragte Kata.

Im Moment war es unmöglich, aber wenn die Unwetter jeweils etwas abgeflaut waren, machte sie zusammen mit Ronan und anderen Männern einen Rundgang durch das Dorf und den Hafen. Sie begutachteten die Schäden, reparierten, was sie konnten, halfen beim Räumen von überschwemmten Kellern, Erdgeschossen und Garagen. Kata mochte die stundenlange harte Arbeit, während der nur das Nötigste gesprochen wurde. Im Augenblick jedoch konnten sie nichts anderes tun, als zu warten und zu hoffen, dass ihnen der Wind nicht die Ziegel vom Dach riss.

Der Sturm hielt die Kunden fern. In Plymouth war es nicht ganz so schlimm wie weiter im Westen, aber sogar Ayden, der die Stimmung an regnerischen Tagen gerne mit der Kamera einfing, wurde es zu viel. »Wir könnten den Laden für ein paar Tage schließen und in den Süden fliegen«, schlug er vor.

»Keine schlechte Idee«, murmelte Joseph, der an einer uralten Nikon herumwerkelte. »Wie wär's mit Marokko? Oder Lanzarote, die Lavainsel? Einzigartige Landschaft, wunderbares Licht, herrliche Kontraste.«

Verdutzt schaute Ayden seinen Boss und Freund an. »Du würdest tatsächlich den Laden schließen und mit mir wegfahren?«

»Warum nicht?«

»Soll ich mich mal schlaumachen?«, fragte Ayden, bevor Joseph seine Meinung ändern konnte.

»Kannst du denn überhaupt weg?«

Ayden wusste, worauf Joseph anspielte. Er hatte ihm erzählt, dass Owen wahrscheinlich noch lebte. Die Angst um Kata war schwer auszuhalten, doch nicht einmal Tag und Nacht in ihrer Nähe zu sein, konnte sie schützen. Sie wollte das auch nicht. Sie hatte Ronan und würde jeden, der ihr Hilfe anbot, zum Teufel schicken.

»Ja«, antwortete er knapp.

Joseph nickte und bohrte nicht weiter nach. Er widmete seine Konzentration wieder der Nikon. Ayden verzog sich ins Büro, wo er im Internet nach günstigen Last-Minute-Angeboten suchte. Der Gedanke an ein paar Tage in der Sonne hob seine Stimmung; die Bilder, die er fand, versetzten ihn endgültig in Ferienlaune.

Das Klingeln des Telefons unterbrach seine Suche.

»Josephs Fotoladen«, meldete er sich.

»Ayden?«

Die gute Laune löste sich beim Klang von Graces Stimme auf und wich einer beklemmenden Vorahnung. »Ist etwas mit Nate?«

»Ich dachte, das könntest du mir sagen.«

»Ich habe seit Wochen nicht mit ihm gesprochen.«

Er hatte es versucht, aber Nathan hatte weder seine Anrufe entgegengenommen, noch auf seine Nachrichten auf der Mailbox reagiert.

Grace atmete hörbar durch. »Du weißt also nicht, wo er ist?«

»Nicht, seit er aus London verschwunden ist.«

Das war vor zwei Wochen gewesen. Ayden hatte angenommen, Grace habe Nathan zu seinem eigenen Schutz entweder in einen Entzug verbannt oder ihm eine Therapie verordnet.

»Wahrscheinlich ist er auf seiner Insel und schottet sich ab.«

»Sam ist hochgefahren. Das Haus ist verschlossen. Der Wagen weg. Der Farmer, der nach Calebs Schafen schaut, hat ihn schon eine Weile nicht mehr gesehen.«

In den Tagen und Wochen nach der Geschichte mit Jenkinson war Sam zu einem wichtigen Vertrauten von Grace geworden. Sie mochte seine ruhige, besonnene Art und schätzte seine Anteilnahme an Nathans Schicksal. Er war für sie der neutrale Freund, bei dem sie keine Angst haben musste, dass er notfalls für Nathan log, wenn es die Situation erforderte oder Nathan es so wollte.

»Was ist mit DeeDee?«

Grace seufzte. »Er hat sich wie ihr alle zu Nates Beschützer und Verbündetem gemacht und behauptet, keinen Kontakt mit ihm zu haben.«

»Hast du Nate eine Nachricht hinterlassen?«

»Eine?« Grace lachte bitter. »Unzählige. Die Band hat ein Angebot erhalten, das wir unbedingt besprechen sollten.«

»Er wird sich melden, wenn er so weit ist.«

»Diesmal nicht, Ayden.« In der Stimme von Grace schwang dieselbe Traurigkeit, die während Nathans letztem Konzert auf ihrem Gesicht gelegen hatte. »Wir verlieren ihn. Er kommt da alleine nicht mehr raus. Ayden, was ist in dieser Kirche passiert?«

Er konnte es ihr nicht sagen. »Das, was die Medien berichtet haben, Grace.«

»Du lügst. Es war keine Notwehr, nicht wahr?«

Ayden schwieg. Grace verstand. Genauso, wie es Sam und Burton verstanden hatten, aber nicht beweisen konnten und vielleicht auch gar nicht wollten. Ayden, Kata und Gemma waren die einzigen Zeugen. Ayden und Kata hatten übereinstimmend ausgesagt, dass Nathans tödlicher Angriff auf Jenkinson Notwehr gewesen war, Gemma hatte geltend gemacht, bewusstlos gewesen zu sein, um nicht gegen Nathan aussagen zu müssen.

»Ich wusste es«, flüsterte Grace. »Oh, mein Gott. Er braucht Hilfe.«

»Er will keine.«

Zumindest nicht von Ayden. Sonst hätte er ihn zurückgerufen.

»Und du hast keine Ahnung, wo er ist?«, hakte Grace nach. »Oder lügst du für ihn, wie DeeDee?«

»Ich weiß es wirklich nicht.«

»Gib mir Bescheid, wenn er sich mit dir in Verbindung setzt, ja?«

»Mach ich.«

Es war ein sinnloses Versprechen, denn Nathan würde sich nicht melden. Er hatte seinen Weg gewählt und sich entschieden, ihn alleine zu gehen. Einmal mehr.

Nachdem sie das Gespräch beendet hatten, starrte Ayden auf einen schwarzen Strand auf der Insel Lanzarote. Schwarz wie Nathans Welt, in die er sich zurückgezogen hatte. Grace hatte recht. Sie verloren ihn.

Von Sorge und Unruhe getrieben, ging Ayden nach oben in sein Zimmer unter dem Dach. Er loggte sich in einen Mail-account ein, den nur ganz wenige Leute kannten, und schickte eine verschlüsselte Nachricht an Igor. Die Antwort kam ein paar Stunden später. Sie trug nichts dazu bei, Ayden zu beruhigen.

Keine Aktivitäten. Seit Wochen. Nicht auf seinen üblichen Kanälen. Er muss sich neue aufgetan haben. Werde danach suchen. Kann eine Weile dauern.

Ayden fuhr seinen Computer herunter, rief Sam an und kam ohne Umschweife zur Sache. »Hast du Nate gefunden?«

»Er ist nicht auf der Insel.«

»Komm schon, Sam!«

»Was willst du von mir wissen? Ob das eine gute Nachricht ist oder eine schlechte?«

»Es ist keine gute. Das weißt du! Wo ist er?«

»Keine Ahnung. Und wenn er nicht einmal dir gesagt hat, wo er ist, ist das eine verdammt schlechte Nachricht.«

»Er könnte die Suche wiederaufgenommen haben«, sprach Ayden aus, was er befürchtete.

»Nach Zoes Mörder? Ich werde mich umhören.«

Ayden wusste, dass Sam das längst getan hatte.

»Und wie geht es dir?«, holte Sam die Frage nach, für die ihm Ayden am Anfang des Gesprächs keine Zeit gelassen hatte.

»Joseph und ich machen zusammen Urlaub.«

»Klingt nach einer guten Idee.«

Nach der zweitbesten. Die beste gab es nur in Aydens Träumen.

Der Nächste, den Ayden anrief, war DeeDee. Obwohl das

schlechte Gewissen in seiner Stimme nicht zu überhören war, erfuhr Ayden nichts von ihm. Er versuchte es bei ein paar anderen Mitgliedern der *Lost Souls Ltd.* Ohne jegliches Resultat. Am Ende blieb eine Person, die wissen konnte, wo Nathan war. Kata. Sie nahm den Anruf nicht entgegen. Ayden hinterließ eine Nachricht auf ihrer Mailbox. Eine mehr. Während er sprach, sah er bläulich-weißes Eis vor sich, mit einem Riss, durch den eine dunkelrote Blume wuchs. Kata würde, genau wie Nathan, nicht zurückrufen. Vielleicht, weil sie nach dem letzten Konzert von *Black Rain* in ein neues Leben aufgebrochen war, in dem nichts, auch Ayden nicht, sie an die Vergangenheit erinnern sollte. Sie richtete sich in einer Gegenwart ein, in der der Tod auf sie lauerte. Ayden hatte keine Ahnung, wie sich das anfühlte, doch er konnte sich vorstellen, dass Kata die Angst ausblendete und einfach den Augenblick lebte.

Ein Kellner in schwarzen Hosen und einem weißen Hemd empfing Raix an der Tür zum Speisesaal und führte ihn an einen Tisch in einer kleinen Nische. Er bot Platz für zwei Personen, war jedoch nur für eine gedeckt. Dieser Spezialservice in Sachen Privatsphäre hatte extra gekostet. Ziemlich viel extra. Raix setzte sich auf die gepolsterte Sitzbank. Froh um den umfassenden Einführungskurs in die Welt der Nobelunterkünfte, den Nathan ihm gegeben hatte, ignorierte er das beeindruckende Arsenal an Besteck, Tellern und Gläsern vor sich, und schaute sich um.

An Zweier- und Vierertischen täuschten vornehm gekleidete Frauen und Männer Normalität vor, aber irgendetwas verriet die meisten von ihnen. Der leere Blick, eine verkrampft lockere Körperhaltung, Hände und Finger, die sich an etwas klammerten, fahrig über das Tischtuch strichen oder leise gegen Gläser trommelten. Raix tat nichts von alledem. Er war

Richard William James Felix Ormond, Spross einer unvorstellbar wohlhabenden Familie aus dem Lake District in England, intelligent, sportlich, selbstbewusst. In dieser Klinik war er nur, weil er nach einer nie publik gewordenen Entführung mit anschließender Lösegeldzahlung unter Angstzuständen und Panikattacken litt.

Raix besaß Papiere auf den falschen Namen. Wer Richard William James Felix Ormond im Internet suchte, fand nur wenige Hinweise auf eine sehr diskrete, öffentlichkeitsscheue Familie, jedoch genug, um nicht an ihrer Existenz zu zweifeln. Nathan hatte all das eingefädelt und organisiert, unter Umgehung von Igor. Weder er noch Raix wollten jemanden der *Lost Souls Ltd.* in die Geschichte hineinziehen. Einzig DeeDee war eingeweiht, und der würde schweigen wie ein Grab.

Derselbe Kellner, der ihn an seinen Platz gebracht hatte, näherte sich Raix' Tisch und stellte eine bauchige Schale vor ihn hin. »Karottensuppe mit Ingwer, Petersilie und einem Hauch Sahne. Wenn Sie mehr Brötchen brauchen, lassen Sie es mich wissen. Guten Appetit.«

Beinahe hätte Raix über die Förmlichkeit des Mannes gelacht, der ihn an einen Pinguin erinnerte. Er kniff die Lippen zusammen und nickte leicht. Sorgsam darauf bedacht, die Ellbogen nicht aufzustützen, das Brötchen auf den dafür vorgesehenen Teller zu legen, den richtigen Löffel zu erwischen und vor allem nicht zu schlürfen, machte er sich an seine erste Mahlzeit in der Klinik. Die Suppe schmeckte köstlich. Genussvoll schloss Raix die Augen.

»Ich will aber zu dem Typen da sitzen!«, unterbrach eine aufsässige Stimme seinen Ausflug in die Welt der Feinschmecker.

»Das geht nicht, Mr MacArran. Mr Ormond wünscht alleine zu speisen.«

»Wünscht er?«

Raix öffnete die Augen. Vor ihm stand Nathan mit blassem Gesicht und blutunterlaufenen Augen. »Ja, wünscht er«, zischte er in reinstem Oxford-Englisch.

»Hey, Kumpel, ich hab dir den Arsch gerettet.« Nathan wankte. »Hab dich in dieser verdammten Scheißkälte aufgelesen und bei mir mitfahren lassen. Ist das jetzt der Dank?«

Der Kellner stellte sich zwischen Nathan und Raix. »Keine Sorge, Mr Ormond, ich regle das.«

Nathan schob ihn beiseite. »Was soll das? Wir sind Landsleute, Mann.«

Raix musterte Nathan wie ein lästiges Insekt. »Wir mögen aus demselben Königreich stammen, Mr MacArran, aber wir leben in verschiedenen Welten. Belassen wir es dabei.« In einer gezierten Geste bedeutete er dem Kellner, ihn von Nathan zu befreien.

»Snob«, flüsterte Nathan.

Raix tat, als habe er ihn nicht gehört.

Der Kellner führte Nathan zu einem Tisch an der Wand. Kurz danach kam er zurück und entschuldigte sich für den Zwischenfall. »So etwas wird nicht mehr vorkommen, Mr Ormond.«

»Das will ich hoffen.« Raix tupfte sich mit der Serviette den Mund ab. »Ein grässlicher Mensch. Vulgär, schlecht angezogen und ohne Manieren.«

Das Gesicht des Kellners zeigte keine Regung.

»Ich wäre dann bereit für den nächsten Gang.«

»Selbstverständlich.«

Während der Kellner sich mit der Suppenschale entfernte, schaute Raix zu Nathan hinüber. Sein Freund saß alleine am Tisch. Raix wusste, dass Nathan für diesen Spezialservice nicht bezahlt hatte. So, wie er sich aufführte und kleidete, wäre er für jeden anderen Gast eine Zumutung. Als Einziger trug er verblichene, zerrissene Jeans und ein schwarzes Sweatshirt. Seine weißblonden Haare standen ihm so wirr vom Kopf ab wie eh und je. Er hatte sich weder die Mühe gemacht, sein Aussehen anzupassen, noch unter einem fremden Namen einzuchecken, wie er das sonst immer tat. Er war hier als Nathan MacArran. Alles andere wäre verwegen gewesen, denn wenn es einen Ort gab, an dem man Prominente sofort erkannte, dann diesen.

Raix entdeckte noch ein oder zwei Gesichter, die ihm vertraut vorkamen, doch er konnte sie nicht zuordnen. Die Welt der Berühmten interessierte ihn nicht im Geringsten. Nathan würde ihm früher oder später verraten, wer sie waren. Im Moment war er damit beschäftigt, das Essen in sich hineinzuschaufeln. Viel zu schnell und viel zu achtlos. Er tat so ziemlich alles, um sich schon am ersten Abend von seiner schlechtesten Seite zu präsentieren.

Raix erntete ein paar neugierig-mitleidige Blicke, aber das Interesse an ihm flaute schnell ab. Niemand kannte ihn, und um ihn kennenlernen zu wollen, war er zu kalt, zu arrogant und zu unsympathisch. Er schob seine Wasserkaraffe auf die rechte Seite des Tisches und widmete seine Aufmerksamkeit wieder den anderen Patienten, die selbstverständlich nicht so genannt wurden. Sie waren Gäste einer Luxusklinik, die zu den diskretesten der Welt gehörte. Wer über die richtigen Beziehungen verfügte, wusste, dass die Diskretion noch viel weiter ging als es die Informationen auf der Webseite der *Mountain Clinic Valgronda* versprachen. Raix fragte sich, wer zum Kreis jener zählte, die von dem geheimen Trakt im Untergeschoss wussten, der offiziell nicht existierte, und in dem Dienstleistungen angeboten wurden, die keine Krankenversicherung der Welt bezahlen würde.

Als er nach dem Nachtisch aufstand, befand sich auch Nathans Karaffe auf der rechten Seite des Tisches. Alles in Ordnung. Alles genau nach Plan.

Raix und Nathan hatten sich lange überlegt, wie sie keinen

Verdacht auf sich lenken würden. Am Ende entschieden sie sich für die unwahrscheinlichste Strategie, die jemand wählen würde, der nicht miteinander in Verbindung gebracht werden möchte: Für die gemeinsame Ankunft und das gleichzeitige Einchecken, allerdings nach einer unfreiwilligen Fahrgemeinschaft, entstanden aus einer Notsituation. Genau wie Raix' falsche Identität hielt auch die Geschichte ihrer Anreise jeder Überprüfung stand.

Sie waren in verschiedenen Flugzeugen in die Schweiz gekommen und am Flughafen Kloten in verschiedene Fahrzeuge gestiegen. Raix' Maschine landete am Morgen, Nathans kurz nach dem Mittag. Raix hatte unterwegs in einem Café einen Stopp eingelegt. Auf der Weiterfahrt hatte sein Fahrer eine Panne vorgetäuscht und Raix war von Nathan und DeeDee aufgelesen worden. Es waren die Wege zweier völlig inkompatibler Unbekannter, die sich zufällig gekreuzt hatten, eine üble Laune des Schicksals, die es so schnell wie möglich zu korrigieren galt.

Nicht Roman, der ihn nach seiner Ankunft durch die Gänge geführt hatte, sondern ein anderer Uniformierter, der sich als Antonio vorstellte, empfing Raix beim Ausgang des Speisesaals. Er begleitete ihn in sein Zimmer im dritten Stock. Kaum war Raix allein, brach die Sehnsucht nach Chesil mit solcher Macht über ihn herein, dass er glaubte, sein Herz höre gleich auf zu schlagen. Er legte sich auf das Bett und versuchte sich abzulenken, indem er den riesigen Flachbildschirm einschaltete. Es gab nur einen hauseigenen Kanal. Auf dem liefen farbenprächtige Naturbilder, unterlegt mit klassischer Musik. Eine Weile ließ sich Raix berieseln, in der Hoffnung, damit seine Schmerzen betäuben zu können. Es half nicht. Die Schmerzen in seinem Kopf waren längst zu ständigen Begleitern geworden, der Schmerz in seinem Herz würde anhalten, bis er wieder mit

Chesil vereint war. Raix schaltete den Fernseher aus. In seiner Vorstellung legte er die Hand auf Chesils Bauch. Dort, wo sich ihr kleiner Strickspringerstiefler eingenistet hatte. Raix wollte ihn aufwachsen sehen. Oder sie. Es spielte keine Rolle. Für Chesil und dieses Kind wollte er leben. Deshalb hatte er Nathan vor ein paar Wochen angerufen.

»Ich werde Vater, Nate.«

»Du bist neunzehn, du Idiot«, war das Erste, was Nathan dazu zu sagen hatte. »Mit neunzehn wird man nicht Vater.«

»Ich schon. Und ich bin fast zwanzig.«

»Verdammt, Raix, ein Kind hast du ein Leben lang an der Backe!«

»Ich nicht.«

Daraufhin war Nathan ganz still geworden. So lange, dass Raix dachte, er hätte die Verbindung zu ihm verloren. »Es ist dein Kopf«, hörte er ihn schließlich sagen. »Er gibt auf. Du stirbst.«

»Ja.«

Diesmal war die Stille noch länger gewesen.

»Was kann ich für dich tun?«

Raix hatte es Nathan erklärt.

»Halt durch. Ich melde mich.«

Das war alles gewesen. Kein Zaudern, kein Zögern, kein Versuch, Raix seinen verrückten Plan auszureden. Nur die Bedingung, ihn nicht allein durchzuziehen. Einen knappen Monat später hatten sie alles in die Wege geleitet. Niemand außer Chesil und DeeDee wusste Bescheid. Was sie vorhatten, war zu gefährlich. Zu aussichtslos. Aber Raix' einzige Chance.

»Jeu carezel ti«, flüsterte Raix. »Ich liebe dich.«

Die Worte, die er bei seinem ersten Abschied von Chesil gesagt hatte. Sie würden ihm Glück bringen. Das wusste er, denn beim letzten Mal hatten sie es auch. Dank Nathan. Diesem irren, seelenlosen Typen, der nichts mehr hatte, wofür es sich zu leben lohnte. Er brauchte den Gebrochenen nicht zu spielen, er war es. Darüber sprechen mochte er nicht. Jede Frage, die ihn auch nur in die Nähe seiner Gefühle brachte, blockte er ab. Genau wie Raix musste er während seines Aufenthalts in der Klinik an einem Therapieprogramm teilnehmen. Es mochte zur Tarnung sein, doch Raix hoffte, es würde seinem Freund helfen.

2.

Nathan starrte auf die schlanken Beine seiner Psychologin. Sie waren nicht nur übereinandergeschlagen, sondern schienen sich beinahe umeinander zu wickeln. So verkrampft, wie die Frau dasaß, musste sie mindestens ebenso viele Probleme haben wie er. Dass ihr die Klinik ein wahrscheinlich hohes Gehalt dafür bezahlte, ihm zu helfen, betrachtete Nathan auch in seiner dritten Sitzung immer noch als ziemlich schlechten Witz.

Sie setzte ihr falsches Lächeln auf. »Wie geht es Ihnen heute, Nathan?«

»Gut, Marissa«, antwortete er.

In den Therapien sprach man sich mit Vornamen an. Das sollte Nähe suggerieren und Vertrauen schaffen. Auch das ein Witz, wenn man bedachte, wie lückenlos man auf Schritt und Tritt überwacht wurde.

»Ich meine, wie geht es Ihnen wirklich, Nathan?«

Er lehnte sich im Sessel zurück. »Sie meinen, so wirklich wirklich, Marissa?«

Ihre Beine krampften sich noch etwas mehr zusammen, während sie ihn weiter anlächelte. »Ja. Dieses Gefühl, wenn Sie tief in sich hineinhorchen. Was sagt es Ihnen?«

Nathan setzte eine todernste Miene auf. »Dass ich Sie nie flachlegen werde. Nicht bei dieser Beinstellung.«

Ihre Augen flackerten, die Mundwinkel zogen sich zusammen, aus dem Lächeln wurde ein verkniffener Mund. »Ich glaube, Sie sollten den Psychologen wechseln.«

Das glaubte Nathan auch.

Vor der Tür wartete Markus auf ihn. »Ist die Sitzung schon zu Ende?«

»Ja.«

Marissa winkte Markus zu sich hinein. »Bringen Sie ihn zu Claus van der Velden.« Ihre Stimme war um eine Oktave nach oben gerutscht. »Er weiß Bescheid.«

Nathan hätte auch gerne Bescheid gewusst. Nicht über seine Nichtfortschritte bei den diversen Therapien, die ihm dieser van der Velden nach einem recht einseitig geführten Eintrittsgespräch mit anschließender ärztlicher Untersuchung und einem noch viel einseitiger geführten Vertiefungsgespräch verschrieben hatte, sondern über das Ausmaß der persönlichen Überwachung.

Die *Mountain Clinic Valgronda* war ein getarntes Bootcamp für Reiche. Ein überdimensionierter Big-Brother-Container mit Bewohnern, die alles hatten und trotzdem irgendwann als seelische Mängelexemplare in dieser Klinik gestrandet waren. Hier war man unter sich und dennoch allein. Verglich seinen Mangel mit den Mängeln der anderen, froh, wenn der eigene weniger schlimm war. In schweren Fällen dankbar um den geheimen Trakt, von dem man im Vertrauen gehört hatte. Eingeteilt in Kategorien, versehen mit individuellen Therapieplänen, bewegte man sich durch die Tage, zu zivilisiert, um nicht ein wenig miteinander zu reden, allerdings ohne dabei etwas von sich preiszugeben. Man redete sich seinen Zustand schön und vertraute darauf, die Klinik als der Mensch zu verlassen, den man vorgegeben hatte zu sein, sozusagen die Fassade zum wirklichen Gesicht werden zu lassen.

Raix war in die Kategorie G eingeteilt worden, G wie Gruppe, wahrscheinlich weil die Klinikleitung fand, einem Sonderling wie ihm täten zwischenmenschliche Kontakte gut. Nathan hatte es mit seinem Sprung vom Balkon und mit seinem rüpelhaften Benehmen wie geplant in die Kategorie P geschafft, P für Privat, unzumutbar für andere. Anti-Aggressions- und Suchttherapie mit psychologischer Betreuung. Die medizinische Abteilung im Erdgeschoss hatte er genau einmal betreten: Nach seinem ersten Gespräch mit van der Velden. Für einen Gesundheitscheck in einem Praxisraum, in dem an jeder Wand Kameras angebracht waren, begleitet von Markus. Keine Sekunde unbeaufsichtigt. Durch verschiedene Kontrolltüren. Ohne Chance, einen Lift oder eine Treppe zum Untergeschoss ausfindig zu machen.

Während Nathan seine Zeit in Therapiesitzungen, einem aufbauenden Fitnessprogramm oder verordneten Ruhestunden in seinem Zimmer verbrachte, kämpfte er gegen Entzugserscheinungen an, die heftiger waren, als er es sich vorgestellt hatte. Das Zittern. Die Schweißausbrüche. Die Übelkeit. Die Angstattacken. Die traurige Leere, die ihn von einem Augenblick zum nächsten überfiel, ihn müde machte, aber nicht schlafen ließ. All das setzte ihm heftig zu. Trotzdem versteckte er die ihm verschriebenen Medikamente unter seiner Zunge und spuckte sie wieder aus. Er brauchte einen klaren Verstand, denn er und Raix hatten keinen konkreten Plan, nur eine Vielzahl an Möglichkeiten und ein vorher ausgeklügeltes Kommunikationssystem, um das sie froh waren, denn die dichte Überwachung machte vertrauliche Gespräche unmöglich. Sie mussten jene Chancen ergreifen, die sich ihnen boten, und dann improvisieren. Marissa war eine dieser Chancen.

In seiner ersten Sitzung bei ihr war Nathan eingeschlafen, in der zweiten hatte er großspurig erzählt, wie er in Bars Frauen aufriss und dabei die Frage nach dem Warum auf vielfältigste Art und Weise umschifft. Mit einem aufgesetzten Lächeln aber sichtlich entnervt, hatte sie ihn nach der Stunde entlassen. Und nun die Sache mit ihren Beinen. Ihre Reaktion war so vorhersehbar gewesen, dass Nathan sich fragte, ob Marissa das Beste war, was die Klinik zu bieten hatte.

Die Antwort kannte er eine halbe Stunde später, als er nach einem sehr kurzen Gespräch, in dem fast nur van der Velden geredet hatte, Gion gegenübersaß, einem Bär von einem Mann, mit wallendem Haar, Vollbart und struppigen Augenbrauen. Er steckte in Kleidern, die ihm eine Nummer zu groß waren, und hatte Füße, die es mit einem Yeti aufnehmen konnten.

»Gion, ausgesprochen wie John«, erklärte der Bär mit den Yetifüßen. »Ist ein einheimischer Name. Genauso häufig wie bei euch John.«

Während Nathan sich auf den unbequem aussehenden Stuhl setzte, auf den der Bär mit einer lockeren Handbewegung deutete, seufzte er innerlich. Noch einer dieser Psychoheinis, die nichts taugten. Sein Namensvetter John Owen hätte nicht einmal ein mitleidiges Lächeln für diesen Verlierer übrig gehabt.

Schon nach weniger als einer halben Minute war Nathan klar, dass der Stuhl nicht nur unbequem aussah, sondern auch höllisch unbequem war, und nach einer weiteren halben Minute begriff er, dass er sich in Gion geirrt hatte.

»Mich legst du nicht flach, Nathan. Du bist auf Entzug, aber das ist dein kleinstes Problem. Du kannst die Stunden bei mir nutzen, um an dir zu arbeiten, oder du wirfst dein Geld zum Fenster hinaus, fährst nach deinem Aufenthalt zurück nach Schottland und gehst vor die Hunde. Dein Entscheid.«

»Gute Show, Doc.«

»Kann man von deiner nicht sagen.«

Nathan fragte sich, was ihn verriet.

»Dein Körper«, sagte Gion. »Deine Lockerheit ist gespielt. Innerlich bist du angespannt wie eine Sehne, kurz bevor sie reißt.«

Nathan biss die Zähne aufeinander. Was war dieser Typ? Ein Hellseher? Ein verdammter John Owen mit einem Pelz im Gesicht und den Füßen eines Fabelwesens?

»Du hast dich am ersten Tag vom Balkon fallen lassen.«

Wenn Gion wollte, dass er ihm erzählte, warum er es getan hatte, hatte er sich geschnitten. Nathan sah sich um. An den

Wänden hing kein einziges der Bilder, die sonst im ganzen Haus zu sehen waren. Auch keine Uhr. Nichts. Und der verdammte Stuhl war ein verdammtes Folterinstrument.

»Macht gelangweiltes Eindösen unmöglich.« Gion reckte seine Arme in die Höhe und atmete tief durch. »Du kannst aufstehen und hin- und hergehen.«

Nathan blieb sitzen.

»Wie du willst.«

Du dich auch, dachte Nathan.

Gion drehte seinen Stuhl so, dass er nach draußen sehen konnte. Entspannt lehnte er sich zurück. Nathan regte sich nicht, obwohl ihm alles wehtat. Das hier war Krieg. Ein Psychokrieg.

Er dauerte den Rest der Sitzung und erschöpfte sich in Schweigen. Weder Gion noch Nathan redeten ein weiteres Wort.

»Deine Zeit ist um«, sagte Gion irgendwann.

Nathan stand auf. Er widerstand der Versuchung, seinen schmerzenden Körper durchzustrecken und ging auf halb tauben Beinen zur Tür.

»Der Engel im Schnee. Du hast geweint.«

Die Stimme kam aus der Tiefe des Raums. Nathan wusste nicht, ob sie real war oder er sie träumte.

Der beste Teil des Therapieprogramms war der Sport mit einem im horrenden Grundpreis der Klinik inbegriffenen persönlichen Trainer. Zu Nathans Erleichterung war ihm ein junger Typ zugeteilt worden, der wenig auf steife Umgangsformen gab. Janis erinnerte ihn an einen dieser wagemutigen Surfer, die stets nach der noch größeren Welle jagten. Wahrscheinlich verdiente er sich hier das Geld für die Reisen an die Surferparadiese dieser Welt.

Unter der Aufsicht von Janis stemmte Nathan nach seiner Sitzung bei Gion Gewichte und lief fünf Meilen auf dem Laufband. Fünfzehn Überwachungskameras erfassten jeden Winkel des riesigen Raums, in dem niemand alleine trainierte. Neben Nathan hielten sich acht weitere Gäste hier auf, alle mit persönlichem Trainer.

»Ich würde gerne nach draußen gehen«, keuchte Nathan, nachdem er vom Laufband gestiegen war.

»Genug von der Klinik?« Janis zwinkerte ihm zu. »Willst du abhauen?«

»Nein, raus an die frische Luft. Ich bin Schotte. Uns kann man nicht im Haus einsperren.«

Damit rannte er offene Türen ein.

»Ich lass mir was einfallen.« Janis ging zur Theke und tippte etwas in den Computer. Als er zurückkam, zuckte er bedauernd die Schultern. »Du bist in der Kategorie P.«

»Weiß ich. Wird langsam etwas öd. Kann ich nicht mal im Freien in die Gruppe?«

Janis klopfte ihm auf die Schulter. »Tut mir leid, Kumpel. Die Gruppe muss man sich verdienen. So, wie du das angehst, wird das nichts.«

»Gibt's noch andere Kategorien?«

»Ich organisiere uns Schneeschuhe.«

»Gute Idee. Wann?«

»Du bekommst Bescheid.«

Janis brachte Nathan zur Tür. Dort stand Markus bereit, das Gesicht eine Maske uninteressierter Höflichkeit. Auf dem Weg in sein Zimmer hatte Nathan zum ersten Mal das Gefühl, dem Ziel näher zu kommen. Janis war seiner Frage nach weiteren Kategorien ausgewichen. Er wusste Bescheid! Sobald sie allein unterwegs waren, weit weg von den Überwachungskameras, würde er versuchen, mehr in Erfahrung zu bringen.

Die Scheibenwischer liefen auf der höchsten Stufe. Obwohl Ayden den uralten Honda, den er und Joseph sich im Herbst gekauft hatten, im Schritttempo über die karge Hochebene vor Quentin Bay lenkte, verschwand die Landstraße wenige Meter vor ihm hinter einer Wand aus Regen und Nebel. Keine Sonne, nicht die warmen Farben von Marokko, nicht die Farbkontraste der Insel Lanzarote. Der Urlaub war verschoben, weil Nathan entschieden hatte, sich in Luft aufzulösen. Statt in den Süden zu fliegen, war Ayden in mehr als nur einer Hinsicht auf einer Fahrt ins Ungewisse. Kata wusste nicht, dass er kam.

Nach einer weiten Kurve führte die Straße abwärts. Angestrengt schaute sich Ayden nach dem Gebäude um, das jeden Moment aus dem Nichts vor ihm auftauchen musste. Trotzdem hätte er es beinahe übersehen, denn das düstere Grau des Steinhauses verschmolz auf eine fast unheimliche Art mit der verhangenen Landschaft. Im letzten Augenblick bog Ayden auf einen Weg ein, der diesen Namen nicht wirklich verdiente. Über Schlaglöcher und durch tiefe Pfützen erreichte er das Ziel seiner Reise. Er schlüpfte in seine Jacke und zog die Kapuze hoch, ein sinnloses Unterfangen, denn kaum war er aus dem Wagen gestiegen, fegte sie ihm der Wind vom Kopf. Eiskalter Regen peitschte ihm ins Gesicht. Er spurtete zum Eingang des Hauses, wo ihn ein Vorbau gegen die Unbill des Wetters schützte, nicht jedoch gegen die Kälte.

Jetzt, wo er vor der schwarzen Tür stand, schwappten Aydens Gefühle für Kata mit voller Wucht an die Oberfläche. Was immer er sich eingeredet hatte, funktionierte nicht mehr. Er war wegen ihr hier. Dabei wollte sie nicht einmal mit ihm sprechen! Eindeutiger und klarer konnten Signale gar nicht sein. Am liebsten wäre Ayden wieder in den Wagen gestiegen und weggefahren, aber dazu war es zu spät. Kata musste seinen Wagen gesehen haben, denn im Flur waren Schritte zu hören.

Wenig später wurde die Tür aufgerissen. Ayden wappnete sich gegen eisige Augen, doch er fand sich Ronan gegenüber.

»Schon mal was von Klingeln gehört?«

Bevor Ayden etwas sagen konnte, wurde er gepackt und in den Flur gezogen.

»Hallo, Ronan.«

»Bei diesem Wetter unterwegs zu sein, fällt auch nur einem Irren wie dir ein. Was willst du?«

»Mit Kata reden.«

»Warum?«

Es war nicht Ronan, der fragte. Hinter ihm war Kata aufgetaucht, die Haare wieder braun und länger, die Kleidung so wie immer: einfach und praktisch. Sie trug Jeans und einen weiten Pullover, die Füße steckten in Stoffturnschuhen. Aber mit ihren Augen war etwas geschehen. Sie waren nicht mehr so furchtbar kalt wie letztes Mal, als Ayden sie besucht hatte. Er schluckte den Kloß in seinem Hals runter. »Ich suche Nate.«

»Magst du einen Kaffee?«, fragte sie.

Ayden starrte sie an. Noch vor wenigen Wochen hätte ihn Kata nach einer schroffen Antwort zurück in den Regen geschickt. Der Riss im Eis. Es gab ihn noch.

»Ich denke, das war eine Einladung«, meinte Ronan trocken.

»Kaffee. Das … Das wäre …« Ayden merkte, wie er sich in seinen Wörtern verhedderte. »Gerne«, beendete er sein Gestammel.

Ungeduldig deutete Kata in Richtung Wohnzimmer und verschwand in der Küche. Das Reden überließ sie Ronan.

»Na, dann zieh die Jacke aus und setz dich an den Kamin. Dort ist es schön warm.«

Während Ayden auf einem der Sessel beim knisternden Feuer Platz nahm, blieb Ronan neben ihm stehen. »Mistwetter«, sagte er. »Ist es bei euch auch so schlimm?«

»Den ganzen Winter schon.«

»Und das Geschäft?«

»Könnte besser laufen.«

Trotz seiner Befangenheit musste Ayden schmunzeln.

»Was ist?«, brummte Ronan.

»Hab dich noch nie Small Talk machen hören.«

Ronan stutzte. Dann prustete er wie ein Walfisch, wohl seine Art zu lachen. »Wollte nur das Eis brechen. Hättest dein Gesicht sehen sollen, als ich die Tür aufgemacht habe.«

In Aydens Wangen stieg die Hitze. »So offensichtlich?«

Ronan nickte. »So offensichtlich.«

»Jetzt besser?«

»Abgesehen von der herrlichen Tomatenfarbe? Ja.«

»Tomaten?« Kata betrat den Raum mit einem Tablett in der Hand.

»Insiderwitz.« Ronan kratzte sich verlegen am Kopf. »Ich merke gerade, wie gut uns Besuch tut.«

»Du meinst, wie gut dir Besuch tut.« Sie stellte das Tablett auf den kleinen Tisch zwischen den beiden Sesseln. »Kaffee für dich, Tee für uns.«

Ayden griff nach der Tasse. Kata setzte sich auf den Sessel neben ihm. Sie hatte zugenommen. Es machte sie weicher und passte zum Riss im Eis.

»Du suchst also Nathan?«

»Ja.«

»Und dafür fährst du die ganze Strecke bis zu uns?«, fragte Ronan, der sich nun entspannt gegen die Mauer neben dem Kamin lehnte.

»Anrufen ging ja nicht.«

Ronan warf Kata einen missbilligenden Blick zu. Er prallte an ihr ab.

»Es gibt Leute mit Telefon«, sagte sie. »DeeDee, Grace, Sam, Igor, all die anderen.«

»Keiner von denen weiß, wo er ist.«

»Dann will er nicht gefunden werden.«

»Auch nicht von dir?«

»Nein.« Es klang nicht hart wie sonst, sondern besorgt. »Hast du es bei Gemma versucht?«

»Gemma?«

Sie hatte gesehen, wie Nathan mit eiskaltem Hass und, ohne zu zögern, den Dolch tief in Jenkinson gestoßen hatte. Dieser eine Augenblick hatte alles zerstört. Gemma. Nathan. Die Liebe zwischen ihnen.

Aber Gemma lebte. Irgendwie. Eine verlorene Seele mehr. Nathan gab sich die Schuld. Er hatte Ayden verboten, Gemma von den *Lost Souls* zu erzählen. »Ich will nicht, dass sie so wird wie wir. Gemma hat eine Familie, die sich um sie kümmert. Ohne uns hat sie eine Chance.«

»Gemma?«, wiederholte Ayden.

»Ich habe sie zu Gerry gebracht.«

Der Name kam Ayden bekannt vor. Er brauchte eine Weile, bis er ihn einordnen konnte. »Der Doc in London?«

»Ja.«

Eine typisch knappe Kata-Antwort.

»Warum?«

»Ich habe die Mission zu Ende gebracht. Gerry ...« Sie brach ab. In ihren Augen spiegelten sich die Flammen des Feuers. »Hast du Hunger?«

Ayden wusste es nicht. Kurz vor Quentin Bay hatte sein Magen geknurrt, jetzt fühlte er ihn nicht einmal. Alles, was er wahrnahm, war sein Herzschlag.

»Ja«, antwortete Ronan für ihn. »Ich koche. Du bist unser Gast.«

Ayden warf Kata einen fragenden Blick zu.

»Er kocht gut, keine Angst.« Sie stand auf. »Du kannst ihm zur Hand gehen, während ich Gemma anrufe.«

Ronan verbot Ayden, ihm zu helfen. »Du darfst dafür die Gläser für uns ein- und nachschenken.« Was er damit meinte, wurde schnell klar, als er eine Flasche Whisky aus dem Schrank holte. Es war derselbe, den Nathan trank. »Hat mir dein durchgeknallter schottischer Freund geschenkt. Eine ganze Kiste. Als Friedensangebot.« Ronans Mund verzog sich zu einem Grinsen. »Er durfte zwischen einer Tracht Prügel und einem edlen Tropfen wählen. Für diese Sache mit dem Kuss.«

Zum zweiten Mal schoss Ayden die Hitze ins Gesicht. Schnell senkte er den Kopf und goss die goldbraune Flüssigkeit in die Gläser. Ronan griff mit seinen wettergegerbten Händen danach. »Auf das Leben.«

»Auf das Leben.«

Ayden setzte sein Glas an und trank mehrere Schlucke. Whisky war nicht wirklich sein Ding, doch er mochte den Torfgeschmack des Inselgetränks, das ihn an Nathan erinnerte.

»Ihr seid ein komischer Haufen.« Ronan stellte das Glas beiseite und hackte die Zwiebeln, als habe er eine Rechnung mit ihnen offen. »Würdet füreinander sterben, haltet euch aber voneinander fern.«

Zum Teil war das aus Sicherheitsgründen immer so gewesen, zum Teil hatte es sich nach der Jenkinson-Geschichte aufgedrängt. Der Rummel um die Kernmitglieder der *Lost Souls Ltd.* war einfach zu groß geworden. Aus Erfahrung wusste Ayden, dass selbst die heißesten News für die Medien zu kaltem Kaffee wurden, sobald sich der nächste Skandal anbahnte. Die Ermittlungsbehörden funktionierten anders. Sie wussten über die Organisation Bescheid. Mit ziemlicher Sicherheit wurden sie überwacht. Es war deshalb besser, für eine Weile inaktiv zu bleiben. Ein paar Wochen war es ruhig um sie alle geworden, bis Nathan in London aufgetaucht und ins Bodenlose abgestürzt war. Insgeheim hatte Ayden gehofft, er würde zusammenbrechen und sich in eine Klinik begeben. Nur, so tickte Nathan nicht. Wenn er sich fertigmachen wollte, hätte er das für sich alleine auf der Insel getan. Wenn er eine Therapie brauchte, hätte er eine gemacht. Es musste einen anderen Grund für dieses Ausrasten vor den Augen der Welt geben.

»Es war Absicht!«, entfuhr es Ayden.

»Was war Absicht?« Kata stand unter der Küchentür. Ayden hatte keine Ahnung, wie lange schon.

»Nates öffentliche Selbstzerstörung.«

Sie strich die Haare zurück, eine vergebliche Geste, denn sie rutschten sofort wieder in ihre ursprüngliche Position. »Könnte sein«, meinte sie. »Damit alle glauben, er sei erledigt oder irgendwo in Behandlung.«

»Er muss in den Dateien von Henry etwas gefunden haben.« Ayden fühlte Wut in sich aufsteigen. »Was immer er gerade tut, er versucht es im Alleingang.«

»Ich hätte ihm die Tracht Prügel versetzen sollen, statt ihn mit dem Whisky davonkommen zu lassen.« In einer für seine Pranken erstaunlich eleganten Bewegung strich Ronan die Zwiebeln vom Hackbrett in die Pfanne. »Deckt schon mal den Tisch! Aber schön! Wenn wir schon mal einen Gast haben.«

In der Küche breitete sich ein köstlicher Duft nach Bratkartoffeln und Fisch aus. Aydens Befangenheit gegenüber Kata legte sich, was zum Teil am Whisky lag, zum Teil auch daran, dass sie über Nathan sprachen und nicht über sich. Ihre gemeinsame Sorge um ihn verringerte die Distanz zwischen ihnen.

»Er könnte eine neue Spur zu Zoes Mörder gefunden haben«, spekulierte Kata.

»Aber warum dann diese Show für die Medien?«

»Sie nannten es einen öffentlichen Hilfeschrei.« Kata verzog den Mund zu einem spöttischen Grinsen. »Nathan schreit nicht öffentlich um Hilfe.«

»Um danach abtauchen zu können?«, schlug Ronan vor.

»Mehr als auf einer einsamen Insel abtauchen kann man gar nicht«, erwiderte Kata. »Zwischen zwei Tauchgängen den Kopf ins Blitzlichtgewitter zu stecken, ergibt keinen Sinn.«

»Außer man will seinen Gegner täuschen«, wandte Ayden ein. »Einen sehr mächtigen Gegner. Vielleicht sucht Nate nicht Zoes Mörder, sondern John Owen.«

Katas Augen wurden so kalt, wie er sie gewohnt war. »Nicht ohne mich!«

»Doch, ohne dich«, erwiderte Ayden. »Du weißt, warum.«

Ihr Blick verriet, dass er mit seiner Antwort richtig lag. So wie Kata für Nathan getötet hätte, um ihn nicht zum Mörder werden zu lassen, würde er für sie töten. Ob das Kata gefiel oder nicht, war Nathan egal.

»Schickt er dir immer noch Rosen?«

»Ja.«

Das Eis war nicht nur zurück in ihren Augen, es lag auch in ihrer Stimme.

»Hast du den Ermittlern von den Blumen erzählt?«

»Nein.«

»Sam?«

»Nein.«

Ronan hatte dem Gespräch zusehends unruhiger zugehört. »Sag du es ihr, Ayden! Sag ihr, dass das ein Fehler ist.«

»Das könnte ich schon, aber es würde nichts nützen.«

»Siehst du?«, ging Kata Ronan härter als nötig an. »Er begreift es. Er weiß, dass John mich umbringen kann, wenn er will. Niemand wird ihn daran hindern. Nicht die Polizei, nicht Sam, nicht du, nicht Ayden, nicht wir alle zusammen. Aber Nathan wäre verrückt genug, es zu versuchen.«

»Wäre?«

»John würde auf so einen Trick nicht reinfallen. Das weiß Nathan.«

Sie hatte recht. Es musste einen anderen Grund für Nathans

Verhalten geben. Sie gingen verschiedene Möglichkeiten durch. Am Ende blieb nur die Gewissheit, dass Nathan an irgendetwas dran war. Er konnte an jedem Ort der Erde sein, auf jeder erdenklichen Mission.

Nathan wurde wieder an den Platz an der Wand gesetzt. Er ließ seinen Blick durch den Raum schweifen. Über Raix weiter zu der Blondine, die ihn seit dem ersten Abend unverhohlen beobachtete. Bis jetzt hatte sie es bei einem gelegentlichen Zwinkern in seine Richtung belassen, heute jedoch stand sie auf und kam direkt auf ihn zu.

»Darf ich?«

»Bitte.«

»Wir haben nicht viel Zeit«, flüsterte sie, während sie sich setzte. »Ein Uhr. Wäscheraum im ersten Stock.«

Sie beugte sich anmutig vor und goss sich ein Glas Wasser ein. Ihre Körperhaltung und ihre fließenden Bewegungen erinnerten Nathan an eine Tänzerin. Sein Tisch war ihre Bühne, ihre Gesten ausladend, ihr Augenaufschlag eine Verführung, alles etwas zu dick aufgetragen, einen Tick zu nervös, um sinnlich zu wirken. Nathan schätzte sie auf um die dreißig, vielleicht etwas jünger, und wenn er sie richtig verstanden hatte, wollte sie ihn. Noch in dieser Nacht.

Einer der Kellner kam auf sie zu. »Darf ich Sie zu Ihrem Tisch geleiten, Ivana?«, fragte er diskret.

»Sie dürfen, Samir. Ich musste mir diesen gut aussehenden wilden jungen Mann einfach mal aus der Nähe anschauen.«

Diesmal bekam der Kellner das Zwinkern ab. Er bot Ivana seinen Arm an und führte sie an ihren Platz. In welche Kategorie sie wohl fiel? Nathan würde sie fragen, falls sie beide es unbeobachtet in den Wäscheraum schafften.

Obwohl ihm sämtliche elektronischen Geräte abgenommen worden waren und der riesige Flachbildschirm über keine Zeitanzeige verfügte, wusste Nathan doch immer, wie spät es war. Die Kirchenglocken läuteten jeweils zur vollen Stunde. Dazwischen schlugen sie, etwas weniger laut und tragend, auch die Viertelstunden an. Eine der vielen Schweizer Eigenarten, wie ihm Janis auf Nachfrage erklärt hatte.

Um Mitternacht löschte das Licht im Flur. Blieben etwas mehr als fünfundvierzig Minuten. Zeit für die Gedanken, aus ihren Höhlen zu kriechen und Nathan zu quälen. Gedanken an Gemma, die er verloren hatte. Gedanken an Zoe, deren Mörder unbehelligt und ungestraft herumlief. Gedanken an den einen Moment, in dem er in blindem Zorn, aber gleichzeitig im vollen Bewusstsein um sein Tun, Jenkinson umgebracht hatte. Er dachte an Katas Antwort auf seine Frage, ob sie es bereue, Owen in den Abgrund gestoßen zu haben. Nein, hatte sie gesagt, aber es macht alles kaputt. Einfach alles. Das hatte es, und das Loch in seiner Seele war zum offenen Schlund geworden, in dem er auf ewig büßen würde.

Drei Viertelstundenschläge später erlösten die Kirchenglocken Nathan von seinen Gedanken. Er konzentrierte sich auf das, was vor ihm lag, und machte sich bereit. In völliger Dunkelheit tastete er sich zur Tür. Langsam öffnete er sie einen Spaltbreit, darauf gefasst, dass die Lichter angingen. Unter seinen Füßen fühlte er den weichen Teppich, doch nichts geschah. Er wartete eine Weile und als sich immer noch nichts regte, begann er, Schritt für Schritt in Richtung Wäscheraum zu gehen.

Sechs Schritte von Zimmertür zu Zimmertür. Fünf Zimmertüren. Dann auf der linken Seite die Tür zum Wäscheraum, die normalerweise verschlossen war. Zu seiner Überraschung ließ sie sich problemlos öffnen. Eine Falle? Oder hatte Ivana einen Schlüssel? Er würde es gleich herausfinden. Blitzschnell glitt er in den Raum, in dem es intensiv nach dem Weichspüler roch, nach dem auch die Bettwäsche in seinem Zimmer duftete. Die Sekunden verstrichen. Kein Licht ging an, keine Sirene heulte los, keine Sicherheitsleute stürmten den Raum. Beinahe enttäuscht fragte sich Nathan, ob es wirklich so einfach war, die Überwacher zu überlisten.

»Nathan?«, flüsterte eine heisere Stimme.

Er fuhr herum und knallte dabei gegen ein Regal. Hände tasteten nach ihm, fanden ihn, strichen ihm über das Gesicht, die Brust, wanderten weiter abwärts, bis sie fanden, was sie gesucht hatten. Ein hagerer Körper drückte sich an ihn. Die Hände umschlangen jetzt seinen Kopf, fuhren durch seine Haare, zogen ihn nach unten. Ein harter Mund presste sich gegen seinen. All die Fragen, die Nathan hatte, lösten sich in einem Strudel von Begierde auf.

Später, in seinem Bett, ohne den Schlaf zu finden, grübelte er über das nach, was Ivana ihm in kurzen, hektischen Sätzen ins Ohr geflüstert hatte. In den Zimmern waren zwar versteckte Kameras angebracht, gefilmt wurde jedoch nur, wenn jemand ausrastete oder die Gefahr bestand, dass er sich etwas antun wollte, aber die Klinikgäste wurden permanent abgehört. Ivana wusste das von dem russischen Zimmermädchen, mit dem sie sich angefreundet hatte. Von ihr hatte sie auch den Schlüssel zum Wäscheraum, in dem sich die Angestellten trafen, wenn sie sich privat und ohne Überwachung unterhalten wollten.

»Zu welcher Kategorie gehörst du?«, hatte Nathan gefragt.

»Shhh…«, hatte sie geantwortet. »Das ist eine gefährliche Frage.«

Nach dem Essen stand Ayden auf. »Ich geh dann mal.«

»Wohin?«, fragte Ronan.

»Ein Hotelzimmer suchen.«

»Um diese Uhrzeit und bei diesem Wetter? Mit all dem Whisky, den du intus hast?« Ronan schaute ihn entgeistert an. »Das lässt du mal schön bleiben. Wir haben ein Gästezimmer.«

Ein Gästezimmer? Dieses Haus hatte ein Gästezimmer? Für wen?, fragte sich Ayden. Wahrscheinlich war er der Erste und Einzige, der jemals die Ehre haben würde, eine Nacht darin zu verbringen.

»Mit Bett«, ergänzte Ronan. »Und eigenem Bad.«

Das Erstaunen musste Ayden ins Gesicht geschrieben sein.

»War nicht unsere Idee«, schob Ronan nach. »Gab's schon. Wir hatten noch etwas restliche Farbe. Sieht ganz passabel aus.«

Kata hatte Ronan schweigend zugehört. Er schien das als Zustimmung auszulegen und führte Ayden nach oben.

Passabel war eine Untertreibung. In der nüchternen, praktischen Kargheit des Hauses spiegelte dieses Zimmer eine andere Welt. Es musste die Welt von Katas Eltern gewesen sein, wahrscheinlich die ihrer Mutter, ein warmer, gemütlicher Ort der Geborgenheit und der schönen Dinge. Eine Erinnerung an jemanden, der längst nicht mehr lebte.

»Wir haben es gelassen, wie es war«, erklärte Ronan verlegen. »Haben nur alles frisch gestrichen und den Boden abgeschliffen. Manchmal kommt Kata …« Er brach ab.

»Wie geht es ihr?«, fragte Ayden.

»Gut. Auf ihre eigene Art. Und dir?«

»Gut.«

»Ihr beiden …«

»Danke«, fiel ihm Ayden ins Wort. »Ich glaube, ich lege mich jetzt hin.«

Ronan knetete seine Finger. Es dauerte eine Weile, bis er die Worte fand, nach denen er suchte. »Sie kann oft nicht schlafen. Einfach für den Fall, dass du nachts Geräusche hörst oder das Licht an ist.«

Ayden fragte nicht weiter nach. Sie waren schon viel zu tief in Katas Leben eingedrungen. »Wo ist das Bad?«, wechselte er auf sicheren Boden.

»Liegt gleich nebenan. Brauchst du noch was?«

»Nein.«

»Na, dann geh ich mal. Gute Nacht.«

»Gute Nacht«, murmelte Ayden.

Der Wind pfiff um das Haus, brachte das Dach zum Knirschen und die Scheiben zum Klirren. Regen prasselte gegen das Fenster. Ayden lag unter der Decke und horchte in die Dunkelheit. Eine Weile hörte er zwischen den Sturmgeräuschen Stimmen aus dem unteren Stockwerk, dann Schritte auf der Treppe und im Flur. Das Rauschen einer Dusche. Er sah Kata vor sich, nur in ein Badetuch gewickelt, in diesem schäbigen Hotel in Lyon. Die Wut auf Owen packte Ayden unvermittelt mit einer überwältigenden Wucht. Kata hätte ein richtig gutes Leben haben können. Eins in einer Familie, in der sie geliebt wurde. Eins, in dem ihr alle Türen offen gestanden hätten. Owen hatte ihr alles genommen und sie mit kalten Augen und ohne Seele zurückgelassen. Aber da war dieser Riss im Eis. Augen, die wärmer geworden waren. Distanz, die nicht mehr unüberbrückbar schien. Es war, als trotze Kata dem Tod, der auf sie lauerte, als zeige sie Owen, dass er nicht gewonnen hatte und nie gewinnen würde. Igor sprach von Gerüchten über ein Versteck in Südamerika, allenfalls Südeuropa. Von Privatkliniken und Gesichtsoperationen. Falls es so war, würde Owen Rache an Kata nehmen, wenn nicht selbst, dann durch seine Leute. Sie konnten überall sein. Unsichtbar. Bereit, Owens Befehle auszuführen. Diese Gewissheit ertrug Kata jeden Tag. Ayden hatte keine Ahnung, wie. Er brauchte lange, bis er endlich in einen unruhigen Schlaf fiel, in dem ihn schreckliche Träume erwarteten.

Irgendwann weckte ihn das Knarren von Dielen. Das musste Kata sein. Ayden fragte sich, was sie tat, wenn sie mitten in der

Nacht stundenlang wach war. Ging sie die Informationen über Owen durch? Suchte sie immer noch nach Hinweisen auf ihre Vergangenheit? Oder nach dem unwiderruflichen Beweis, dass John Owen noch lebte?

Ayden hatte den Ermittlern Henrys Stick übergeben. Sie wussten um Owens illegale Aktivitäten. Er befand sich auf ihren Fahndungslisten. Seine Angestellten und Geschäftspartner waren alle vernommen und später wieder auf freien Fuß gesetzt worden, weil man ihnen ein Mitwissen nicht beweisen konnte. Nach allem, was Kata erzählt hatte, musste Esther in Owens geheimes Tun eingeweiht gewesen sein, doch sie hatte alles abgestritten und lebte weiterhin in *Secret Garden*, denn Owen war offiziell nie für tot erklärt worden. Es würde noch Jahre dauern, bis die Untersuchungen abgeschlossen waren. Bis dahin wollten die Ermittler die Sache so weit wie möglich unter dem Deckel der Verschwiegenheit halten.

Ayden widerstand der Versuchung, nach Kata zu schauen. Einschlafen konnte er nicht mehr, auch nicht, nachdem die Geräusche in ihrem Zimmer verstummt waren.

»John ist tot«, blockte Kata ihn ab, als er sie am nächsten Morgen beim Frühstück auf Owen ansprach.

»Und wenn nicht?«

»Dann spielt er mit mir.«

»Hast du Angst?«

»Ein Gangboss hat mir mal gesagt, dass es gut ist, Angst zu haben«, wich sie seiner Frage aus. »Weil man dann vorsichtiger ist. Hast du deine Kamera dabei?«

»Warum?«, fragte Ayden, überrascht vom abrupten Themenwechsel.

»Die Stimmung ist einzigartig. Kommst du mit?«

»Wohin?«

»Morgenspaziergang.«

Ohne seine Antwort abzuwarten, verschwand sie im Flur. Ayden folgte ihr.

»Meinst du das ernst?«

»Was? Das mit dem Spaziergang?«

»Die Einladung mitzukommen.«

»War ein Angebot, ja.« Sie schlüpfte in eine regendichte Jacke und schwere Stiefel. »Kannst eine von Ronans Jacken nehmen«, meinte sie, während sie eine schwarze Wollmütze aufsetzte. »Er ist schon weg.«

Wortlos schaute sie ihm zu, wie er seine Schuhe anzog und sich dann für eine dicke Jacke und eine dunkelgrüne Mütze entschied.

»Bereit?«

Er nickte.

Sie öffnete die Tür. Der Sturm hatte etwas nachgelassen, aber ein heftiger Wind blies kalten Graupelregen über die raue Landschaft. Ayden holte die Kamera aus dem Wagen und stapfte hinter Kata her, die bereits losgelaufen war. Ihm fiel auf, dass sie nicht mehr hinkte. Die Zeit heilte also doch Wunden. Zumindest die sichtbaren.

»Schon mal daran gedacht, dir einen Hund zuzulegen?«, fragte er, nachdem er zu ihr aufgeschlossen hatte.

»Ich mag keine Hunde.«

Sie legte ein schnelles Tempo vor, führte Ayden auf die Ebene, über die er gekommen war, und danach zu den Klippen. Wenn er Fotos machte, blieb sie stehen und wartete. Schon beim Abdrücken wusste er, dass die Aufnahmen einmalig sein würden. Besonders jene von Kata. Ihre eigenwillige Schönheit nahm ihm beinahe den Atem. Sie posierte nicht, wandte sich jedoch auch nicht ab, wenn er die Kamera auf sie richtete. Tiefblaue Augen unter einer schwarzen Mütze, braune Haarsträhnen in einem nassen, ungeschminkten Gesicht.

»Meine Bilder löschst du alle«, bestimmte sie. »Mit einer Ausnahme. Das bekommt Ronan.«

Ayden konnte seinen Blick nicht von ihrem leicht geöffneten Mund nehmen. Er fühlte die Hitze mitten in der Kälte, das Verlangen, das gegen alle Vernunft aufstieg. Die Kamera in der Hand war vergessen, der Arm sank nach unten, während er sich vorbeugte. Kata wich nicht zurück. Sie kam ihm auch nicht entgegen, sondern wartete auf ihn, die Augen unverwandt auf ihn gerichtet, bis sich ihre Lippen berührten. Erst weich, beinahe scheu, dann intensiver, neugierig, aber nicht fordernd. Ihre Zungen fanden sich, erforschten sich und den Mund des anderen gegenseitig, entzogen sich einander, um die Berührung erneut zu suchen.

Ein heftiger Windstoß durchbrach den Zauber. Eine letzte flüchtige Berührung der Lippen, und es war vorbei. Durch Aydens Körper fluteten heiße Wellen, sein Herz klopfte bis zum Hals. Er wusste nicht, wo er hinschauen sollte, packte umständlich die Kamera weg. Bis er es endlich wagte aufzusehen, war Kata weit vor ihm.

Langsam ging er hinter ihr her zum Haus, sein Inneres aufgewühlt wie das Meer, das gegen die Klippen donnerte. Die Tür war unverschlossen, Katas Stiefel standen im Flur. Sie war nicht da. Ayden hängte Ronans Jacke neben Katas und zog die Mütze aus. Seine Schuhe, Socken und Hose waren vom Regen durchnässt. Er hatte keine anderen Sachen dabei, denn er hatte nicht vorgehabt, über Nacht oder noch länger zu bleiben.

»Hier!«, rief es von oben.

Eine Jogginghose und ein paar Socken kamen ihm entgegengeflogen. Er fing sie auf. Dann stand er ziemlich lange einfach da und versuchte, das Wunder zu begreifen, das gerade geschehen war.

Später saßen sie am Küchentisch, Kata mit Tee, er mit Kaffee, und schauten sich zusammen Henrys Dateien an. Katas Gesicht verriet nicht, was sie fühlte, und Ayden bemühte sich, sein inneres Chaos vor ihr zu verbergen.

»Bist du dieses Material nicht schon tausendmal durchgegangen?«, fragte er.

»Doch. Und du?«

Nicht ganz tausendmal, aber oft. Ayden wusste nicht, was es bringen sollte, sich erneut durch die Datenberge zu graben. Er überließ Kata das Navigieren und musste sich zwingen, auf den Bildschirm zu schauen und nicht auf sie. Noch immer fühlte er ihre Lippen auf seinen. Er bereute den Kuss nicht. Und sie? War das ein Anfang von etwas gewesen? Oder einfach ein Augenblick, in dem Kata das Leben spüren wollte?

Sie drehte sich zu ihm um. »Was ist?«

»Nichts.«

Ayden sah, dass sie bei den offiziellen Pressefotos aus John Owens Vergangenheit angelangt war. Er hatte ihnen beim Betrachten nicht viel Aufmerksamkeit geschenkt, denn es hatte andere, spannendere Aufnahmen gegeben.

»Willst du noch einen Tee?«

»Mmm …«, murmelte sie und rief das nächste Bild auf.

Er griff nach den leeren Tassen. Dabei blieb sein Blick an etwas hängen.

»Stopp!«

Kata war schon ein Bild weiter.

»Zurück! Geh eins zurück!«

Sie kam seiner Bitte nach. Ayden starrte auf die kleine Gruppe von Menschen, aufgenommen bei einer Rede von Owen vor den Mitarbeitern einer seiner Firmen. Owen stand auf einem kleinen Podest, links und rechts von ihm Männer mit ernsten Gesichtern, wahrscheinlich Vorgesetzte der Belegschaft. Aydens Interesse galt dem Mann am rechten Bildrand.

Er lehnte etwas abseits an der Wand, die Arme verschränkt, den Blick aufmerksam auf das Publikum gerichtet. Die Aufnahme war unscharf, der Mann mit den verschränkten Armen mindestens zwanzig Jahre jünger als heute. Trotzdem fragte sich Ayden, warum um alles in der Welt er ihn nicht vorher erkannt hatte. »Das da.« Er deutete mit dem Zeigefinger auf den Mann. »Das ist Henry.«

»Henry?«

»Der Mann, der uns den Stick gegeben hat.«

Ivanas Platz im Speisesaal war unbesetzt. Raix saß in seiner Nische. Als Nathan zu ihm hinübersah, fuhr er über sein pomadiges Haar und presste dabei die Hand für einen Moment an den Kopf, das Zeichen, dass er für den nächsten Schritt bereit war. Nathan antwortete mit einem leichten Nicken. Auf ihn wartete vor der Sitzung mit Gion erst einmal die sogenannte Selbstreflexion. Das bedeutete, eine Stunde lang mit einer Frage auf dem Flachbildschirm in seinem Zimmer zu hocken und nach Antworten zu suchen, die er gar nicht finden wollte. Nathan hatte geglaubt, gut damit klarzukommen, denn auf seiner Insel war er wesentlich länger allein. Doch schon am zweiten Tag seines Klinikaufenthalts hatte er sich eingestehen müssen, dass er sich selber nur noch mithilfe des Inselwhiskys ertrug. Und den gab es hier nicht.

Wie die Tage davor war der Bildschirm an. Statt einer Frage schimmerte ein Meer von Rosenblättern vor Nathans Augen. Kitsch, fand er und beschloss, den verpassten Schlaf von letzter Nacht nachzuholen. Er ging zum Fenster, um die Vorhänge zuzuziehen. Draußen glitzerte eine Märchenwelt aus weißem Zucker, gezackten Berggipfeln und einem strahlend blauen Himmel. Jede Faser in Nathans Körper sehnte sich danach, in diese Welt hinauszugehen und in sie einzutauchen. Unschlüssig stand er vor dem überwältigenden Panorama und überlegte, sich noch einmal vom Balkon fallen zu lassen. Dann erinnerte er sich an das Versprechen von Janis, mit ihm Schneeschuhlaufen zu gehen. Das wollte er nicht mit einer sinnlosen Aktion gefährden. Womöglich gab es hier so was wie Einzelhaft oder Isolation für wiederholtes schlechtes Betragen. Aber für ein paar Minuten einfach auf dem Balkon stehen, die frische Luft einatmen, dafür würde ihn niemand bestrafen. Im Gegenteil, das würde zeigen, dass er denselben Mist nicht zweimal machte. Nathan versuchte, die Tür zu öffnen. Es ging nicht. Sie war verriegelt. Mit einem tiefen Seufzer zog er die Vorhänge zu und legte sich aufs Bett.

»Müde?«, fragte eine Stimme.

Nathan fuhr hoch. Er war allein. Die Stimme kam aus den Lautsprechern des Bildschirms.

»Das ist verständlich, Nathan. Doch bevor Sie sich schlafen legen, sollten Sie sich etwas anschauen.«

Die Rosenblätter verschwanden. An ihrer Stelle erschienen körnige Aufnahmen einer Infrarotkamera. Der Film setzte in dem Augenblick ein, in dem Nathan seine Zimmertür öffnete. Er konnte zusehen, wie er sich langsam in einer Schlangenlinie zum Wäscheraum tastete. Gegen jede Vernunft hoffte er, der Film würde dort enden. Diese Hoffnung löste sich auf, als der Blickwinkel änderte und Nathan das Innere des Raums sehen konnte. Ivanas Zimmermädchen hatte sich geirrt. Selbst in dieser kleinen Kammer gab es Überwachungskameras. Irgendjemand hatte sich einen Spaß daraus gemacht, aus den verschiedenen Aufnahmen einen Streifen zusammenzuschneiden, der an einen billigen Porno erinnerte. Nathan schloss die Augen.

»Etwas peinlich, nicht wahr?«, bohrte sich die Stimme in seinen Kopf.

»Fragt sich, für wen«, antwortete Nathan.

»In welcher Kategorie bist du?«, hörte er sich keuchend flüstern, und er verstand, weshalb ihm die Aufnahmen gezeigt wurden. Wenn er noch einmal nach den Kategorien fragte, konnte es sein, dass der Film seinen Weg in die Social-Media-Kanäle dieser Welt fand.

3.

Raix tischte seinem Therapeuten ein paar weitere erfundene Kindheitserlebnisse auf, um dann fasziniert zuzuhören, welche Schlüsse Ulrich daraus zog. Den Rest des Vormittags verbrachte er zusammen mit vier anderen Klinikgästen beim kreativen Malen.

»Lasst euer Herz eure Pinsel führen.«

Francesca gab die Anweisung in drei verschiedenen Sprachen. Unbeholfen pinselte Raix etwas Undefinierbares auf die Leinwand. Er sah das Mitleid in Francescas Augen und fügte zwei schwarze Kreise hinzu.

Beim Mittagessen fehlte Nathan. Raix überlegte kurz, ob er seine geplante Aktion verschieben sollte, entschied sich jedoch, sie durchzuziehen, denn die Voraussetzungen waren ideal. Er war für den Nachmittag der Gruppe *Winterspaziergang* zugeteilt, die perfekte Gelegenheit, einen Anfall vorzutäuschen. Die Betreuer würden die ersten Symptome der ungewohnten Bergluft und der starken Sonneneinstrahlung zuschreiben und nicht sofort ärztliche Hilfe anfordern. Das ermöglichte Raix eine langsame Steigerung bis hin zum totalen Kollaps.

Während des Ausflugs durch die verschneite Bergwelt, die in ihm eine Flut von Erinnerungen an seine Kindheit auslöste, blockte er die wenigen Kontaktversuche seiner Mitwanderer schroff ab. Immer wieder blieb er stehen und presste die Handflächen gegen die Schläfen. »Es ist nichts!«, fuhr er die beiden Betreuerinnen Caroline und Svetlana an. »Fassen Sie mich nicht an und lassen Sie mich in Ruhe!«

Mit seinem vorgetäuschten Zusammenbruch wartete er, bis sie nach der Rückkehr vom Spaziergang das Tor zum Klinikgelände passiert hatten. Mitten im Park begann er zu wanken.

Nach ein paar unsicheren Schritten sank er in die Knie und steckte den Kopf in den Schnee. Sofort war Caroline neben ihm.

»Er brennt«, keuchte Raix. »Mein Kopf brennt.« Er warf sich auf den Rücken, winkelte die Beine an und wimmerte wie ein kleines Kind.

Caroline hielt ihn fest, Svetlana forderte Hilfe an. Raix legte eine Stufe zu. Mit zuckendem Körper lag er im Schnee. Die Gruppe, mit der er unterwegs gewesen war, löste sich auf. Einer nach dem anderen entfernte sich, die Gesichter eine undurchdringliche Maske. Welche Gefühle sie dahinter verbargen, Mitleid, Schadenfreude, Entsetzen oder Angst, blieb ihr Geheimnis.

Kurz bevor die herbeieilenden Pfleger ihn erreichten, gab Raix vor, das Bewusstsein zu verlieren. Es half nicht. Er fühlte den Einstich der Nadel. Was immer ihm ins Blut gejagt wurde, wirkte sofort. Es reichte nur knapp für einen letzten Gedanken an Chesil.

Zu seiner Enttäuschung erwachte Raix in einem Raum mit einem großen Fenster. Für den Geheimtrakt im Untergeschoss brauchte es wohl mehr als nur eine ausgewachsene Panikattacke! Beinahe ungläubig stellte er fest, dass er kaum Kopfschmerzen hatte. Aber ihm war übel und seine Sinne spielten verrückt. Reglos lag er da und wartete, bis sich die Balance in seinem Körper wieder einstellte. Dann spielte Raix seine Rolle als Richard William James Felix Ormond. Er rief energisch nach einem Arzt.

Zwei weiß gekleidete Gestalten stürmten in den Raum. Es mussten Pfleger sein, denn keinen der beiden umgab diese selbstbewusste Aura, die Ärzten eigen ist. Wie das restliche Personal trugen sie Namensschilder. Merve und Joel. Nur Vornamen, keine Funktion.

»Was soll das?«, schrie Raix hoch und schrill. »Wo bin ich hier? Und warum hat man mich beinahe nackt ausgezogen?«

»Es ist alles in Ordnung, Richard. Sie hatten einen unpassenden Moment«, sagte Joel ruhig.

Unpassender Moment. Raix entschied, den Begriff für sich abzuspeichern. So niedlich verharmlost hatte noch nie jemand einen seiner Anfälle.

»Wir haben uns entschieden, Ihnen ein Beruhigungsmittel zu verabreichen und Sie unter Beobachtung zu stellen. Dazu haben wir uns erlaubt, Sie ein Stück weit zu entkleiden.«

»Das nennen Sie Beobachtung?«, herrschte Raix den Pfleger an. »Sie haben mich alleine in diesem Raum gelassen.«

»Der Schein trügt. Wir …«

»Ich will den Chef sprechen.«

»Sie meinen Frau Derungs, die Klinikleiterin?«

»Nein.« Raix sprach mit Joel wie mit einem Untergebenen. »Den leitenden Arzt.«

»Ich bin …«

»Wer und was Sie sind, interessiert mich nicht. Ich will mit dem Verantwortlichen sprechen. Sofort.«

»Bedauere«, erwiderte Merve. »Doktor Altherr ist beschäftigt.«

Altherr. Raix hatte den Namen noch nie gehört. »Beschäftigt?« Er spuckte die Worte aus wie ein beleidigter Rotzbengel, der nicht bekommt, was er will. »Ich verlange …«

»Schon gut«, klang es von der Tür her. »Ich bin hier. Richard, wo liegt das Problem?«

Das Problem lag darin, dass Raix diesen Arzt nicht kannte. Er hatte ihn nie zuvor gesehen – und er hatte sie alle gesehen, damals, in diesem Institut in der Zentralschweiz, in der ein paar Superhirne jegliches Maß verloren und sich zu Gott ernannt hatten. Einer der Ärzte lebte nicht mehr. Aber es gab zwei weitere. Altherr gehörte nicht dazu.

»Ich erwarte eine Gegenleistung für mein Geld«, erklärte Raix dem Mann, dessen Namensschild etwas mehr Informationen preisgab. Es wies ihn als Samuel Altherr aus. Oberarzt. Und damit als ein ziemlich hohes Tier.

»Man hat mich vor den Augen der anderen Gäste betäubt und weggetragen.«

»Das tut mir leid, Richard. Wir sahen keine andere Möglichkeit. Sie … Sie waren außer sich.«

»Wie ein wildes Tier sedieren kann man mich auch in England. Meine Familie und ich erwarten von dieser Klinik den Erfolg, den sie verspricht.«

Die Erwähnung seiner Familie hatte eine bemerkenswerte Wirkung.

»Selbstverständlich, Richard«, beruhigte ihn Altherr. »Wenn Sie mich jetzt entschuldigen.«

Raix hätte geschworen, dass sich der Arzt leicht verneigte, bevor er den Raum verließ, was wohl an der großzügigen Spende lag, die im Namen der Familie Ormond eine Woche vor der Anreise ihres Sprösslings auf das Konto der Klinik eingegangen war.

In einer arroganten Geste winkte Raix die Pfleger heran. »Ich will auf mein Zimmer. Wo sind meine Kleider?«

Merve brachte ihm die Sachen. Hemd und Hose auf einem Bügel, den Pullover fein säuberlich zusammengelegt. »Rufen Sie mich, wenn Sie bereit sind«, sagte sie.

»Ich brauche kein Kindermädchen!«

»Natürlich nicht.« Merves Gesicht lief rot an. »Ich muss Sie trotzdem begleiten, zumindest bis zum Ausgang der medizinischen Abteilung.«

Raix wurde schnell klar, weshalb. Die medizinische Abteilung war ein geschlossener, bewachter Bereich. Keines der Fenster hatte einen Griff, mit dem man es öffnen konnte, und auf dem Weg nach draußen gab es mehrere Türen, die sich nur mithilfe einer Sicherheitskarte entriegeln ließen. Wer hierher gebracht wurde, kam alleine nicht wieder hinaus. Was für diese Abteilung galt, musste in noch viel größerem Ausmaß für den Trakt im Untergeschoss gelten. Selbst wenn Nathan und er es dorthin schaffen sollten: Hinauszukommen, würde unmöglich werden. Es sei denn … Raix dachte den Gedanken nicht zu Ende. Auf seiner letzten Flucht aus einer Klinik hatte er einen Menschen umgebracht.

Der Sturm hatte sich verzogen und den Regen mitgenommen. Über der weiten Landschaft schien fahl die Wintersonne. Mit dem Aufklaren des Wetters hatte sich auch der Nebel um Henrys Identität gelichtet, zumindest teilweise. Kata und Ayden hatten nach stundenlangen Recherchen seinen damaligen Namen ausfindig gemacht. Aleksander Nowak. Doch damit waren neue Fragen aufgetaucht, Fragen, deren Antworten Kata in Henrys Wohnung zu finden hoffte. Deshalb hatte sie Ayden gebeten, sie nach Plymouth mitzunehmen.

»Hast du Gemma von den *Lost Souls* erzählt?«, brach Ayden die Stille, die sich seit der Abfahrt aus Quentin Bay zwischen sie gelegt hatte.

»Nein.«

Kata verschwieg Gemma die Organisation, weil sie ihr ein anderes Leben wünschte als ihres. Vielleicht, dachte sie, vielleicht hatte sie deshalb den Kuss zugelassen. Weil sie nun verstand, warum ihr Ayden nichts von den *Lost Souls* gesagt hatte. Vielleicht. Sie warf einen Blick zu ihm hinüber. Fühlte seinen Mund auf ihrem, die Zärtlichkeit der Berührung, das Versprechen auf Liebe. *Liebe*. Das Wort hatte sich in ihre Gedanken geschlichen wie ein Dieb. Unvermittelt war es da, überrumpelte Kata, brachte ihren Herzschlag aus dem Takt. Wild hämmerte es gegen die Brust, bis Kata das tat, was sie auch mit einem

Dieb gemacht hätte. Sie vertrieb das Wort aus ihrem Kopf. Es war nur ein Kuss, redete sie sich ein, ein Kuss aus der Intensität des Moments heraus. Mehr nicht. Und mehr durfte es auch nicht werden!

Kata zwang ihre Gedanken zurück zu der Spur, auf die sie das Foto gebracht hatte. Henry und Owen kannten sich. Zumindest waren sie sich begegnet. Damit öffnete sich eine Tür, hinter der sie vielleicht die Antwort auf die Frage fand, wer sie damals aus dem Wagen ihrer Eltern geholt hatte. Und vielleicht wartete am Ende aller Antworten John Owen auf sie. Erneut schlug Katas Herz schneller. Es war nicht die Angst, die es antrieb, sondern grimmige Entschlossenheit.

Joseph musste den Wagen gehört haben, denn er kam ihnen entgegen. Wenn er überrascht war, Kata zu sehen, ließ er es sich nicht anmerken. Er begrüßte sie mit einem Lächeln.

»Das ist Kata«, stellte Ayden sie vor. »Sie braucht eine Unterkunft, solange sie in Plymouth ist.«

»Wir kennen uns.« Joseph streckte ihr seine Hand entgegen. »Herzlich willkommen, Kata.«

Er strahlte eine angenehme Wärme aus. Eine, die Geborgenheit vermittelte, selbst wenn man keine erwartete oder gar suchte. Kata bemerkte, wie Ayden Joseph verstohlen beobachtete, so als wolle er prüfen, wie er auf sie reagierte.

»Wir haben ein kleines Zimmer unter dem Dach. Längst nicht so schön wie das Gästezimmer bei dir, eher eine Besenkammer mit Bett, aber es …«

»Das passt«, stoppte sie Ayden, bevor er noch mehr ins sprachliche Trudeln kommen konnte.

Auch Joseph schien Aydens Unsicherheit nicht entgangen zu sein. »Kennst du unser altes Hafenviertel schon?«, fragte er Kata.

»Nicht wirklich.«

»Es ist sehr schön«, meinte er. »Ayden kann es dir zeigen.«

»Das … Das wäre nett.«

»Du wirst es mögen, vor allem die *Flogging Molly*.«

»Ich habe viel von ihr gehört.«

Kata schwamm durch die Unterhaltung wie durch einen fremden Fluss. Sie hatte sich angewöhnt, wenig zu reden, und das, was sie sagte, war immer zielgerichtet. Kein überflüssiges Wort. Keine Floskeln. Sie fragte sich, ob sie überhaupt noch zivilisationstauglich war nach all der Zeit im alten Steinhaus in Quentin Bay.

Ayden deutete auf die Treppe ins obere Stockwerk. »Du kannst die Tasche ins Gästezimmer stellen. Hinten im Gang, die Tür rechts. Ich zeige dir, wo das Bad ist, und dann gehen wir.«

Damit führte er sie zurück auf sicheres Terrain. Jeder Satz eine Information. Keine Phrasen oder Schnörkel. In dieser Sprache, weit weg von Gefühlen, schien auch Ayden besser aufgehoben, vor allem jedoch sicherer.

»Mach dir keine Gedanken um Joseph«, sagte er auf dem Weg durch die Gassen. »Er nimmt die Menschen, wie sie sind.«

Vor einem unscheinbaren Gebäude am Anfang einer langen Häuserreihe, nicht weit vom Laden entfernt, blieb er stehen. »Das ist es. Henrys Haus.«

Am liebsten wäre Kata sofort hineingegangen, um nach Hinweisen zu suchen, aber die Dämmerung brach an. Es wurde zu dunkel. Ohne Licht, das sie verraten hätte, würden sie nichts erkennen.

Ayden zeigte auf eines der Fenster. »Dort oben saß er und ließ die Leute glauben, er warte auf den Tod.«

Bis er letzten Herbst verschwunden war. Zurückgelassen hatte er einen Stick mit Informationen und jede Menge offene Fragen.

»Denkst du, er steckt hinter dem Verschwinden von Nathan?«, fragte Kata.

»Weil er die Mails geschrieben haben könnte, die Nate auf Jenkinsons Spur führten?«

»Oder weil er Zoes Mörder ist. Wäre doch möglich.«

»Wäre es. Aber ich glaube es nicht.«

Ayden kannte Henry. Soweit man ein Phantom kennen konnte. Er hatte mit ihm gesprochen. Bis sie im Haus gewesen waren, musste Kata seinem Urteil trauen. »Wie bist du zu Joseph gekommen?«, wechselte sie das Thema.

»Komm, ich zeig dir die *Molly*«, wich er der Antwort aus und schlug den Weg zum Hafen ein. Der alte Kahn, den Kata von Fotos kannte, strahlte in neuer Frische. Ein Farbtupfer in dem Grau, das sie umgab.

»Ist schön geworden«, sagte sie.

Ayden steckte seine Hände in die Hosentaschen. »Ich hatte Hunger und war total abgebrannt. Durch das Fenster sah ich die Ladenkasse. Uralt und leicht zu knacken. Ich wollte mich reinschleichen, aber da hing diese Glocke über der Tür und machte einen Heidenlärm. Ein Typ tauchte auf. Er sah aus wie einer, der früher mit Rockbands rumgezogen war. Schaute mich an und sagte *Ich nehme an, das mit dem Essen kann nicht bis nach dem Duschen warten*.« Er trat verlegen von einem Bein aufs andere. »Ist verdammt kalt.«

»Und?«, wollte Kata wissen.

»Nachdem ich seinen halben Kühlschrank leer gegessen hatte, schickte er mich duschen. Danach gab er mir frische Sachen und bot mir einen Job an.«

»Ohne dich zu fragen, wer du bist?«

Ayden zog die Schultern hoch, den Blick irgendwo in die Vergangenheit gerichtet. »Ja.«

»Du hast ganz neu angefangen?«

Er nickte.

Sie wusste, dass man sich selber immer mitnahm, wenn man neu anfing. Sich und seine Vorgeschichte. Genau das hatte sie getan, als sie mit Ronan in das Haus ihrer Eltern gezogen war. Ayden hatte es hinbekommen. Er hatte sich ein neues Leben aufgebaut, es verloren und es sich wieder zurückgeholt. Zweimal, nicht nur einmal. Kata war dabei, sich ihres zurückzuholen, obwohl sie ahnte, dass John genau darauf wartete: Auf den Augenblick, in dem sie aufhörte, ein Zombie zu sein, den Moment, in dem sie etwas zu verlieren hatte, wenn sie starb.

»Weiß Joseph, was ich getan habe?«, fragte sie.

»Nein.«

Aber Ayden wusste es. Und er sollte es nie vergessen.

»Ich habe es getan, Ayden. Selbst wenn John nicht tot ist, habe ich es getan. Es macht keinen Unterschied.«

»Für mich hat es nie einen gemacht.«

Sie glaubte ihm. Er lebte wie sie in einer Welt, in der man Dinge tat und erlebte, die die Vorstellungskraft der meisten Menschen sprengte. Trotzdem wollte sie, dass er sie sah, wie sie war.

»Der Kuss …«, begann sie.

»Möchtest du noch zum Memorial hoch oder sollen wir zu Joseph?«

»Ich …« Sie brach ab. »Zu Joseph«, entschied sie.

»Du kannst wählen«, sagte Joseph zu Ayden. »Den Laden übernehmen oder kochen.«

»Laden«, antwortete Ayden.

»Ich bin der bessere Koch.« Joseph blinzelte Kata zu. »Und du? Möchtest du dich im Gästezimmer einrichten und mir dann beim Zubereiten der Mahlzeit helfen?«

»Wenn Sie jemanden brauchen können, der von Kochen nicht viel Ahnung hat.«

Kata wusste nicht, warum sie sich darauf einließ. Oder vielleicht doch. Es lag an Joseph. Von ihm ging eine Ruhe aus, die sich auf sie übertrug. Und so verkroch sie sich nicht in die winzig kleine Kammer, wie sie es wohl bei jedem anderen getan hätte, sondern folgte Joseph in eine kleine, aber gemütliche Küche. Der alte Teekessel auf dem Herd erinnerte sie an den Anruf vom vergangenen Sommer, nachdem Ayden in der Lagerhalle übel verprügelt worden war.

Vertrauen Sie Ayden?, hatte sie Joseph gefragt.

Ihre Finger legten sich auf den Arm, dort, wo Ayden sie festgehalten hatte, während er ihr den Namen jenes Ortes ins Ohr flüsterte, der ihr Zuhause war. Die Erinnerung, die nach der Nacht auf der *Rockfield Airbase* von einem schwarzen Loch verschlungen worden war, kam mit einer Heftigkeit zurück, die Kata die Tränen in die Augen trieb. Die Haut auf ihrem Arm brannte. Der Kuss musste eine Tür geöffnet haben. Dahinter lag das, was sein könnte. Ganz nah und doch so unerreichbar weit weg. Kata sah, wie der Dieb sich mit einem Wort in seinem Beutel davonstahl. Warte, wollte sie rufen, aber sie brachte keinen Ton aus ihrer Kehle heraus.

»Der Teekessel reagiert nicht auf Hypnose«, hörte sie Joseph sagen. »Du musst ihn schon anmachen, wenn du heißes Wasser möchtest.«

Seine Worte brachen den Bann. Kata fand Halt in den gewohnten Handgriffen und den banalen Fragen nach den Teekräutern und den Tassen.

»Nathan MacArran ist also verschwunden«, meinte Joseph, während sie zusammen Gemüse schnippelten und Tee tranken.

»Ja.«

»Ihr werdet ihn finden.«

Vielleicht, dachte sie und fragte sich, ob jemals wieder etwas sicher sein würde.

»Wie lange wohnt Henry schon in Plymouth?«

»Henry?« Nachdenklich legte Joseph den Kopf in den Nacken. »Mmm … Lange. Mindestens seit zehn Jahren. Eher länger. Warum? Ich dachte, ihr sucht Nathan?«

»Auch.«

»Aber?«

Sie schüttelte den Kopf. »Nichts.«

»Ich glaube, das reicht.«

Joseph irrte sich. *Nichts* reichte nicht! Genau so wenig wie all die *Vielleicht*.

»Ich rede von dem da.« Joseph zeigte auf die Karotten vor Kata. Oder auf das, was einmal Karotten gewesen waren. Ohne es zu bemerken, hatte Kata sie zu winzig kleinen Stücken zerhackt.

»Ich habe ja gesagt, dass ich nicht gut kochen kann.«

Wütend schob sie das angerichtete Gemetzel von sich. Und plötzlich stürzte alles über ihr zusammen. Sie wollte die Tür zuschlagen, die der Kuss geöffnet hatte, und die Erinnerungen wieder im schwarzen Loch verschwinden lassen, denn das, was sie fühlte, tat zu weh. Stattdessen fand sie sich in Josephs Armen, ohne die geringste Ahnung zu haben, wie sie dorthin gekommen war. Sie versank in seiner warmen Geborgenheit und wusste, dass sie die Türschwelle überschritten hatte. Es gab kein Zurück. Nur Neuland, das sie verwirrte und ihr Angst machte.

Verlegen löste sie sich von Joseph. »Das …«

»Das bleibt unter uns«, beendete er, was ihr nicht über die Lippen kam.

Zu Katas Erleichterung verlor Joseph kein einziges weiteres Wort über die Karotten oder die Umarmung. Stattdessen fand sie sich mitten in einem Gespräch über die Fotografie, seine Leidenschaft, die er zu seinem Beruf gemacht hatte. Die Küche füllte sich mit dem köstlichen Geruch nach Gemüselasagne, und bis es Zeit war, den Laden zu schließen, kam es Kata vor, als kenne sie Joseph schon eine Ewigkeit.

Ayden hatte sich die ganze Zeit nicht gezeigt, obwohl im Geschäft nicht viel los war. Jetzt saß er schweigend mit ihnen am Tisch, das Haar wie immer verstrubbelt, eine leichte Röte ihm Gesicht. Er aß wenig, redete kaum und verschwand nach dem Essen gleich nach draußen.

»Ich …«, begann Kata. »Die Lasagne war …«

»Du bist die erste junge Frau, die Ayden nach Hause gebracht hat, seit Rose tot ist«, sagte Joseph sanft. »Das verwirrt ihn. Gib ihm Zeit.«

»Ich bin die Falsche für ihn«, brach es aus ihr heraus.

»Das glaube ich nicht.«

Aber ich!, wollte Kata sagen. Es ging nicht. Die Worte blieben ihr im Hals stecken. Nahmen ihr den Atem. Viel zu hastig stand sie auf, schlug mit der Hüfte gegen die Tischkante und stolperte ins Freie. Erst in der kalten Luft vor dem Haus konnte sie richtig atmen, beruhigte sich ihr Puls.

Am Hafen unten glänzte das nasse Kopfsteinpflaster im Schein der Lampen. Eine einsame Gestalt saß auf einem der Poller bei den Booten. Vor ihr schaukelte die *Flogging Molly* auf dem Wasser. Kata blieb stehen. Sie konnte sich umdrehen, ihre Tasche holen, zum Bahnhof laufen und so weit fahren, wie sie an diesem Abend noch kam. Sie tat es nicht. Unsicher ging sie auf Ayden zu und setzte sich auf den Poller neben ihm.

Er hob den Kopf. »Jetzt könnte ich Nates Blechschachtel mit den geschnorrten Zigaretten gebrauchen.«

»Du rauchst?«

»Nein.«

Sie wusste, was er meinte. Nathan rauchte, wenn er die Dinge für sich einordnete. Stets nur eine Zigarette. Das Ritual half ihm dabei, Klarheit in seine Gedanken zu bringen.

»Vergiss, was heute Morgen passiert ist.«

Es klang viel zu hart. Wie das Knallen einer Tür, die für immer zuging. Kata suchte nach anderen Worten. Den richtigen. Jenen, die ausdrückten, was in ihr vorging. Ayden würde es verstehen. Und vielleicht konnten sie versuchen …

»Schon gut. Wir sind Partner.«

Sie hörte die Traurigkeit in seiner Stimme. Als hätte auch er eine Tür zugemacht. Leiser und behutsamer als sie.

Kata legte ein weiteres Vielleicht auf den mittlerweile riesigen Vielleicht-Stapel.

Vielleicht war es besser so.

Ayden räusperte sich. »Alle Fäden laufen bei Henry zusammen. Wir von den *Lost Souls* waren die Einzigen, die wussten, wer du wirklich bist. Was, wenn Henry Insiderinformationen hatte und damit gezielt nur uns versorgt hat? Er kannte mich und wusste, was wir taten.«

Es dauerte eine Weile, bis Aydens Worte durch das Chaos in Kata drangen. »Es ging ihm also von Anfang an auch um mich? Nicht nur um Owen.«

»Ich denke, ja. Die Frage ist nur, warum.«

Aus seiner Jackentasche drang der leise Klingelton seines Handys. Er zog es heraus, warf einen Blick auf das Display und nahm den Anruf entgegen. Mit zusammengepressten Lippen hörte er zu. Nur einmal redete er kurz.

»Bist du sicher?«

Auch seine Verabschiedung fiel nicht länger aus. »Danke. Ich melde mich.« Er stand auf. »Das war Igor«, erklärte er. »Er hat Nate gefunden. In einer privaten Luxusklinik in der Schweiz.«

Ohne weitere Erklärung lief er los. Igors Nachricht hatte ihn sichtbar aufgewühlt. Das konnte nicht nur an Nathans einsamem Entscheid liegen, sich in eine Klinik zu begeben. Sie wussten beide, dass er damit das Richtige getan hatte.

»Da ist noch mehr«, sagte Kata, als sie zu Ayden aufgeschlossen hatte.

»Am gleichen Tag wie Nate hat auch ein Mr Ormond eingecheckt.«

»Ormond?«

»Seine Biografie ist eine Fälschung, allerdings eine sehr gute.«

DeeDee konnte es nicht sein. Das hätte Ayden nicht derart aus der Fassung gebracht.

»Wer ist es?«

»Raix«, antwortete er tonlos.

»Raix?«

Unmöglich! Raix konnte nicht in der Schweiz sein. Er wurde dort wegen Mordes gesucht.

»Der verdammte Idiot.« Ayden wischte sich über die Augen.

»Warum die Schweiz?« Kata verstand überhaupt nichts mehr. »Und warum eine Suchtklinik? Das ist es doch, oder?«

»Igor hat gesagt, es gäbe Gerüchte.«

»Gerüchte?«

»Über eine geheime medizinische Abteilung. Operationen am Kopf. Vielleicht sind Raix' Probleme schlimmer geworden und man kann ihm dort helfen.«

»Aber doch nicht ausgerechnet in der Schweiz!«, sagte Kata fassungslos. »Es gibt auf der ganzen Welt Kliniken. Nathan hat Beziehungen. Er kennt überall gute Ärzte.«

»Die Operation an Raix' Kopf war geheim und illegal. Ein Versuch an einem Menschen.« Ayden klang zornig und bitter zugleich. »Raix braucht einen der Ärzte von damals. Nur sie wissen, was sie getan haben. Er muss einen von ihnen gefunden haben.«

Mithilfe von Nathan! Ohne jemanden einzuweihen. Es gab nur eine Erklärung dafür: Weil Nathan das nicht wollte. Unser Krieg, gab er ihnen damit zu verstehen. Haltet euch da raus. Das letzte Mal, als er einen Krieg alleine geführt hatte, war die Sache schrecklich ausgegangen.

»Ich fahre hin«, sagte Ayden.

Henry und seine Geheimnisse mussten warten. »Nicht ohne mich«, antwortete Kata.

Raix kam gerade noch rechtzeitig zum Abendessen. Alle anderen saßen schon an ihren Tischen. Vor Nathan stand ein mit Cola gefülltes Trinkglas, daneben lag achtlos ein Messer. Cola für *privaten Bereich*, Messer für *überwacht*. Raix bestellte ein Glas Milch. Milch für *medizinische Abteilung*. Den versteckt-neugierigen Blicken jener ausgesetzt, die seinen Zusammenbruch miterlebt hatten, spielte er nervös mit seinem Besteck. Am Ende zeigten die Zinken der Gabel nach oben. Damit signalisierte Raix Nathan, dass er es nicht in den Trakt im Untergeschoss geschafft hatte. Den Pfefferstreuer, das Symbol für einen Raix bekannten Arzt, verbarg er hinter der Milch.

Nathan legte seine Hand auf den Tisch. Sie zeigte zum Platz der blonden Tänzerin, die sich am Vorabend zu ihm gesetzt hatte. Er war leer. Zu gerne hätte Raix mit seinem Freund gesprochen. Nathan sah fürchterlich aus. Er kämpfte unübersehbar mit Entzugserscheinungen und wahrscheinlich einer ganzen Horde innerer Dämonen.

Tief in seine Sorge um Nathan versunken verpasste Raix beinahe den neusten Zugang. Nicht einmal die Stille, die plötzlich über dem Saal lag, fiel ihm anfangs auf. Erst das einsetzende Gemurmel ließ ihn aufhorchen. Er schaute sich um und bemerkte den Grund für den Stimmungswechsel unter den Gästen. Eine schlanke Frau mit von Silbersträhnen durchzogenem Haar, einem sinnlichen Mund und Augen, die schon alles gesehen zu haben schienen, wurde von einem Kellner zu einem Tisch beim Fenster geleitet. Ihre Bewegungen glichen denen einer Raubkatze. Sie gehörte zu jener Art Menschen, die aus jeder Menge herausragen. Raix konnte nicht anders, als immer wieder verstohlen zu ihr hinzusehen. Er war nicht der Einzige. Es gab niemanden im Saal, der es nicht tat.

Nach dem Essen blieb Raix sitzen. Seine Kopfschmerzen hatten nach der kurzen Phase, in der sie abgeklungen waren, erneut eingesetzt, stärker als vor dem vorgetäuschten Anfall. Trotzdem bestellte er eine weitere Karaffe des Mineralwassers, das aus einer Quelle im Tal stammte. Während er langsam trank, suchte er vergeblich den Blickkontakt mit Nathan, der den Speisesaal verließ, ohne ihn zu beachten. Raix bemerkte die zitternden Hände und musste sich zwingen ihn nicht am Arm zu packen und zurückzuhalten.

Als sich die Frau am Fenster erhob, stand auch Raix auf. Beinahe gleichzeitig gingen sie auf den Ausgang zu. Die Frau wich einem Gast aus und stieß gegen Raix.

»Entschuldigung.« Ihre Augen blieben an seinem Gesicht hängen. »Oh, Sie sind es, Mr Ormond. Sie hätte ich hier nicht erwartet.« Sie lächelte. »Lassen Sie das unser Geheimnis bleiben und grüßen Sie nach Ihrer Rückkehr den Lake District von mir.«

Sie ging weiter, während Raix wie vom Blitz getroffen stehen blieb. Hätte ihnen jemand zugehört, hätte der sich nichts dabei gedacht. Zwei Menschen, die sich kannten und das nicht an die große Glocke hängen wollten. Das Problem war nur, dass es keinen Richard William James Felix Ormond aus dem Lake District gab.

Nach einer Schrecksekunde fing Raix sich wieder. Er steuerte Antonio an.

»Eine beeindruckende Dame«, meinte er auf dem Weg ins Zimmer beiläufig.

Sein Aufpasser ließ die Bemerkung unkommentiert. Die einzigen Worte, die er sprach, waren ein höfliches »Ich wünsche eine geruhsame Nacht«, bevor er die Tür hinter sich zuzog.

Ein frommer Wunsch, der auf keinen guten Boden fiel. Stundenlang lag Raix wach im Bett. Während er darüber grübelte, wer die Frau sein könnte, rechnete er jeden Moment damit, von Sicherheitsleuten abgeholt und ins Büro der Klinikleiterin gebracht zu werden, in dem die Polizei auf ihn wartete und ihn wegen Mordes verhaftete. Er hatte Angst, Chesil nie wiederzusehen und seinen Strickspringerstiefler nie kennenzulernen. Es dämmerte bereits, als er doch noch in einen unruhigen Schlaf fiel, nur um in seinen Träumen durch endlose lichtgeflutete Korridore zu irren, Blut an den Händen und im Wissen, gerade jemanden getötet zu haben. Er hämmerte mit beiden Fäusten gegen eine verriegelte Tür, die sich rot färbte. Mit furchtbaren Kopfschmerzen schreckte Raix aus seinem kurzen Schlaf.

4.

Da Ayden und Kata damit rechneten, überwacht zu werden, flogen sie unter ihren richtigen Namen nach Zürich, um keinen Verdacht zu wecken. Sie checkten in ein unauffälliges Mittelklassehotel ein, wo sie die Betten zerwühlten und Kleider und Toilettenartikel liegen ließen. Danach stürzten sie sich ins Stadtleben. Sobald sie sicher waren, nicht beobachtet zu werden, kauften sie unter falschem Namen mehrere Handys mit Prepaid-Karten. Ohne ins Hotel zurückzukehren und ihre Sachen zu holen, fuhren sie am Mittag mit dem Zug nach Chur, wo sie sich mit allem Nötigen für einen Winterurlaub eindeckten, und von dort weiter mit der Rhätischen Bahn in die Berge Graubündens.

Unterwegs rief Igor an. Wenn die Gerüchte stimmten, die in versteckten Foren kursierten, dann standen Raix' Chancen gut, in der *Mountain Clinic Valgronda* auf den Arzt zu treffen, der ihn als menschliches Versuchskaninchen missbraucht hatte. Langsam fügte sich alles zu einem Ganzen zusammen. Raix musste es sehr schlecht gehen, sonst hätte er Chesil nicht für ein solches Wagnis verlassen. In seiner Not hatte er Nathan um Hilfe gebeten, den einzigen Menschen, der die finanziellen Mittel für einen Aufenthalt in einer solch teuren Klinik besaß. Zwei, die nichts mehr zu verlieren hatten, waren gemeinsam zu einer praktisch unmöglichen Mission aufgebrochen.

Die letzte Wegstrecke legten Ayden und Kata mit einem Postauto zurück. Während das gelbe Gefährt sich Kurve um Kurve die Berge hochschraubte, schaute Ayden staunend aus dem Fenster. Unter einem stahlblauen Himmel reihte sich Berggipfel an Berggipfel, Schnee lag wie Puderzucker auf den Tannen und die Häuser erinnerten ihn an eine Schweizer Version von Disneyland. Als sich das Tal weiter oben öffnete und in seiner ganzen Schönheit vor ihnen lag, ging ein Raunen durch die Sitzreihen. Menschen zückten ihre Kameras. Ayden hatte seine auch dabei, doch er hielt einfach nur den Atem an und prägte sich das Bild ein. Er konnte später fotografieren.

Seit sie in der Schweiz angekommen waren, hatte Kata das Reden übernommen. Bei den ersten paar Worten in dieser kratzigen Sprache mit Lauten, die klangen, als schmirgelten sie sich aus dem Hals, hatte sich Ayden ein Grinsen verkneifen müssen. Dann hatte er Kata bewundert. Ihr Englisch war perfekt, in Lyon hatte sie fließend Französisch gesprochen und nun wechselte sie ins Schweizerdeutsche. »Dort, wo wir hinfahren, reden sie übrigens Rätoromanisch, die vierte Landessprache der Schweiz«, hatte sie ihm erklärt. »Aber keine Bange. Die meisten können Englisch.«

Sie passierten Dörfer mit seltsamen Namen. An den Haltestellen auf der gegenüberliegenden Straßenseite warteten Leute mit Skiern und Snowboards auf den Transport ins Tal. Nach dem verregneten Sturmwinter in Plymouth kam es Ayden vor, als reise er in ein anderes Universum.

Es war ein kaltes Universum. Bei ihrer Ankunft war die Sonne bereits hinter den Bergen untergegangen. Wenn sie ausatmeten, bildeten sich kleine Wolken. Unter den Füßen knirschte der Schnee. Schon nach kurzer Zeit fühlten sich Beine, Hände und Gesicht taub an. Ayden und Kata verzichteten auf eine erste kleine Besichtigungstour durch das Dorf und gingen auf direktem Weg ins Hotel.

Das *Alpenrösli*, in dem Ayden ein Zimmer reserviert hatte, lag etwas abseits der Hauptstraße. Es sah aus wie ein zu groß geratenes Chalet. Die Aussicht aus dem dritten Stock war überwältigend, doch Ayden hatte nicht wirklich ein Auge dafür. Hier, in diesem Raum, der mit seinem rustikalen Mobiliar an eine heimelige Alphütte erinnerte, würde er die nächsten paar

Tage und Nächte mit Kata verbringen. Alleine der Gedanke daran ließ sein Herz schneller schlagen.

Kata warf ihre Tasche auf die rechte Betthälfte.

»Die Zeit reicht gerade noch für einen Spaziergang zur Klinik«, meinte sie. »Aber wir sollten uns zuerst warm anziehen.«

Die *Mountain Clinic Valgronda* kam Ayden vor wie ein Eispalast in einer verwunschenen Landschaft. Selbst in der langsam einbrechenden Dämmerung schimmerten die Fensterfronten bläulich. Die schmiedeeisernen Balkonbrüstungen und die altertümlichen Laternen im Klinikpark nahmen dem Bau die Härte und gaben ihm einen märchenhaften Anstrich. Das Gelände war von einem hohen Zaun umgeben, an dem in regelmäßigen Abständen Überwachungskameras angebracht waren.

In der Nähe des riesigen Eingangstors befand sich ein Café, hinter dem sich der See erstreckte. Von der Frau am Hotelempfang wussten sie, dass er noch vor Kurzem zugeschneit gewesen war. Jetzt lag er als Eisfeld vor ihnen, auf dem ein einsamer Schlittschuhläufer seine Runden zog. Hinter den hell erleuchteten Fenstern des Cafés saßen die letzten Gäste des Tages. Morgen, nachdem er und Kata den ersten Teil ihres Plans umgesetzt hatten, würde Ayden in diesem Café sitzen und die Klinik im Auge behalten. Als er sich auf dem Weg zum Hotel noch einmal nach dem Eispalast umdrehte, bemerkte er auf einem der Balkone eine hochgewachsene Gestalt. Sie war zu weit weg, aber Ayden erkannte sie trotzdem.

Nathan stand auf dem Balkon. Ein Paar am See zog seine Aufmerksamkeit auf sich. Etwas an der Art, wie der Mann und die Frau nebeneinander hergingen, erinnerte ihn an Ayden und Kata. Zwei Magnete, die an den falschen Polen aufeinandertrafen und vergeblich versuchten, einander näherzukommen. Wehmut schlich sich in sein Herz. Er sehnte sich nach seiner Blechdose mit den geschnorrten Zigaretten. Sie lag in irgendeinem verschlossenen Schrank, zusammen mit seinem Handy und der Flasche, in der ein letzter Rest des Inselwhiskys auf ihn wartete. Nathans Mund wurde trocken, auf seiner Stirn bildete sich trotz klirrender Kälte der Schweiß. Dass er überhaupt auf dem Balkon stehen konnte, verdankte er Gion. Er hatte das Entriegeln der Tür veranlasst.

»Wissen Sie Bescheid?«, hatte Nathan ihn gefragt.

»Über deine Nummer im Wäscheraum?«

»Über den Film darüber.«

»Ich habe ihn sogar gesehen.«

»Dann geh ich jetzt, Sie Arschloch.«

»In dein Zimmer oder nach Schottland auf deine Insel, wo dich die Geister der Toten in den Suff treiben? Du weißt schon, dass du ein riesiges Loch in deiner Seele hast? Keine Ivana dieser Welt kann dich das vergessen lassen.«

»Ich will in die dritte Kategorie.«

»Es gibt keine dritte Kategorie. Aber wenn du mir sagst, warum du geweint hast, lasse ich dich in die Kategorie G wechseln.«

Als Strafe für Nathans ablehnendes Schweigen wurde das Schneeschuhlaufen mit Janis gestrichen. Nathan stand unter Zimmerarrest, bis er sich *kooperativ* zeigte, wie Gion es nannte. Die offene Balkontür war ein Test.

Nachdem er den Arrest angetreten hatte, schrieb Nathan einen schlechten Song und füllte sieben Seiten mit einer sinnlosen Geschichte über eine Mission zum Planeten Jupiter. Beim nochmaligen Durchlesen des letzten Satzes fror ihn. *Für diese Reise hatte er seine Seele verkauft*. Verlor er die Kontrolle über sich? Gab er unbewusst Dinge preis, die niemand erfahren durfte?

Ich dachte, du willst dich nicht in meine Schuld begeben,

hatte sein Informant geantwortet, nachdem er ihn um Hilfe gebeten hatte. Nathan hatte keine andere Wahl gehabt. Igor schloss er aus, denn Igor hätte ihn an Ayden verraten. Es blieb einer übrig. Gc_1411. Der Mann, der den Mörder der jungen Frauen gekannt hatte. Der Mann, mit dem Nathan nie wieder etwas zu tun haben wollte, doch für Raix hätte er ihm die sprichwörtliche Seele verkauft. Weil ihm die abhandengekommen war, hatte er sein Leben an gc_1411 verpfändet.

In Ermangelung einer geschnorrten Zigarette blies Nathan seinen warmen Atem in die kalte Luft. Eine weiße, geruchlose Wolke umgab ihn, kein wirklicher Ersatz für die Illusion, jemandem wenigstens ein bisschen nahe zu sein, indem man seine Kippe rauchte. Um Nathan herum war Einsamkeit. Das Paar am See war verschwunden. Im Park gingen die Lichter an. Die Bäume und Laternen warfen unheimliche Schatten. Nathan harrte in der Kälte aus. Die Kirchenglocke schlug Viertel vor fünf. Er beugte sich über die Brüstung. Es lag immer noch genug Schnee unter dem Balkon, aber Zoe war nicht da, um ihn herauszufordern. Nathan ließ die Balkontür offen und legte sich aufs Bett. Er stellte sich vor, das Paar am See seien er und Gemma gewesen. Zwei Magnete, die an den richtigen Polen aufeinandergetroffen waren. Bis er alles zerstört hatte. Alles.

Das Klopfen an der Tür holte ihn aus einer Eiswüste, in der er zuerst Zoe und dann Gemma gefunden hatte, beide in bunten Sommerkleidern, die Haut weiß-blau, Schneekristalle in den Haaren, die Augen für immer geschlossen. Im Zimmer war es beinahe so kalt wie im Traum. Durch die offene Balkontür fiel der Schein der Laternen im Klinikpark. Er wirkte wie ein riesiger Friedhof. Es klopfte erneut. Nathan setzte sich auf. Er musste dringend ins Bad.

»Nathan? Alles in Ordnung mit Ihnen?«

Wenn er nicht antwortete, würde Markus noch einmal anklopfen und dann die Tür öffnen.

»Alles in Ordnung.«

Nathan stemmte sich hoch. Ihm wurde schwindlig. Sein Herz raste. Aus dem Badezimmerspiegel schaute ihm ein Gesicht entgegen, das an die Gesichter in seinem Traum erinnerte. Was er jetzt brauchte, war eine warme Dusche, doch so viel Zeit blieb ihm nicht. Er drehte den Hahn auf und ließ heißes Wasser über seine Hände laufen. Als er wenig später in den Flur trat, hoffte er, sich genauso unter Kontrolle zu haben wie Markus, der bei Arbeitsantritt einen unbeteiligten Gesichtsausdruck aufsetzte, den er wahrscheinlich erst beim Verlassen der Klinik wieder ablegte.

Im Speisesaal standen alle Zeichen auf Sturm. Raix hatte die Karaffe mit dem Wasser auf die linke Seite seines Tisches gestellt. Mit der rechten Hand deutete er unauffällig auf die Frau, die am Vorabend den ganzen Saal in eine neugierige Unruhe versetzt hatte. Wenn Nathan ihn richtig verstand, gab es ein Problem mit dieser Frau.

Er beobachtete sie aus den Augenwinkeln, während er aß, was ihm serviert wurde, ohne es wirklich zu schmecken. Sie war makellos in ihrer Schönheit und Eleganz, ihr Gesicht zeigte keines der typischen Anzeichen eines Verjüngungseingriffs. Die meisten Menschen würden verwirrt an ihren Augen hängen bleiben, ohne genau zu wissen, weshalb. Für Nathan stellte sich die Frage genauso wenig wie wahrscheinlich für die Mehrzahl der Klinikgäste. Sie alle erkannten die Abgründe, die sich hinter diesen Augen verbargen.

Nathan bemerkte schnell, dass nicht nur er die Frau musterte, sondern auch sie ihn. Er entschied sich für den offenen Angriff und blinzelte ihr zu. Unbeeindruckt widmete sie sich ihrem Hauptgang. Als der Kellner ihr Geschirr abräumte, legte sie ihre Hand auf seinen Arm und tauschte ein paar Worte mit ihm. Kurz danach stand sie auf und kam direkt auf Nathans Tisch zu.

»Vorsicht, das ist Sperrzone«, empfing er sie.

»Nicht für mich.« Sie lächelte. »Darf ich?«

»Darauf habe ich keinen Einfluss. Aber ich warne Sie. Die letzte Person, die sich zu mir an den Tisch gesetzt hat, ist verschwunden.«

»Oh!« Die Frau nahm trotzdem Platz. »Das klingt nach Abenteuer. Gibt es noch etwas, das ich wissen sollte?«

»Die sind ziemlich streng hier.«

»Das habe ich bemerkt. Haben mir meine Zigaretten abgenommen. Ich mag Ihre Musik, Nathan MacArran.«

Machte sie Andeutungen? Nathan war nicht sicher. »Danke.«

»Sie denken, ich bin zu alt dafür.«

»Nein.«

»Mein Lieblingssong ist *Black Rain*.«

Es konnte Zufall sein. *Black Rain* war der Song, der die Band bekannt gemacht hatte, *Black Rain* war auch der Song gewesen, den sich Jenkinson für seinen Höllenplan ausgesucht hatte. Niemand wusste davon. Nur Kata, Ayden, DeeDee, Sam und die Ermittler.

Der Kellner, mit dem sie geredet hatte, kam auf Nathans Tisch zu. »Es tut mir leid, Henriette, aber ich muss Sie bitten, an Ihren Platz zurückzugehen.«

Henriette. Noch ein Zufall. Oder auch nicht. Wer war diese Frau und was tat sie hier?

Nach dem Essen erhob sich Nathan gleichzeitig mit den Gästen an den Nebentischen. Er nutzte die Gelegenheit, einen Bogen um sie zu machen, anstatt direkt auf den Ausgang zuzugehen. Bei Raix' Tisch wich er einem weiteren Gast aus und streifte die Karaffe mit dem Wasser. Sie kippte. Ihr Inhalt ergoss sich über die Tischkante auf Raix' Hose. In einer ungeschickten

Bewegung gab Nathan vor, das Gefäß am Fallen zu hindern, doch stattdessen fegte er es zu Boden. Leise fluchend kniete er sich hin. Dabei stieß er erneut gegen die Karaffe. Sie rollte unter den Tisch, Raix genau vor die Füße.

Dieser hatte mittlerweile seine guten Manieren an den Nagel gehängt und belegte Nathan zischend mit Schimpfwörtern der übelsten Art. Nathan gab sie ihm alle zurück. »Die Neue weiß etwas. Könnte gefährlich werden«, flüsterte er in eine kurze Pause hinein und hängte laut ein paar Fluchwörter an. Raix formte mit den Fingern das ausgemachte Ja-Zeichen.

Nathan schnappte sich die Karaffe, die wie durch ein Wunder heil geblieben war, und kroch mit ihr unter dem Tisch hervor. Eine Hand packte ihn am Oberarm. Unsanft wurde er auf die Beine gezogen.

»Es reicht, Nathan«, flüsterte ihm Markus ins Ohr. »Ich bringe Sie jetzt in Ihr Zimmer.«

»Und sorgen Sie bitte dafür, dass mich dieser unmögliche Mensch nie mehr belästigt«, sagte Raix mit hochrotem Kopf.

Nathan zeigte ihm den Mittelfinger.

Raix schaute zu, wie Nathan aus dem Raum geführt wurde. Im sonst schon ziemlich ruhigen Speisesaal war es unheimlich still geworden. Das Beängstigendste an dieser Klinik war für Raix nicht die Überwachung, sondern dass hier sämtliche gesellschaftliche Verhaltensweisen, die der Mensch sonst an den Tag legt, aufgehoben schienen. Es gab kein Gerede, kein Getuschel, keine Gerüchte. Keine Solidarität, keinen Austausch, kein Miteinander. An den Tischen im Speisesaal wurde unverfänglicher Small Talk gemacht. Die Gruppentherapien beschränkten sich auf gemeinsame Aktivitäten, keiner gab wirklich etwas von sich preis. Dieser Ort war so etwas wie ein Luxus-Zombieland. Raix hatte geglaubt, darauf vorbereitet zu sein. Er war es nicht. Sein Kopf schmerzte, sein Herz brannte vor Sehnsucht nach Chesil und ihrer Wärme.

»Richard?«

Raix schreckte hoch. Er war der letzte Gast im Speisesaal.

»Danke, ich kenne den Weg.«

»Sie kennen auch die Spielregeln.«

Schweigend fügte sich Raix dem Ritual, das er anfangs lachhaft gefunden hatte und nun zunehmend zermürbt über sich ergehen ließ. Seite an Seite mit Antonio ging er über den weichen Teppich durch leere Korridore. Hinter den Türen war es gespenstisch ruhig. Dass Menschen für so eine Behandlung Geld bezahlten, überstieg Raix' Vorstellungsvermögen. Vielleicht sahen sie es als das, was ihnen im Hochglanzprospekt versprochen worden war: eine Art modernes Kloster, in dem man zur alles überstrahlenden Erkenntnis kam. Was immer diese sein mochte. Raix war es hier viel zu kalt, und das lag nicht nur an der Jahreszeit. In der folgenden langen und einsamen Nacht entschied er, die Dinge zu beschleunigen. Es war Zeit für eine Runde Schach. Falls ihn diese Henriette nicht auffliegen ließ, bevor er dazu kam.

Er flog nicht auf. Zumindest beim Frühstück ging alles seinen gewohnten Gang. Also tat Raix nach dem ersten Schluck Kaffee den Eröffnungszug zum Spiel, das er sich zurechtgelegt und in Gedanken mehrmals durchgespielt hatte, weil er seinem Gedächtnis nicht mehr traute.

»Das hier ist kein Kloster«, sagte er zum Kellner. »Ich möchte mich gerne zu jemandem an den Tisch setzen.«

Sein geschäftsmäßig vorgebrachtes Anliegen überforderte den Mann. »Einen Moment«, bat er und verschwand, um kurz danach mit Frau Derungs zurückzukommen. Die Klinikleiterin bestellte einen Espresso und wartete, bis der Kellner ihr den Stuhl zurechtgerückt hatte. Dann setzte sie sich zu Raix.

»Wie man mir berichtet hat, haben Sie das Alleinsein satt?«

»Oh, war die Spende meines Vaters so hoch?«, fragte Raix mit einem ironischen Lächeln.

»Sie meinen, weil ich mich aus meinem Büro zu Ihnen bemüht habe, statt Sie dorthin bringen zu lassen?«

Das erstaunte Raix tatsächlich, aber er überging ihre Frage und kam direkt auf den Punkt. »Warum werden wir überwacht?«

Um die Mundwinkel von Frau Derungs legte sich ein geduldiges Lächeln. »Wie Sie bestimmt aus dem Vertrag wissen, den Sie unterschrieben haben, geschieht das einzig und allein zu Ihrem Schutz.«

»Wovor?«

Sie griff nach dem eilends servierten Espresso und trank einen Schluck. »Vor Ihnen selbst.«

»Selbstmord?«, fragte er verächtlich. »Dazu bin ich zu reich.«

»Glauben Sie mir, Reichtum schützt nicht vor dem Unglücklichsein.«

»Und nicht davor, sich wie ein Prolet zu benehmen.«

Zu Raix' Erleichterung ging sie auf seine Anspielung auf Nathan ein.

»Kennen Sie Mr MacArran schon länger?«

»Gott behüte! Nein! Auf dem Weg zur Klinik hatte unser Wagen eine Panne und dieser Verrückte nahm mich die letzte Wegstrecke mit.«

»Sie beide mögen sich wohl nicht besonders.«

»So einen kann man nicht mögen.« Raix verpackte eine Menge eklige Abscheu in diesen Satz.

»Er hat Sie gestern angepöbelt. Was wollte er von Ihnen?«

»Außer mich zu provozieren und zu erniedrigen? Das müssen Sie schon ihn fragen. Mir hat er es nicht gesagt.«

»Wie fühlen Sie sich heute?«

Sie sprach von seinem Anfall. Raix zögerte. Lange genug, um Frau Derungs zu signalisieren, dass er sich dafür schämte. »Wegen dem kleinen Zwischenfall mit dem Idioten gestern Abend?«, fragte er. »Wie gesagt, das war erniedrigend.« Nun flüsterte er. »Er hat mir Wasser über die Hose geleert. Es sah aus, als hätte ich mir ...« Er brach ab.

»Ich meinte den anderen Zwischenfall. Den im Park.«

Raix kniff die Lippen zusammen.

»Wir sollten uns darüber unterhalten. Aber nicht hier, sondern in meinem Büro.«

»Ihr Personal hat überreagiert!«, fuhr er sie an.

»Wie gesagt, darüber sollten wir uns in meinem Büro unterhalten.«

»Es hätte gar nie so weit kommen dürfen. Ich mache in dieser Klinik eine Therapie.« Raix griff in die Kiste mit der Arroganz und verwendete reichlich davon, während er Frau Derungs den Zweck seines Aufenthalts erklärte. »Es ist Ihre Aufgabe, mich aus meiner Blockade herauszuholen. Sie haben alles nur noch schlimmer gemacht. Niemand redet mit mir und ich hatte einen ... einen unpassenden Moment, wie ich ihn noch nie in meinem Leben hatte.«

Frau Derungs setzte zu einer Antwort an, aber Raix hatte sich in Fahrt geredet. »Mein Vater wäre entsetzt ob all der Dilettanten, die mich umgeben. Ich bin beinahe eine Woche hier und habe kaum ein Wort mit einem anderen Gast gewechselt. Und statt besser wird es schlimmer. Das ist doch nicht normal!«

»Sie wollten einen Tisch für sich allein. Fühlen Sie sich denn bereit, sich für andere zu öffnen?«

In Gedanken verlieh Raix der Klinikleiterin einen Orden für ihre Wortwahl. Seine war allerdings auch nicht schlecht, fand er. Das Spiel lief nicht genau nach Plan, doch er hatte die richtigen Züge getan und war beinahe am Ziel. Er besaß eine

Einladung der Klinikleiterin zu einem persönlichen Gespräch über seinen *unpassenden Moment* und er stand kurz davor, sich zu Nathan an den Tisch setzen zu können.

»Es ist die Aufgabe Ihrer Angestellten, mich dafür bereit zu machen«, erklärte er ihr genervt.

Frau Derungs lächelte. »Sie weichen aus.«

»Und Sie nehmen mich nicht ernst.«

Schach, dachte er.

»Sie wollen ernst genommen werden? Sich öffnen? Dann schlage ich vor, Sie gehen an den Tisch von Mr MacArran und reden mit ihm. Wir treffen uns später in meinem Büro und besprechen den Erfolg dieser Maßnahme.«

Matt! Raix dankte seinem kaputten Kopf dafür, bis zum Ende funktioniert zu haben.

»Das können Sie nicht machen!«, zischte er empört.

»Und wie ich das kann!« Frau Derungs winkte einen Kellner heran. »Bringen Sie Richard doch bitte zum Tisch von Nathan MacArran.«

»Für wie lange?«

»Für den Rest des Frühstücks.«

»Sprechen erlaubt?«

»Ausdrücklich erbeten.« Sie wandte sich an Raix. »Nur reden. Eine wüste Szene oder gar eine Schlägerei sähe ich als Grund, Sie in die Kategorie P umzustufen. Bis später, Richard.«

In Nathans Gesicht spiegelte sich wütendes Erstaunen. »Was will der denn hier?«, schnauzte er den Kellner an.

»Anordnung der Klinikleiterin. Sie sollen sich unterhalten. Keine wüste Szene, keine Schlägerei«, wiederholte der Kellner, was Frau Derungs zu Raix gesagt hatte.

»Sie meinen diesen Friede-Freude-Eierkuchen-Scheiß?«

»Wenn Sie es so nennen möchten.«

»Möchte ich. Und jetzt hauen Sie ab. Mir reicht der hier.«

Nathan zeigte auf Raix, der sich mit einer beleidigten Schnute zu ihm hinsetzte. Eine Weile lang schwiegen sie sich an. Obwohl niemand offen zu ihnen hinschaute, war sich Raix bewusst, dass der ganze Saal sie beobachtete und darauf wartete, was nun geschehen würde.

»Du willst reden?«, fragte Nathan. »Dann rede.«

»Ich wollte nicht mit dir reden. Sondern mit irgendeinem in diesem Saal. Allen außer dir.«

»Hast du ja prima hinbekommen.«

»Nicht schlechter als du. Dich lassen sie ja nicht mal zum Mittagessen in den Saal. Und in einer Gruppe habe ich dich auch noch nicht gesehen.«

»Ich hab's dafür im Wäscheraum getrieben«, rieb ihm Nathan unter die Nase, ohne seine Stimme zu senken. Gleichzeitig presste er seinen Zeigefinger auf den Tisch. Raix verstand. I für Ivana. Nathan beugte sich vor, bis sein Mund dicht an Raix' Ohr war, damit die Zuhörer rund um sie herum dachten, er versorge ihn mit pikanten Details. »Ich wurde gefilmt und Ivana ist weg«, flüsterte er. »Hast du sie in der medizinischen Abteilung gesehen?«

»Krankes Schwein«, antwortete Raix laut. »Sicher nicht.«

»Psst.« Nathan legte den Finger auf seinen Mund. »Die können uns hören.« Er zwinkerte Raix zu. »Als Nächstes nehme ich mir den Neuzugang vor.«

»Träum weiter.« Diesmal beugte sich Raix zu Nathan vor. »Sie hat mich mit meinem falschen Namen begrüßt.«

»Henriette kennt dich?«, fragte Nathan.

Henriette? Der Name klang vertraut. Raix brauchte ein paar Sekunden, bis er wusste, woher. Sein Puls beschleunigte sich. Nathan hatte ihm von Henry erzählt. Die Frau musste zu ihm gehören! Was war sie? Eine Spionin? Eine Erpresserin? Sein Schutzengel? Oder doch eine verdeckte Ermittlerin, die nur auf den passenden Augenblick wartete, ihn hochgehen zu lassen? Raix' Gedanken rasten viel zu schnell durch seinen Kopf. Beinahe vergaß er, dass sie mit ihrem Theater den Saal unterhielten. Verzweifelt suchte er nach einer Antwort. »Eine Lady erkennt einen Gentleman eben«, blaffte er, als er sie gefunden hatte. Er hustete und räusperte sich. »Uns bleibt keine Zeit mehr. Ich täusche einen weiteren Anfall vor«, sagte er, die Hand vor dem Mund. »Einen heftigeren. Mit etwas Glück lande ich im Untergeschoss.« Er hustete erneut, bis sich die Leute um ihn herum angewidert abwandten.

»Vergiss es!«, zischte Nathan.

»Nein.«

»Ich sagte, du sollst das vergessen, klar?«, fuhr ihn Nathan nun laut an, um leise hinzuzufügen: »Es ist zu früh. Wir wissen zu wenig und ich bin noch nicht so weit.«

Raix konnte nicht warten, bis Nathan so weit war! Er fühlte, wie viel Kraft ihn allein das Gespräch mit der Derungs und die Begegnung mit Nathan gekostet hatten. Sein Kopf dröhnte, als versuche ein Jumbojet darin zu landen.

»Von dir lasse ich mir nichts sagen!« Er griff nach dem Glas Orangensaft, das vor Nathan stand und kippte es ihm in den Schritt. »Hör auf, dich wie ein Idiot zu benehmen und komm in die Gänge!«

Der Kellner, der den Auftrag hatte, die beiden im Auge zu behalten, eilte heran.

»Steht ein bisschen unter Druck, der Mann«, erklärte ihm Nathan. »Kein Sex. Tut auf die Dauer nicht gut.«

Der Kellner verzog keine Miene. »Keine Szene!«, befahl er, ohne dabei seine Stimme zu erheben.

»Geht klar«, antwortete Nathan, »aber nehmen Sie den Kläffer jetzt bitte mit, bevor wir zu dem Teil mit der Schlägerei kommen.«

Raix ließ Nathan wortlos an seinem Platz zurück. Es war ihm ernst gewesen, als er ihn angebrüllt hatte, endlich in die

Gänge zu kommen. Natürlich wussten sie zu wenig. Natürlich war es zu früh. Das lag nicht zuletzt an Nathan, der sich zunehmend selber verlor. Er konnte Raix keine Rückendeckung geben. Nicht in dem Zustand, in dem er sich befand. Raix hoffte, ihn aufgerüttelt zu haben. Der Jumbojet in seinem Schädel setzte zur Landung an. Mitten in den Lärm hinein schlich sich ein leises Sirren. Die Vorankündigung eines Anfalls. Raix wusste, dass ihm die Dinge dann total entglitten. Er musste alles riskieren, solange sein Kopf noch einigermaßen funktionierte, egal, ob sie bereit waren oder nicht.

5.

Ayden steckte in einer gemieteten Winterausrüstung. Unter dem Arm trug er ein Snowboard. Neben ihm ging Kata, auch sie für einen Tag auf der Piste angezogen und mit einem Snowboard ausgestattet. In der Talstation stiegen sie in eine Luftseilbahn, die sie zur Mittelstation hochfuhr. Es roch nach Winterkleidung und Sonnencreme, ein paar Kinder drückten unter Gelächter die Nasen an den Scheiben platt, Jugendliche schossen Selfies, an den Fenstern wurden die Handys gezückt, um die Bergwelt zu verewigen. Bei den Masten geriet die Gondel jeweils leicht ins Schwingen. Ayden, für den es die erste Fahrt dieser Art war, nahm all diese Eindrücke still in sich auf, auch die Berührungen mit Kata, die dicht neben ihm stand, und im Gedränge an ihn gedrückt wurde. Als die Bahn langsam in die Station einfuhr und sich die Türen öffneten, stieg er nach Kata aus und folgte ihr bis zur Terrasse des Restaurants. Aus Lautsprechern tönte Musik, die Ayden noch nie gehört hatte. Sirupsüß, mit einem Rhythmus, der jeden betrunkenen Seemann sofort ins Schunkeln versetzt hätte. »Was ist das?«, fragte er. »Schweizer Volksmusik?«

»Viel schlimmer«, antwortete sie. »Volkstümliche Schlager.«

»Und so was kommt hier an?«

»So was kommt hier sehr gut an.«

»Auch bei den Snowboardern?«

Sie lachte. »Nein, bei denen nicht.«

Und tatsächlich, einige Dutzend Meter weiter, bei der Snowboardschule, drang ein ganz anderer Sound aus der Musikanlage. Eine junge Frau mit einem sonnengebräunten Gesicht, in dem grüne Katzenaugen funkelten, kam auf sie zu.

»Ich bin Lynn«, begrüßte sie ihn auf Englisch. »Du musst Ben sein.« Ihr Blick glitt zu Kata, um irritiert an ihr hängen zu bleiben. »Das Hotel hat nur eine Person für den Kurs angemeldet.«

»Ich kann es schon«, sagte Kata.

»Wir haben auch Kurse für Fortgeschrittene.«

»Kein Interesse.« Kata rückte ihre Mütze zurecht. »Bring ihm bei, wie es geht. Ich komme später wieder.«

Mit unverhohlener Neugierde schaute Lynn zu, wie Kata sich das Board an die Füße schnallte und erst etwas zögerlich, dann in immer lockereren Schwüngen hangabwärts verschwand.

»Deine Freundin?«

»Ja.«

Lynn zuckte mit den Schultern. In der Bewegung lag ein unausgesprochenes Bedauern. »Dann wollen wir mal dafür sorgen, dass du sie beeindrucken kannst, wenn sie zurück ist.«

Ganz so einfach, wie es aussah, war es nicht, aber Lynn war eine geduldige und gute Lehrerin, vor allem eine humorvolle. Sie übte mit Ayden das Rutschen mit dem Rücken zum Hang, mit dem Blick zum Hang, das seitliche Fahren, das Abbremsen, die ersten Schwünge. Zwischendurch schaute Kata vorbei. Ihr Gesicht war gerötet, ihre Augen leuchteten. Ayden hielt Lynn sein Handy hin.

»Machst du ein Foto von uns?«

Kata fuhr dicht an ihn heran. Er legte seinen Arm um sie und wünschte sich, die Zeit nicht nur auf dem Bild anhalten zu können.

»Partner«, hatte sie Ayden mit rauer Stimme beim Öffnen der Zimmertür nach dem gemeinsamen Abendessen in einem typischen Schweizer Restaurant erinnert.

Partner, dachte er, als Lynn ihm sein Handy zurückgab. Er hatte geglaubt, damit umgehen zu können. Ein Irrtum.

»Zwischen euch alles okay?«, fragte Lynn, nachdem Kata weg war.

»Ja.« Er rutschte von ihr weg, bevor sie ihm weitere Fragen stellen konnte.

Der herrlich pulvrige Schnee und Lynns fröhliche Art vertrieben die Traurigkeit, die sich nach Katas Halt in Ayden breitgemacht hatte. Er genoss die letzten paar Fahrten, bei denen er sich schon sicher genug fühlte, aufs Tempo zu drücken. Als Kata beim nächsten Mal auf einen Abstecher vorbeikam, spielte er den Übermütigen und ließ das Board voll laufen. Den Rest musste er nicht mehr vortäuschen. Er verlor die Kontrolle, hob bei einem kleinen Hügel ab und landete spektakulär im Schnee. Eigentlich hatten Kata und er ausgemacht, dass er vorgeben solle, sich am Fuß verletzt zu haben, doch beim Aufprall fuhr trotz Handschoner ein heftiger Stich durch sein Handgelenk. Sein Ausflug in die Snowboardwelt war vorbei.

Lynn kühlte die Verletzung, ein herbeigerufener Sanitäter untersuchte das Gelenk und vermutete eine starke Verstauchung. Zur genauen Abklärung schickte er Ayden zum Arzt, der die Diagnose bestätigte. Den Arm in der Schlinge, versorgt mit Schmerztabletten, kehrte Ayden mit Kata zurück zum Hotel. Die junge Empfangsdame war durch eine etwas ältere Kollegin abgelöst worden, die voller Mitleid den Kopf schüttelte. »So ein Pech!«, meinte sie. »Und das am ersten Tag.«

»Dabei hatten wir uns so auf unsere Ferien gefreut«, schmollte Kata.

Ayden legte den heilen Arm um sie. »Ist nur die Hand«, beschwichtigte er. »Es gibt ja noch andere Dinge, die ich tun kann, während du auf der Piste bist.«

»Aber es ist unser gemeinsamer Urlaub!«

»Wir haben wunderschöne Winterwanderwege«, kam ihnen die Dame vom Empfang tröstend zu Hilfe. »Wenn ich Ihnen etwas empfehlen darf: der Spaziergang um den See. Er ist so richtig romantisch. Und wenn Sie sich im Café in den

Wintergarten setzen, haben Sie einen wunderbaren Blick auf die Berge und den Klinikpark. Vielleicht entdecken Sie sogar den einen oder anderen Prominenten.« Sie lächelte vielsagend. »Auch wenn die natürlich offiziell nicht hier sind.«

Der Schnee knirschte immer noch unter den Füßen, doch es war nicht mehr so kalt wie am Vorabend. Dafür pochte im Handgelenk der Schmerz trotz der Tabletten. Der erste Teil des Plans hatte funktioniert. Aydens Unfall bot die perfekte Erklärung dafür, weshalb sich ein junges, verliebtes und offensichtlich sportliches Paar nicht auf den Pisten austobte, sondern spazieren ging und sich dabei am liebsten am See bei der Klinik aufhielt.

»Kommt ihr Schweizer alle mit Skis oder Snowboards an den Füßen zur Welt?«, fragte Ayden.

»Ich bin Engländerin«, antwortete Kata ernst.

»In der Schweiz aufgewachsene Engländerin. Wieso kannst du so gut boarden?«

»Reiche Adoptiveltern. Winterurlaube. Klassenfahrten.« Ihr Blick ging ins Leere, in eine Vergangenheit, die auf Verrat und Lügen gründete. Ayden wusste, wie sich das anfühlte. Man suchte die wahren Momente, die wie Eisschollen im Meer trieben.

»Riskiert ihr Engländer beim Sport immer gleich Kopf und Kragen?«, wollte Kata im Gegenzug wissen.

»Vor allem, wenn schöne Frauen in der Nähe sind.« Es hätte wie ein Witz klingen sollen, doch das tat es nicht, weil er damit der Wahrheit unfreiwillig sehr nahe gekommen war.

»Du meinst Lynn.«

Die meinte er nicht, aber das verschwieg er Kata.

Sie spazierten um den See, bevor sie sich im Wintergarten des Cafés einen Platz suchten, von dem aus sie die Klinik im Auge behalten konnten. Der Park wirkte wie ausgestorben, ein verwunschenes Land ohne Fabelgestalten, ein Reich ohne Bewohner. Die Verlassenheit wirkte entmutigend. Aber Ayden wusste, dass Nathan da war, er hatte ihn auf dem Balkon gesehen. Und irgendwann mussten die Klinikinsassen ja aus ihren Löchern kommen.

Er behielt recht. Nachdem er und Kata sich über eine Stunde die Zeit mit Spekulationen über Raix und Nathan vertrieben hatten, strömte eine kleine Gruppe von Menschen aus einer Tür im Westflügel. Das Trüppchen stapfte durch den Schnee, angeführt von einer Frau mit einer rosafarbenen Mütze. Jeder bewegte sich wie ein Einzelplanet, der nur um sich selber kreiste, sich der anderen bewusst und trotzdem für sich allein.

»Denkst du, sie verlassen das Gelände?«, fragte Kata.

»Keine Ahnung. Kannst du jemanden erkennen?«

»Nein.« Sie lehnte sich zurück.

Ayden trank einen Schluck der heißen Schokolade. Sie war so köstlich, dass er entschieden hatte, den Rest des Urlaubs auf seinen Kaffee zu verzichten und sich stattdessen an die Schokolade zu halten.

»Sie gehen auf das hintere Tor zu.«

Der Nebeneingang beinahe am anderen Ende des Sees. Damit waren sie zu weit von Ayden und Kata entfernt. Doch sie hatten Glück. Die Gruppe bewegte sich auf das Café zu. Die Begleiterin mit der rosa Mütze, zwei Männer und drei Frauen. Ayden fiel auf, wie geschmeidig und selbstbewusst sich eine von ihnen bewegte. Er kniff die Augen zusammen, damit ihn die Sonne weniger blendete. Elegante Kleidung. Von Silbersträhnen durchzogene Haare. Ein sinnlicher Mund.

Wie viel?

Das Bild ist nicht zu verkaufen.

Alles hat seinen Preis.

Ayden konnte die Stimmen in seinem Kopf hören, laut und deutlich.

20.000 Pfund.

»Ich kenne diese Frau«, flüsterte er.

»Was?«

»An dem Tag, an dem deine Adoptiveltern umgebracht wurden, war sie bei mir im Laden und wollte ein Bild kaufen.«

»Das für 20.000 Pfund?«

Betroffen wandte Ayden sich ab. Woher wusste sie das?

»Nathan hat mir die Geschichte erzählt«, erklärte Kata. »Ich glaube, ich kenne die Frau auch. Bevor ich von Zürich nach Lyon fuhr, stand sie vor meinem Hotel. Sie fiel mir auf, weil sie nicht in die Gegend passte. Was tut sie hier?«

Sie beobachteten, wie die Gruppe am Café vorbeiwanderte. Wenn die Frau sie bemerkt hatte, ließ sie sich nichts anmerken.

»Sie könnte zu Henry gehören«, sagte Ayden.

»Henry? Wie kommst du denn jetzt auf den?«

»Toni hatte nicht genug Geld für die Reparatur der *Flogging Molly*.«

»Was hat das mit der Frau zu tun?«

»Jemand hat die Rechnung bezahlt, auf exakt dieselbe Art, wie er das Bild bezahlt hat. Anonym. Henry wusste, dass die *Flogging Molly* für mich weit mehr ist als nur ein alter Kahn. Deshalb hat er den Stick auf ihr versteckt. Er hat mich gründlich durchleuchtet und kennt meine Geschichte. Ihm kann nicht entgangen sein, was das Bild mit der Klippe für mich bedeutet.«

»Aber warum sollte er es bezahlen, ohne es bekommen zu haben? Sein Haus wirkt ziemlich schäbig.« Nachdenklich fuhr sich Kata mit der Hand über die Stirn. »Woher hat er das Geld?«

»Die Dinge sind nicht immer, wie sie scheinen.«

»Zitat von Henry?«

»Ja.«

Kata atmete hörbar durch. »Wie sind sie dann, die Dinge? Was hängt zusammen? Henry mit Owen. Die Frau mit Henry? Warum ist sie hier?«

Ayden wusste es nicht. Vielleicht sahen sie Verbindungen, wo keine waren. »Henry könnte an jenem Tag, an dem das Foto gemacht wurde, einfach zufällig am gleichen Ort gewesen sein wie Owen«, meinte er.

»Nein«, erwiderte Kata entschieden. »Henry löschte sein Bild nicht aus der Datei, bevor er uns den Stick zuspielte. Warum nicht? Er wusste, dass wir uns alles genau ansehen würden.«

Ayden erinnerte sich an sein Gespräch mit Henry. Kata hatte recht. Einem Mann wie ihm passierte eine solche Nachlässigkeit nicht.

»Spekulationen über Henry bringen uns nicht weiter!« Ungeduldig schob Kata ihre leere Tasse von sich. »Also zurück zur Frau! Sie kam aus dem Klinikpark. Das bedeutet, sie ist wegen Nathan hier.«

Es gab noch eine andere Möglichkeit, eine, die viel beklemmender war.

»Oder wegen Raix.«

»Du meinst, sie ist eine verdeckte Ermittlerin?«

Möglich war es. Henry konnte vieles sein und auf vielen Seiten stehen. Wenn die Frau zu ihm gehörte, galt für sie dasselbe.

»Wir müssen die beiden warnen!«

Die Klinik war eine Festung. Es gab nur einen Weg, an Nathan heranzukommen. DeeDee. Grace hatte erwähnt, dass er Nathan deckte. Sein Ignorieren sämtlicher Anrufe bestätigte für Ayden Graces Verdacht. Wahrscheinlich war es sogar sein Job, den beiden aus der Klinik herauszuhelfen, wenn ihnen ihr Wahnsinnsplan gelang. Ayden wählte seine Nummer. Er landete wie immer auf der Mailbox.

»Wir wissen Bescheid. Ruf zurück, wenn du nicht willst, dass Raix für den Rest seines kurzen Lebens ins Gefängnis geht.«

Es war ein Spiel«, sagte Nathan. »Meine Schwester stand neben mir auf dem Balkon und hat mich herausgefordert.«

»Deine Schwester ist seit fünf Jahren tot.«

Nathan ignorierte Gions Einwand. Der Typ wollte wissen, warum er geweint hatte. Also sollte er jetzt zuhören. »Sie hat behauptet, ich trau mich nicht.«

»Was? Dich vom Balkon fallen zu lassen oder ihren Mörder zu töten?«

»Mich vom Balkon fallen zu lassen.«

»Und der Schneeengel?«

»Eine Erinnerung. Wir waren als Kinder mal in der Schweiz. Zoe hat mir gezeigt, wie man das macht.«

»Um wen hast du geweint?«

»Sie wissen, dass das die falsche Frage ist.«

Gion lächelte. Dabei kam er Nathan vor wie ein Bär, der seine Zähne fletscht. »Ein Test, Nathan, ein Test. Ich wollte sehen, ob du die Wahrheit sagst. Nun denn, um was hast du geweint?«

»Um all das Verlorene.«

Gion streckte seine Glieder. »Ich stufe dich in die Kategorie G um.«

Es war ein Angebot, das Nathan noch vor Kurzem angenommen hätte. Eine Möglichkeit, ungestört bei einer der Gruppenaktivitäten mit Raix reden zu können. Dazu war es zu spät. Raix hatte ihm unmissverständlich vor Augen geführt, wie wenig er sich auf ihn verlassen konnte. Tief getroffen und beschämt war Nathan nach den klaren Worten seines Freundes in sein Zimmer gegangen. Während er die Zusammenarbeit mit Gion verweigerte und damit wertvolle Zeit vergeudete, spielte Raix' Kopf verrückt. So verrückt, dass er handeln wollte, im Notfall auch allein. Das hatte Nathan wachgerüttelt. Es ging hier nicht um ihn! Wenn er nicht schnell herausfand, wie man in den geheimen Trakt kam, war Raix ganz auf sich gestellt.

»Die Kategorie G interessiert mich nicht.«

»Aha?«

»Ich muss in die dritte Kategorie.«

Das Bärenlächeln nahm bedrohliche Züge an. »Es gibt keine dritte Kategorie.«

Nathan schaute in die dunklen Augen unter den buschigen Brauen. Sie waren unergründlich.

»Ich will das Verlorene vergessen. Ich will auf diesem verfluchten Balkon stehen können, ohne meine Schwester neben mir zu sehen. Ich will nicht am Steuer eines Wagens sitzen und Angst haben, es loszulassen wie mein Vater. Ich will mich nicht daran erinnern, wer durch meine Schuld gestorben ist und was ich getan habe. Ich will vergessen, dass ich geliebt habe.«

Das Lächeln verschwand aus Gions Gesicht und machte der Überraschung Platz. Ob sie dem Beharren auf der dritten Kategorie oder der Ehrlichkeit galt, die Nathan an den Tag gelegt hatte, wusste Nathan nicht. Er erwartete eine dieser Du-bist-nicht-schuld-Antworten, bekam jedoch eine völlig andere.

»Dann kannst du nicht mehr singen.«

Der Mann hatte wirklich seine eigene Art, die Dinge auf den Punkt zu bringen!

»Und ich werde nichts mehr fühlen.«

In diesem Moment wurde Nathan klar, dass er nicht einfach ein paar gut klingende Sätze für Gion heruntergerasselt hatte. Was er gesagt hatte, war aus seinem Innern gekommen. Von tief unten, dort, wo er seine Qualen vor anderen verbarg.

»Ich verstehe dich, Nathan. Aber es gibt keine dritte Kategorie. Es gibt nur einen Weg. Du …«

»Keine verdammten Phrasen, Gion!« Nathan stand auf. »Wo ist Ivana?«

»Das kann ich dir nicht sagen.«

»Arztgeheimnis«, spottete Nathan.

»Genau. Arztgeheimnis.«

»In diesem total überwachten Laden?« Nathan griff nach der Türklinke. »Ich nehme an, ich muss morgen wieder kommen. Gleiche Zeit. Aktiv an der Sitzung teilnehmen. Mich kooperativ verhalten.«

»Du bist freiwillig hier. Schon vergessen?«

Nathan schenkte sich eine Antwort.

»Kategorie G?«, bot Gion an.

»Ich möchte mit Janis Schneeschuhlaufen gehen.«

Die letzte Chance, etwas herauszufinden. Allein mit Janis. Ohne Kameras und Mikrofone. Nathan war bereit, um diesen Ausflug zu betteln. Es war nicht nötig.

»Das sollte sich machen lassen«, erwiderte Gion. »Frische Luft kann wahre Wunder bewirken.«

Im Fitnessraum empfing ihn Janis mit einem breiten Grinsen. »Hausarrest gestrichen, Kumpel?«

»Scheint so.«

»Wir haben die Bewilligung fürs Schneeschuhlaufen. Damit bist du ein freier Mann.«

»Hat Gion mich in die Kategorie G befördert?«

»Immer noch P. Aber mit weniger strengen Auflagen.«

»Also nur wir beide?«, fragte Nathan bang.

Janis' Grinsen wurde noch breiter. »Nur wir beide, heute Nachmittag.«

Nathans Anspannung entlud sich in einem heftigen Schlag auf den Empfangstresen. »Ja!« Einen Moment lang hatte er befürchtet, in einer Gruppe gelandet zu sein, was das ungestörte Sprechen mit Janis erschwert hätte.

»Hey! Easy!«, rief Janis. »Oder willst du deine gerade erst gewonnene Freiheit aufs Spiel setzen?«

»Tut mir leid«, entschuldigte sich Nathan. »Was hast du denn für den freien Mann geplant?«

»Oh, nur ein wenig Aufbautraining, damit dir die Kraft auch für heute Nachmittag reicht.«

Damit hatte Janis leicht untertrieben. Keuchend und mit hochrotem Kopf stemmte Nathan die Gewichte, die Janis für ihn festlegte, und beendete sein Training erschöpft, aber in der Gewissheit, einen Schritt weitergekommen zu sein.

Zurück in seinem Zimmer duschte er ausgiebig, zog sich an und setzte sich dann an den Schreibtisch. Den Notizblock ignorierte er. Er wählte einen schwarzen Filzstift, mit dem er einen Schneeengel auf seine Unterarme zeichnete. Dabei beugte er seinen Kopf weit nach vorn, bis er mit der Nase beinahe die Haut berührte. Selbst wenn eine Überwachungskamera auf ihn gerichtet war, würde niemand merken, wie er sich etwas auf seine Handfläche schrieb. Als es an der Tür klopfte, begutachtete er das Resultat seiner Arbeit. Gion würde es interessant finden. Die geheimnisvolle Frau vielleicht auch.

Nathan zögerte sein Erscheinen im Speisesaal so lange wie möglich hinaus. Bis Markus ihn endlich an der Eingangstür ablieferte, waren alle anderen schon dort. Zielstrebig ging er auf den Tisch der Frau zu, ignorierte die anderen drei Gäste, schnappte sich einen freien Stuhl und setzte sich mit einem Lächeln hin. Sie erwiderte es.

»Mal schauen, wie lange es dauert, bis ich diskret entfernt werde.« Während er redete, drehte er kurz seine Handfläche nach oben.

Gc_1411.

Henriette schaute nur schnell hin und wandte sich wieder ab.

»Sind Sie das?«

»Nein.«

Wenn sie log, log sie gut. Nathan kam nicht dazu, ihr weitere Fragen zu stellen.

»Ihr Tisch ist dort drüben, Mr MacArran«, sagte eine energische Stimme hinter ihm.

Nathan wollte seinen ersten Ausflug ins Freie nicht gefährden. Anstandslos stand er auf und folgte dem Mann zu seinem Tisch. Dort dachte er über Henriette nach. War sie gc_1411? Kam sie in Henrys Auftrag? Bewachte sie ihn nur oder war sie hier, seine Schuld einzufordern, auf welche Weise auch immer? Gedankenverloren aß er seinen Lunch. Ein Blick zu Raix genügte, um die Angst in seinen Augen zu sehen. Nathan schob die Karaffe auf die rechte Seite des Tisches. *Alles in Ordnung*. Es gab kein anderes Zeichen, Raix zu zeigen, dass er sich auf ihn verlassen konnte.

Janis wartete pünktlich um halb zwei auf ihn. Gemeinsam verließen sie die Klinik durch einen Seitenausgang und gelangten über einen breiten Pfad zum Nebentor auf der Seeseite. Nathan registrierte zwei Überwachungskameras beim Ausgang und zwei beim Tor, das sich erst öffnete, als Janis einen Code in sein Klinikhandy tippte. Vergeblich versuchte Nathan, die Zahlen zu erkennen.

»Ziemlich gut bewacht, der Laden«, scherzte er.

Janis steckte das Handy zurück in eine eingenähte Tasche auf der Innenseite der Jacke, ein Model im Einheitslook der Klinik. »Besser als jede Festung.«

»Wieso? Sind ja alle freiwillig hier«, wandte Nathan ein, während sie das Gelände verließen und in den Spazierweg einbogen. »Oder habt ihr Angst vor Einbrechern?«

»Sind manchmal recht hohe und einflussreiche Persönlichkeiten hier. Oder Berühmtheiten. Wie du.« Janis beschleunigte das Tempo. »Hast du nie Angst, entführt zu werden?«

»Nein. Bis jetzt nicht.« Nathan hielt mit Janis Schritt.

»Bin übrigens ein Fan von *Black Rain*«, gestand Janis. »In der Halfpipe höre ich oft eure Musik.«

»Hab mir das im Fernsehen angeschaut. Sieht irre aus. Würd ich auch gerne mal versuchen.«

Janis lachte. »Dazu musst du hier erst raus sein. Snowboarden gehört nicht zum Programm der Klinik.«

»Würdest du es mir beibringen?«

»Wenn du bereit bist, es langsam anzugehen.«

»Hey, ich bin der Typ, der vom Balkon springt! Denkst du im Ernst, ich kann etwas langsam angehen lassen?«

»Wirst du schon bald müssen«, antwortete Janis. »Der Hang lehrt dich, deine Kräfte einzuteilen.« Am Ende des Sees, dort, wo die Spuren in den Wald abbogen, blieb er stehen. »Von hier weg geht's mit den Schneeschuhen.«

Er zeigte Nathan, wie man diese Dinger, die an Gions Yetifüße erinnerten, anzog und sich damit vorwärtsbewegte. Bevor sie losgingen, warf Nathan einen Blick zurück. Weit hinten, am anderen Ende des Sees spiegelte sich die Sonne auf dem abgeschrägten Dach des Wintergartens vom Café. Nathan hätte schwören können, hinter der Glasfront Ayden und Kata zu sehen. Er kniff die Augen zusammen und schalt sich einen Idioten. Erst tauchte Zoe auf und dann seine Freunde. Das viele Trinken hatte Matsch aus seinem Gehirn gemacht. Wenn er Raix helfen wollte, musste er sich zusammenreißen.

»Die kurze oder die lange Tour?«, fragte Janis.

»Die lange.«

Die nächsten zwei Stunden keuchte Nathan hinter seinem Trainer her. Langsam. So, wie Janis es vorhergesagt hatte, denn das Trinken hatte nicht nur Nathans Kopf nicht gutgetan, sondern auch seinem Körper nicht. Der Schweiß drückte aus allen Poren, in den Lungen stach es, im Kopf pochte das Blut. Nathan bat nicht um Pausen. Keuchend quälte er sich bergauf. Es war

Janis, der auf einem kleinen Plateau einen Stall ansteuerte, vor dem eine alte Sitzbank stand.

»Bist zäher, als du aussiehst«, meinte er beeindruckt.

Nathan ließ sich auf die Bank fallen. »Ich sagte dir doch schon, ich bin Schotte.«

»Ein Schotte mit einem Alkoholproblem.« Janis hielt Nathan eine Flasche mit Trinkwasser hin.

Ohne auf die Bemerkung einzugehen, setzte Nathan die Flasche an. Gierig schüttete er das erfrischende Nass in sich hinein.

»Es gibt Gerüchte, dass es zwischen dir und der Tänzerin in der Wäschekammer heiß hergegangen ist.«

Nathan konnte nicht abschätzen, ob sie gerade ein Gespräch unter Kumpeln führten, oder ob ihn Janis aushorchen wollte. Er trank ein paar weitere Schlucke, diesmal langsam und bedächtig, bevor er die Flasche zurückgab. »Es gibt auch Gerüchte über eine inoffizielle dritte Patientenkategorie.«

»Mehr als eine.« Janis fischte zwei Energieriegel aus dem Rucksack und hielt einen davon Nathan hin. »Das Klinikpersonal hat seine eigenen Listen. Du bist auf der Freakliste.«

Diese Art Listen meinte Nathan zwar nicht, doch er spielte das Spiel erst einmal mit. »Der Engländersnob?«

»Hab von ihm gehört. Ist auf der A-Liste.«

»Für arrogant?«

Janis schüttelte grinsend den Kopf. Nathan verstand. Auch über sein Gesicht zog sich ein Grinsen, jedoch aus einem anderen Grund. Raix spielte seine Rolle perfekt.

»Und Ivana?«

»Jägerin.«

»Jägerin?«

»Männer. Du bist nicht ihre einzige Beute. Sie liebt das Jagen.«

Demonstrativ gleichgültig schaute Nathan über das beeindruckende Panorama, das sich vor ihnen auftat. Janis hatte sich ganz schön weit vorgewagt. Hätte ihn die Derungs so reden gehört, wäre er seinen Job los gewesen. Nathan entschied, das Risiko einzugehen. »Ich spreche nicht von diesen Listen. Ich spreche über die Kategorie mit den Leuten, die im Untergeschoss behandelt werden.«

Mit einem Schlag änderte sich die Stimmung. Janis stopfte den Riegel ungeöffnet zurück in den Rucksack.

»Du überlegst dir das nicht im Ernst?«

»Was?

»Das mit dem Untergeschoss.«

Hitze flutete durch Nathans Körper. Sein Instinkt hatte ihn nicht betrogen. Janis wusste davon.

»Wieso nicht?«, fragte er.

»Nein! Nicht du! Tu das nicht!« Janis sprang auf die Füße und packte Nathan an beiden Armen. »Es killt deine Gefühle, du wirst zum Zombie.«

Die heftige Reaktion überraschte Nathan. »Woher weißt du das?«

»Ich bekomme die Gäste zurück. Nach der Operation. Zur Reha.«

»Als Zombies?«

»Sie verlöten dir das Gehirn neu. Töten ab, was dich zum Problemfall macht.«

»Klingt genau nach dem, was ich brauche.«

»Nein! Glaub mir! Das willst du nicht. Es nimmt dir deine Seele.«

Ein bitteres Lachen drängte sich durch Nathans Kehle. Er unterdrückte es. »Das ist alles legal?«, fragte er heiser.

»Natürlich.« Noch immer hielt Janis Nathan fest. »Aber nicht alles, was legal ist, ist gut, Mann! Sei kein Idiot!«

»Und wenn ich es doch will? Wie komme ich in diese Kategorie?«

Janis ließ ihn los. »Keine Ahnung. Und ich hoffe, dass du

es nie herausfinden wirst.« Er warf einen Blick auf seine Uhr. »Wir müssen zurück.«

Sie folgten nicht den Spuren, die andere Schneeschuhläufer vor ihnen gezogen hatten. Janis wählte eine neue Route. Wie schon beim Aufstieg konnte Nathan ihm nur knapp folgen. Er brütete über das nach, was Janis ihm gesagt hatte. Wenn die Operationen legal durchgeführt wurden, musste die medizinische Abteilung so etwas wie einen doppelten Boden haben, denn sein Informant hatte von illegalen Operationen gesprochen. Eine geheime Abteilung in der Abteilung, über die niemand sprach. Das machte die Dinge noch komplizierter, als sie ohnehin schon waren. Wenn Raix in diesem System verschwand, würde es sehr schwierig werden, ihn darin zu finden. Nathan setzte seine letzten Reserven frei und beschleunigte das Tempo. Er durfte nicht zu spät kommen!

Als sie den Spazierweg am See erreichten, verließen zwei Gäste das Café und schlugen den Weg in Nathans Richtung ein. Zwei Magnete, die an den falschen Polen aufeinandertrafen. Ayden und Kata.

»Willst du Wurzeln schlagen oder gehen wir zurück?«, fragte Janis.

Mit wild klopfendem Herzen zog Nathan seine Schneeschuhe aus. »Bin bereit.«

Sie erreichten das Tor kurz vor Ayden und Kata. Während Janis den Code in das Handy eingab, schlenderten die beiden zu ihnen heran. Kata fragte etwas in diesem kratzigen Schweizerdeutsch. Janis antwortete ihr mit einem bedauernden Schulterzucken und in ziemlich vielen Sätzen, an deren Ende eine Frage stand.

»Das ist Ben, mein Freund«, antwortete sie in Englisch. Sie legte den Kopf schief und musterte Nathan. »Bist du nicht Nathan MacArran?«

Er verlor sich in ihren Augen, die den Himmel spiegelten. Ihr Blick schien weicher geworden zu sein, doch Nathan kannte sie zu gut, um die verborgene Wut darin nicht zu sehen. Sie galt ihm. Weil er sie nicht in sein Vorhaben eingeweiht hatte. »Wenn du es niemandem weitersagst, ja. Und wenn du mir verrätst, wie du heißt.«

»Tara.«

»Schöner Name.«

»Könntest einen Song daraus machen. Ich mag deine Musik.«

»Danke.«

»Besonders *Crazy Guy with a Crazy Head*.«

»Diesen Typen gibt's übrigens wirklich.«

Sie lachte, ein Lachen, das nicht bis zu ihren Augen vordrang. »Grüß ihn von mir, wenn du ihn siehst.«

Sie wusste, dass Raix hier war! Wenn DeeDee ihn verraten hatte, dann an sie. Er hatte eine Schwäche für Kata. »Mach ich«, versprach Nathan.

»Ben und ich hätten uns gerne den Park angeschaut, aber dein Begleiter meint, er sei privat und nur für die Klinikgäste. Du kannst nicht zufällig ein gutes Wort für uns einlegen?«

Nathan zwinkerte ihr verschwörerisch zu. »Dieser Ort ist so streng abgeschirmt wie die Zentrale der CIA. Tut mir leid.«

»Schade.« Sie zuckte bedauernd mit den Schultern. »Dann bleibt uns wohl nichts anderes übrig, als die Aussicht vom Seecafé aus zu genießen.«

»Wegen der Hand?« Nathan deutete auf Aydens Arm in der Schlinge. »Wie hast du das denn gemacht, Ben?«

»Snowboardunfall«, murmelte Ayden.

»Das war's dann mit Sport für den Rest der Woche«, fügte Kata an. »Aber uns bleiben immer noch die Spaziergänge.«

»Wenn ihr das nächste Mal an der Klinik vorbeikommt, könnt ihr mir ja zuwinken.« Nathan deutete auf sein Zimmer. »Vielleicht stehe ich am Balkon und sehe euch.«

»Würden die dich für einen Kaffee mit uns rauslassen?«

»Würdet ihr?«, gab Nathan Katas Frage an Janis weiter.

»Kommt darauf an.«

Kata schaute ihn neugierig an. »Worauf? Ob er sich gut benimmt?«

»So ähnlich.«

Sie wandte sich Nathan zu. »Na, dann stehen die Chancen wohl nicht allzu gut, bei allem, was man über dich lesen konnte. Wenn es dir zu viel wird, gib uns ein Zeichen und wir holen dich.«

»Nicht nötig. Aber danke fürs Angebot.«

»Wir müssen leider«, drängte Janis.

Nathan wünschte Ayden eine gute Besserung. »Sobald ich hier raus bin, rufe ich mein Management an. DeeDee wird euch zwei Karten für das nächste Konzert hinterlegen lassen.« Als er schon fast durch das Tor war, drehte er sich noch einmal um. »Ihr seid ein schönes Paar.«

Das mit den falschen Polen sagte er ihnen nicht. Sie würden sich irgendwann drehen und dann würde alles passen.

»Fans«, murmelte er auf dem Weg zur Klinik. »Sind halt so.«

»Hast du diese Augen gesehen?«, fragte Janis. »Wahnsinn!«

Ja, er hatte die Augen gesehen. Die von Kata und die von Ayden. In beiden hatte Wut gelegen. Und Sorge. Er hatte die beiden nicht in diese Geschichte hineinziehen wollen. Jetzt war er froh, sie in seiner Nähe zu wissen. Sie hatten so viele Informationen wie möglich aus ihm herausgeholt und dennoch hatte das Gespräch ganz normal geklungen. Er hoffte nur, sie hatten seine Botschaft verstanden. Kein Eingreifen, bevor es vorbei war.

Raix suchte sich die Gruppentherapie am Nachmittag für seinen vorgetäuschten Anfall aus. Zuckend und laut schreiend brach er zusammen, die Hände gegen den Kopf gepresst, mit Armen und Beinen um sich schlagend. Er biss sich in die Zunge und spuckte das Blut unter wilden Drohungen den herbeieilenden Pflegern ins Gesicht. Es war ein beeindruckender Auftritt, dessen letzten Teil Raix verpasste, weil ihn ein Pfleger mit der Gestalt eines Ringers zu Boden drückte, während ihm sein zierlicher Kollege eine Spritze verpasste, die ihn fast sofort in einem spiralförmigen Strudel ins Dunkel trudeln ließ.

Auch diesmal erwachte Raix in einem Raum mit Fenster. Aber im Gegensatz zu seinem letzten Aufenthalt in der medizinischen Abteilung dauerte es eine Weile, bis er Besuch erhielt, nicht von einer Vorhut an Pflegern, sondern von Samuel Altherr höchstpersönlich. Der Arzt kam ohne Umschweife auf den Punkt. »Wir machen uns Sorgen um Sie, Richard. Sie hatten erneut einen Anfall.« Er setzte sich auf die Bettkante. »Ich muss Sie das leider fragen: Hatten Sie solche Anfälle schon früher?«

Raix lenkte seinen Blick knapp an Altherr vorbei und versuchte, einen Punkt an der Wand zu fixieren, was gar nicht so einfach war. Er sah alles wie durch eine unscharf eingestellte Kamera. Schaffte er es, einen Abschnitt deutlich zu sehen, verschwamm der andere umso mehr. Genauso ging es ihm mit seinem Kopf. Einige seiner Gedanken waren klar, andere entglitten ihm in eine Art Nebelbank. Manche waren im einen Augenblick noch fassbar, im anderen nur ein dumpfer Nachklang von etwas, das er eben noch gewusst hatte.

»Richard? Es ist wichtig, dass Sie diese Frage wahrheitsgemäß beantworten.«

In seiner gefälschten Krankenakte stand nichts davon.

»Ja«, antwortete er undeutlich. Seine zerbissene Zunge war aufgeschwollen und fühlte sich taub an.

»Wusste Ihr behandelnder Arzt davon?«

»Nein.« Raix hielt seinen Blick unverwandt auf den Punkt an der Wand gerichtet, verzweifelt bemüht um Tiefenschärfe, auch im Kopf. Er durfte das jetzt nicht vermasseln!

»Warum nicht?«

»Er hätte … mich in eine … Klapse eingewiesen.« Raix schluckte. »Ich … Ich bin nicht krank. Ich gehöre nicht in eine Anstalt für Bekloppte und Durchgeknallte.«

»Natürlich nicht«, erwiderte Altherr ruhig. »Aber uns hätten Sie sich anvertrauen können.«

»Ich hatte … hatte gehofft, hier … hier Hilfe zu finden«, stammelte sich Raix durch Sätze, von denen er nicht sicher war, ob sie Sinn ergaben. »Ihre Therapie … sollte verhindern, dass … dass es zu weiteren Anfällen kommt.« Seine unwirsch geplante Geste verkam zu einem hilflosen Herumfuchteln der Arme. »Und jetzt schauen Sie mich an. Das war schon der zweite dieser … dieser …«

»Beruhigen Sie sich bitte, Mr Ormond. Ich versichere Ihnen, wir werden alles tun, damit das nicht mehr vorkommt.«

Da! Da waren sie, die Worte, auf die Raix gewartet hatte. Und ausgerechnet jetzt war er dabei, die Kontrolle zu verlieren. Er starrte auf den Punkt an der Wand. »Alles?«, fragte er unsicher.

Der Arzt nickte.

»Sie meinen Medikamente?« Raix schob ungelenk die Decke beiseite und tastete mit seinen Beinen in Richtung Bettkante. »Ich nehme keine … keine Psycho-Medikamente. Ich bin nicht verrückt!«

»Selbstverständlich nicht.« Altherr legte seine Hand auf Raix' Knie. »Bitte, legen Sie sich wieder hin.«

Erschöpft lehnte sich Raix zurück.

»Es gibt eine andere Möglichkeit«, sagte Altherr.

»Eine andere Möglichkeit?«

»Wir verfügen über eine interne Abteilung, die sich mit Störungen im Gehirn beschäftigt.«

Die Stimme wurde deutlicher, kam auf Raix zu. Er testete seine Zunge. Sie lag nicht mehr halb betäubt in seinem Mund, nur noch zu groß. Zumindest die Wirkung der Medikamente schien etwas nachzulassen. »Mein Hirn ist nicht gestört!«

»Ich rede von physischen Schäden, nicht psychischen«, beschwichtigte ihn Altherr.

»So etwas wie falsch verkabelte Leitungen im Hirn?« Raix sprach langsam, jedoch beinahe klar.

Altherr lächelte vielsagend.

»Davon stand nichts in Ihrer Broschüre.«

»Wir …« Altherr räusperte sich. »Wir behandeln das äußerst diskret.«

Raix merkte, wie er vor Anspannung die Luft anhielt. Er zwang sich, ruhig auszuatmen und genauso ruhig wieder einzuatmen. »Diskret? Was heißt das?«

»Wenn ich offen sein darf: Dieser Teil unseres Behandlungsangebots könnte Kontroversen auslösen, wenn er öffentlich würde, und unsere Gäste diskreditieren. Wir bieten ihn deshalb nur im persönlichen Gespräch an.«

Menschen eines Schlags von Richard William James Felix Ormond wussten, wie man mit solchen Angeboten umging. Raix nickte wissend. »Und vermutlich sehr teuer«, brachte er die Sache auf den Punkt.

»Ich sehe, wir verstehen uns.«

»Ich denke, das tun wir.« Raix räusperte sich die Angst aus der Kehle. »Irgendwelche Risiken?«

»Wir werden dir diesen Chip in dein Hirn implantieren. Er wird deine Fähigkeiten in einem unvorstellbaren Maß verstärken.« Doktor Diethelm sah ihn an, als ob er ihm gerade die Welt und mehr versprochen hatte.

»Aber meine Fähigkeiten sind doch jetzt schon überdurchschnittlich«, wandte Raix ein.

»Nichts im Vergleich zu dem, was das Experiment aus deinem Talent machen wird.«

»Das Experiment?«

»Wir könnten Geschichte schreiben, Peder. Der Menschheit ein Wunder geben.«

»Und was müsste ich dafür tun?«

»Einverstanden sein. Einfach nur einverstanden sein.«

»Was müsste ich dafür tun?«, wiederholte Raix die Frage, die er vor beinahe drei Jahren schon Doktor Diethelm gestellt hatte.

»Ihren Kopf von jemandem untersuchen lassen, der weltweit führend ist auf seinem Gebiet.«

In Raix zog sich alles zusammen. »Hat dieser Jemand auch einen Namen?«

»Das hat er. Sie werden ihn erfahren, wenn Sie Ihr Einverständnis zur Untersuchung geben.«

Das war der Moment, auf den Raix gewartet hatte. Er musste nur noch Ja sagen. »Ich möchte darüber nachdenken«, antwortete er stattdessen, denn genau das würde ein Richard William James Felix Ormond tun. Und ihm gab es die Möglichkeit, Nathan auf dem Laufenden zu halten.

»Selbstverständlich.«

»Dann möchte ich jetzt gerne zurück auf mein Zimmer.«

Raix zog das Hemd mit den Blutspritzern aus und schlüpfte in ein frisches. Vor dem Spiegel im Bad frisierte er sein zerzaustes Haar zur schnurgerade gescheitelten Gelfrisur. Gegen die Kratzer im Gesicht, die er sich bei seinem kurzen, aussichtslosen Kampf mit dem Ringerpfleger geholt hatte, konnte er nichts ausrichten. So wenig wie gegen die losen Gedankenstränge, die in seinem Kopf glühten und bei jeder Berührung heftige, schmerzhafte Impulse durch seinen Körper sandten. Als er neben Antonio in Richtung Speisesaal marschierte, war er äußerlich ein arroganter englischer Snob, innerlich jedoch eine Art atomares Kraftwerk kurz vor der Kernschmelze.

Das bisschen Stimmengewirr, das aus dem Speisesaal drang, verstummte bei seinem Eintreten, aber niemand außer Henriette sah ihn offen an. Nathan säbelte am Fleisch auf seinem Teller herum, das Gesicht von zu viel Sonne oder zu viel Wut gerötet. Raix war nicht ganz sicher, welches von beidem. Er setzte sich hin und wollte Nathan wissen lassen, dass er kurz davor stand, ins Untergeschoss zu gelangen, doch ihm fiel der Code dazu nicht ein. Er war weg, einfach weg. Raix versuchte sich an die anderen Codes zu erinnern, aber sie flipperten zwischen seinen glühenden Gedankensträngen herum, ohne irgendwo hängen zu bleiben. *Code, Code, Code*, sangen sie. Er presste seine Hände gegen die Schläfen, in denen das Blut mit gefühlter Siedepunkttemperatur durch die Adern schoss. Nicht jetzt, flehte er in Gedanken. Bitte nicht jetzt! Er brauchte den Code! Ihm fiel nichts anderes ein, als sich mit hochgerecktem Daumen am Ohr zu kratzen.

Nathan reagierte nicht. Erst nach dem Essen stand er auf, jedoch nicht, um den Saal zu verlassen. Er kam direkt auf Raix zu, schnappte sich einen Stuhl und nahm Platz.

»Du nervst.« Er packte Raix am Hemd und zog ihn dicht zu sich heran. »Kata und Ayden sind hier«, flüsterte er.

Kata und Ayden. Eine warme Welle schwappte über Raix hinweg. Bis er sich bewusst wurde, was das bedeutete. »Ich bin fast drin«, sagte er leise. »Halt die beiden davon ab, etwas zu unternehmen.«

»Du musst warten! Die Dinge sind komplizierter, als wir dachten.«

Raix brach in irres Lachen aus. Komplizierter ging gar nicht!

Ein Kellner eilte ihm zu Hilfe.

Nathan ließ los. Raix' Blick fiel auf Nathans Handfläche.

Verschmierte, kaum mehr erkennbare Buchstaben und Ziffern. Doch inmitten all der glühenden Drähte in seinem Hirn leuchteten sie klar und deutlich. »Warum November 73?«, fragte er verwirrt. Noch verwirrter stellte er fest, dass Nathan dasaß, als wäre ihm soeben der Boden unter den Füßen weggebrochen.

»Mr MacArran?«

Nathan schien den Kellner nicht zu hören. Er reagierte auch auf eine zweite Aufforderung nicht. Der Mann musste ihn hochziehen. Erst jetzt löste sich Nathans Starre. »Tut mir leid«, entschuldigte er sich tonlos. »Ich kann den arroganten Arsch nicht ab.«

Während der Kellner Nathan aus dem Raum führte, wischte sich Raix angeekelt über das Hemd. Aber seine Hände zitterten. Er konnte das Besteck kaum halten. Dennoch aß er weiter, während es zwischen den glühenden Drähten zu sirren begann.

Der Kellner kam zurück. »Ist alles in Ordnung, Mr Ormond?«

»Nein.«

Raix schnellte hoch. Sein Herz spielte total verrückt. Sein Kopf fühlte sich an, als würde er gleich explodieren. »Bringen Sie mich hier raus! Sofort.«

Wenige Minuten und doch eine Ewigkeit später war Raix allein in seinem Zimmer. Er konzentrierte sein ganzes Denken und Fühlen auf Chesil. Ihre Liebe machte ihn stark. Zusammen konnten sie das Sirren bannen. Raix atmete langsam ein und aus. Er flog über die Greina, über die Berge, über das Meer, bis hin an den Strand, an dem Chesil saß.

Ich bin wieder da, sagte er.

Für immer?

Nein. Ich muss zurück. Bald. Aber jetzt, jetzt bin ich hier und ruhe mich aus.

Kata wickelte den Verband um Aydens Handgelenk, das mittlerweile etwas abgeschwollen war. »Wir können auch auf dem Zimmer essen«, bot sie ihm an.

Ayden schüttelte den Kopf. »Wir sollten uns im Dorf umhören. Vielleicht erfahren wir beim Essen etwas, das uns weiterhilft.«

Und das von den niederschmetternden letzten paar Stunden ablenkte! Sie hatten Igor Henrys damaligen Namen durchgegeben und ihm die Frau beschrieben, die sie gesehen hatten. Er ging der Sache nach, doch er hatte sich noch nicht gemeldet, dafür DeeDee, der sie eindringlich davor warnte, sich in diese Geschichte einzumischen.

»Nathan und Raix wollen das alleine durchziehen«, hatte er gesagt.

»Und wie?«

»Keine Ahnung. Ich bin nur der Typ, der den Wagen fährt.«

»Selbst wenn es ihnen irgendwie gelingt, einen Arzt dazu zu bringen, Raix zu operieren, kommen sie aus dieser Festung nicht mehr raus!«

»Das wissen sie. Sie sind da drin auf sich gestellt. Alles, was sie brauchen, ist am Ende jemand, der sie von hier wegbringt. Das bin ich.«

Genau das hatte ihnen auch Nathan zu verstehen gegeben. Weniger deutlich, aber dennoch klar genug. Raix und er würden trotzdem Hilfe brauchen. Dazu mussten sie mehr über die Abläufe und die Sicherheitsvorkehrungen in der Klinik herausfinden. Sich mit Einheimischen zu unterhalten, brachte ihnen vielleicht ein paar der Informationen, nach denen sie suchten.

Kata fixierte den Verband. »Fertig. Wir können los.«

Vorsichtig legte Ayden den Arm in die Schlinge. Seine dunklen Augen bildeten einen Kontrast zum blassen Gesicht. Das lag nicht nur an den Schmerzen. Kata wusste, dass der einsame Entscheid seiner zwei besten Freunde ihm zu schaffen machte. Und da war noch etwas anderes. Die Art, wie er sich ihr gegenüber verhielt, wenn sie alleine waren und niemandem etwas vorzuspielen brauchten. Sachlich. Distanziert. Aber sein Blick, wenn er sich unbeobachtet fühlte, sagte etwas anderes. Kata tat, als bemerke sie es nicht. In Plymouth hatte die Tür einen Augenblick lang offen gestanden. Nun war sie zu. Auch wenn Nathan fand, dass sie ein schönes Paar waren. Die Tür war zu und es war besser so!

Erleichtert darüber, der drückenden Stimmung wenigstens für eine Weile zu entkommen, schlüpfte Kata in ihre Jacke und half Ayden in seine. Draußen war es sehr kalt geworden. Dort, wo der Gehsteig rege benutzt wurde, half auch der ausgestreute Kies nicht mehr gegen die eisige Glätte. Nachdem Ayden ausgerutscht und beinahe hingefallen wäre, hängte sich Kata bei ihm ein. *Ein schönes Paar*, hallten Nathans Worte in ihrem Kopf.

Sie ließen die edlen Speiserestaurants links liegen und setzten sich in eine gut besuchte Pizzeria.

Die Kellnerin brachte Aydens Pizza in Stücke geschnitten. »Ich habe mir gedacht, so ist es einfacher für dich.« Sie lächelte ihn an. »Iss sie von Hand! Wie die Italiener.«

»Wir sind heute bei der Klinik vorbeispaziert und haben einen Rockstar getroffen«, sagte Kata. »Kommen die Patienten auch ins Dorf?«

»Manchmal.« Die Kellnerin beugte sich zu ihnen hinunter. Ihr Arm berührte den von Ayden, ihr Ausschnitt befand sich auf seiner Augenhöhe. »Aber wir dürfen nichts erzählen. Das war der Deal, der damals zwischen den Käufern der Klinik und den Gemeindebehörden gemacht wurde.«

»Und daran halten sich hier alle?«, fragte Ayden.

»Das ist die Schweiz.« Sie lachte. »Hier ist man extrem diskret. Guten Appetit. Falls ihr noch was braucht, ruft mich. Ich heiße Seraina.«

Der Blick, den sie Ayden dabei zuwarf, war eine kaum verhohlene Einladung.

»*Extrem diskret* und Körperkontakt zu Gästen, die nicht alleine hier sind, passt nicht wirklich zusammen«, entfuhr es Kata. »Und wie du heißt, will ich eigentlich auch nicht wissen. Dein Job ist es, uns das Essen zu bringen.«

Während Seraina den Rückzug antrat, schnitt sich Kata mit gesenktem Kopf ein Stück Pizza ab. Sie hatte keine Ahnung, was gerade mit ihr geschah, nur dass sie es gründlich vermasselt hatte mit dem Einholen von Informationen.

»Was …«, begann Ayden.

»Sie will dich. Nutz es aus. Rede mit ihr. Finde so viel wie möglich heraus.«

Ohne ihm die Chance auf eine Antwort zu geben, stand Kata auf. Viel zu hastig. Der Stuhl kippte hinter ihr weg. Unter den neugierigen Augen der Gäste flüchtete sie sich ins Freie. Durch das Fenster konnte sie sehen, wie Seraina sich dem Tisch von Ayden näherte. Erstaunt stellte sie fest, dass es wehtat.

Zurück in die Leere des Hotelzimmers wollte Kata nicht. Essen auch nicht mehr. Der Appetit war ihr vergangen. In diesem Kaff musste es doch irgendwo eine Bar geben! Sie sah sich um. Weiter unten in einer der Nebenstraßen leuchtete ein Neonschild an einem Gebäude, das wie ein Stall aussah. Davor tummelte sich eine Gruppe junger Männer, einige mit eingezogenem Kopf und den Händen in den Hosentaschen, die anderen rauchend und vor Kälte von einem Fuß auf den anderen tretend, alle etwas angeheitert, wie Kata bemerkte, als sie sich ihnen näherte, und alle bester Laune.

»Wow, die schöne Frau mit den blauen Eisaugen!«, rief einer von ihnen übermütig. »Dürfen wir dich auf einen Drink in die *Tauna* einladen?«

Erst jetzt erkannte Kata ihn. Es war der Typ, der mit Nathan am Tor gestanden hatte. Er sah nett und unkompliziert aus, er hatte den Schalk in seinem Gesicht, vielleicht ein paar Antworten auf Fragen zu der Klinik und wenn sie Glück hatte, den Rest der Nacht noch nichts vor. »Ihr dürft«, antwortete sie.

Das Gebäude war tatsächlich einmal ein Stall gewesen, jetzt zu einem Club umgebaut, in dem vieles an eine überdimensionierte Alphütte erinnerte. Die Musik war zu laut, um sich zu unterhalten. Nach zwei Drinks saß Janis, wie sich Nathans Begleiter vorgestellt hatte, so dicht neben ihr, dass sich ihre Arme und Beine berührten. »Noch einen?«, rief er über die Musik hinweg.

Sie nickte. Janis verschwand in Richtung Bar. Kata schaute ihm hinterher und entdeckte an einem der Tische eine blonde Frau mit grünen Katzenaugen. Lynn, die Snowboardlehrerin! Ohne die weite Winterbekleidung, nur in einem engen schwarzen Kleid, sah sie noch attraktiver aus als am Morgen.

Eine Hand legte sich auf ihre. Die Berührung löste in Kata ein angenehmes Kribbeln aus. »Dein Drink«, raunte ihr Janis ins Ohr. Sein Atem streifte ihre Haut. In Katas Nacken stellten sich die Härchen auf, das Kribbeln verstärkte sich, wurde zu warmen Wellen, als Janis wie beiläufig über ihren Arm fuhr. Mitten in die aufsteigende Erregung hinein drängte sich das Echo von Nathans Stimme. *Ein schönes Paar*.

»Ich muss jetzt gehen«, sagte sie.

Er nickte. »Verstehe. Dein Freund.«

Sie dachte an geschlossene Türen und schwieg.

Ob aus einem schlechten Gewissen heraus oder aus einer noch nicht ganz gestorbenen Hoffnung auf doch noch mehr, bot Janis ihr an, sie zum Hotel zu bringen. Kata nahm die Einladung an. Sie und Ayden hatten sich umhören wollen. Es war Zeit, endlich mit der Arbeit anzufangen.

»Ich stelle mir das spannend vor, in einer Klinik mit so berühmten Leuten.«

Janis zuckte mit den Schultern. »Am Anfang fand ich es

noch ziemlich witzig. All diese Reichen und Berühmten, wie sie sich freiwillig bis in die Unterhosen sehen lassen, aber mittlerweile finde ich es ziemlich krank. Der Typ von heute zum Beispiel, dieser Rocksänger, der tut mir echt leid. Ist vom Balkon gesprungen. Irgendwie total kaputt, der Kerl. Und …« Janis machte den Satz nicht zu Ende.

»Und?«, hakte Kata nach.

»Ich hoffe, er …« Wieder brach er ab. »Wir gehen morgen noch einmal auf Tour. Da kann ich … Entschuldige. Ich sollte nicht über die Gäste sprechen.«

Er war nahe dran, es dennoch zu tun. Ein paarmal holte er Anlauf, begann und redete dann nicht weiter.

»Was macht die Klinik eigentlich so besonders?«, versuchte Kata aus einer anderen, neutraleren Richtung auf das Thema zurückzukommen. »Die Therapien? Ich meine, es muss doch einen Grund geben, warum all diese Reichen und Berühmten ausgerechnet hierher kommen.«

Damit traf sie bei Janis einen Nerv. Sie erkannte es an seinem Gesichtsausdruck.

»Gibt es«, antwortete er.

Sein Tonfall machte klar, dass er ihr den Grund gerne verraten hätte, aber nicht konnte.

»Vielleicht kündige ich«, sagte er, als sie das Hotel erreichten. »Ich habe ein Angebot von einem Schneetourenanbieter.«

»Verdienst du in der Klinik nicht viel mehr?«

»Doch, es ist nur … Sehen wir uns wieder?«

»Wenn du willst. Morgen? Gleiche Zeit, gleicher Ort?«

Kata sah die Hoffnung in seinen Augen. »Pass auf ihn auf.«

»Auf wen?«

»Den Rockstar. Er macht tolle Musik. Ich hätte gerne noch mehr davon.«

»Ich tu, was ich kann. Bis morgen?«

»Bis morgen.«

Er war ein guter Kerl, besser als alle vor ihm. Seine Tür stand offen. Es war noch nicht zu spät, sein Angebot anzunehmen.

Ayden kam ein paar Stunden nach ihr ins Hotel. Er roch nach Rauch und Alkohol. Sein Gesicht war nicht mehr blass, sondern leicht gerötet.

»Es gibt jede Menge Gerüchte im Dorf.« Er ließ seine Jacke einfach auf den Boden gleiten und sank aufs Bett. »Von seltsamen Vorfällen, vertuschten Selbstmorden, Angestellten, die mehr oder weniger über Nacht verschwinden. Aber wenn es offiziell wird, wagt es keiner, den Mund zu öffnen. Die Klinik bringt Geld ins Tal. Nicht nur in Form von Steuern. Die Stiftung, der die Klinik gehört, spendet auch gehörig. Zum Beispiel finanziert sie die Schulbibliothek und lokale Vereine.«

Das letzte Wort sagte er auf Deutsch. Kata verstand es nicht sofort, denn Ayden sprach langsam und undeutlich. Er musste seine Informationen unter Einsatz von nicht wenig Alkohol erhalten haben.

»Dein Deutsch ist ungefähr so gut wie dein Talent fürs Snowboarden.«

Er streifte seine Stiefel ab und kippte nach hinten. »Mit ein bisschen mehr Übung wäre ich ein toller Snowboarder geworden«, murmelte er.

Eine Minute später schlief er tief und fest, noch bevor Kata ihm von Janis erzählen konnte. Sie zog ihn ganz aufs Bett. Dabei bemerkte sie das Herz, das jemand mit einem Lippenstift auf seinen Verband gemalt hatte. Ziemlich kindisch, fand sie. Das dumpfe Pochen in ihrer Brust versuchte sie zu ignorieren. Sie legte sich auf ihre Seite des Bettes. Es dauerte sehr lange, bis sie endlich einschlafen konnte.

6.

Ayden erwachte mit einem heftigen Brummen im Schädel und einem Handgelenk, in das sich bei der kleinsten Bewegung Messer zu bohren schienen. Sein Mund und seine Kehle waren staubtocken, als hätte er seit Tagen nichts getrunken, was nicht stimmen konnte, denn der Drang zur Toilette war übermächtig. Stöhnend richtete er sich auf und stellte fest, dass er in seinen Kleidern geschlafen hatte. Das Bett neben ihm war leer.

»Kata?«, krächzte er.

Er bekam keine Antwort. Vielleicht war sie im Bad. Dann würde er besser nicht hineingehen. Nach einer Weile, in der es still blieb, tat er es dennoch. Kata war nicht da. Nur sein Spiegelbild. Das Haar ein Vogelnest, Ringe unter den Augen, die Lippen spröde. Er fuhr sich mit der Zunge darüber. Es fühlte sich nach rohem Beton an.

Seine Hand steckte immer noch in der Schlinge. Der Verband hatte sich gelockert, ein verschmiertes rotes Herz, dessen Umrisse sich verschoben hatten, leuchtete ihm entgegen. *Du hast Talent*. Eine helle Stimme in seinem Kopf. Katzengrüne Augen. Lynn. Er hatte sie getroffen, in dem Club, in dem er sich mit der Bedienung aus der Pizzeria verabredet hatte. Als er einen Drink bestellte, war sie plötzlich neben ihm gestanden.

»Deine Freundin ist schon weg.«

»Sie war hier?«

»Und wie.« Lynn grinste ihn vielsagend an.

Ayden war nicht sicher, sie richtig verstanden zu haben. Selbst wenn. Er konnte mit einem *und wie* nicht viel anfangen.

»Sie war nicht allein.«

Diesmal verstand Ayden, was Lynn meinte, und nun verstand er auch das *und wie*. Suchend sah er sich um.

»Darf ich dich einladen?«, fragte sie.

Kata war weg, Seraina noch nicht hier. Warum also nicht?

Sie hatten gelacht. Und getrunken. Und gelacht. Dazwischen hatte ihm Lynn eine ganze Menge erzählt. Sie sprach zwar fließend Englisch, aber sie war im Tal aufgewachsen als Tochter eines einheimischen Hotelbesitzers und einer amerikanischen Ärztin, die im Krankenhaus der nächsten Stadt arbeitete. Irgendwann hatte Lynn einen Lippenstift aus ihrer Tasche gekramt und ihm ein Herz auf den Verband gezeichnet. Wenn er sich nicht irrte, war da auch ein Kuss gewesen. Er griff nach den Schmerztabletten und schluckte zwei davon hinunter, eine für die Hand, eine für den Brummschädel.

Nach dem Duschen meldete sein Handy einen entgangenen Anruf. Er rief Kata zurück.

»Ich bin unten am See. Kannst du mich in einer Stunde ablösen?«

»Kann ich.«

»Gut.«

Sie unterbrach die Verbindung ohne ein weiteres Wort.

»Ihre Freundin ist bereits zu einem Spaziergang aufgebrochen«, informierte ihn die Dame am Empfang. In ihrer Stimme lag ein leiser Vorwurf. »Wollen Sie trotzdem frühstücken?«

Aydens Magen, der immer noch die letzten Reste des einheimischen Kräuterschnaps, des *Chrütter*, verdaute, zog sich zusammen.

»Nein, danke.« Er schaute auf das Namensschild auf der gestärkten weißen Bluse, deren Kragenspitzen mit aufgestickten Enzianen verziert waren. »Frau Vinzens«, fügte er höflich hinzu.

Sie kräuselte die Lippen. Ihr Gesicht sprach Bände. Es stimmte also, dass sich in Schweizer Dörfern der Klatsch schneller ausbreitete als ein hochansteckender Virus. Ayden reichte ihr den Schlüssel und verabschiedete sich.

Vor der Tür empfing ihn eine einzigartige Stimmung. Nebel waberte durch die Gassen wie ein Geist, der um die Häuser schleicht. Ayden tastete nach seiner Kamera. Sie war nicht da. Er machte kehrt, um sie zu holen, und fand Frau Vinzens in ein flüsterndes Gespräch mit der jüngeren Frau vom Ankunftstag vertieft, das die beiden bei seinem Anblick sofort beendeten.

»Muss noch mal schnell hoch.« Er hatte das Gefühl sich rechtfertigen zu müssen. »Kamera holen.«

Mit einem säuerlichen Lächeln reichte ihm Frau Vinzens den Zimmerschlüssel. Als Ayden mit der umgehängten Kamera nach unten kam, waren die Frauen nicht mehr da. Er legte den Schlüssel auf die Theke und verschwand, bevor eine von ihnen auftauchte.

Auf dem Weg zum See löste sich der Nebel in Schwaden auf, die mal locker und mal dicht über die Landschaft zogen. Ab und zu brachen Sonnenstrahlen durch, riss der Himmel auf, zeigte stahlblaue Flecken, um sich wenig später wieder zu verdüstern. Ayden hätte nicht gedacht, bei diesem Wetter so viele Spaziergänger anzutreffen, schon gar nicht so leutselige. Fast jeder, dem er begegnete, sprach ihn auf das beeindruckende Naturschauspiel an. Auch Ayden konnte sich ihm nicht entziehen. Er machte unzählige Fotos. Dabei fiel ihm eine Frau auf, die am Klinikzaun stand. »Sie scheint abgereist zu sein«, sagte sie statt eines Grußes zu Ayden.

Er blieb stehen. »Wer?«

»Ivana.«

Ayden hatte keine Ahnung, wer das war.

»Ivana Kalinina. Die Tänzerin«, erklärte die Frau. »Manchmal stand sie um diese Zeit auf dem Balkon. Dort.« Sie zeigte einen Balkon im obersten Stock.

»Haben Sie Ivana fotografiert?«

Das Gesicht der Frau lief rot an. »Eigentlich ist es nicht erlaubt. Aber ...« Sie suchte etwas in ihrer Handtasche. »Hier.«

Verlegen hielt sie Ayden ihr Handy hin und zeigte ihm ein Bild. Es war vom Zoomen etwas verpixelt. Trotzdem sah man sofort, dass die elfenhafte Gestalt eine Tänzerin sein musste. Ein Stockwerk unter ihr stand noch jemand auf dem Balkon. Wahrscheinlich hätten ihn weder Burton noch Sam auf Anhieb erkannt. Ayden schon. Die Körperhaltung verriet Raix. Genauso gebannt wie die Frau starrte Ayden auf das Foto.

»Ein bisschen wie ein Wunder«, meinte sie ehrfürchtig.

Ayden nickte. Raix hatte es geschafft, unerkannt in die Schweiz zurückzukehren. Ob er sie jemals lebend oder als freier Mann verlassen würde, war eine völlig andere Frage.

Kata wartete im Wintergarten auf ihn. Ayden setzte sich an ihren Tisch und bestellte einen starken Kaffee. Keine Schokolade, nicht heute.

»Nichts«, informierte sie ihn. »Ich habe weder Raix noch Nathan gesehen.«

Die vergangene Nacht erwähnte sie mit keinem Wort, aber Ayden fiel auf, wie ihr Blick unauffällig zu seinem Handgelenk glitt. Er war froh, den Verband abgenommen und einen neuen angelegt zu haben. Kein rotes Herz. Während er seinen Kaffee trank, erzählte er ihr, was er am Vorabend in Erfahrung gebracht hatte.

Die Klinik gehörte einer Stiftung mit Sitz in Liechtenstein. Alles legal, wie ihm Lynn lachend erklärt hatte, und alles offen auf der Webseite kommuniziert. Außer der Gästeliste natürlich. Die war streng vertraulich. Angestellte mussten Verträge mit Verschwiegenheitsklauseln unterschreiben. Trotzdem war es im Dorf ein offenes Geheimnis, wer gerade hier war. Viel weiter drang die Information nicht, und wenn sie doch einmal durchsickerte und Fotografen den Weg in das abgelegene Tal fanden, heftete sich ihnen die lokale Polizei so dicht an die Fersen, dass sie bald entnervt aufgaben.

Natürlich redeten die Leute darüber, wie die Gäste abgeschirmt wurden. Man schüttelte den Kopf über die vielen Überwachungskameras, die verschlossenen Tore, aber man respektierte den Wunsch der Reichen und Berühmten, nicht belästigt zu werden. Nicht zuletzt war man dankbar für das Geld, das für das Dorf und das gesamte Tal anfiel. Man lebte nach dem Motto, das nicht nur für die Schweiz typisch war: Einem geschenkten Gaul schaut man nicht ins Maul.

Nur eine kleine Gruppe von Verschwörungstheoretikern behauptete, dass in der Klinik noch ganz andere Dinge auf dem Programm standen als auf der offiziellen Webseite. Verschreibung von nicht zugelassenen Medikamenten. Nicht genehmigte Versuche. Heikle Operationen. Auf jeden Fall war die Klinik besser gesichert als jede Bank.

»Vielleicht habe ich jemanden, der uns helfen kann.« Kata spielte mit dem kleinen Zuckerpaket, das unangetastet auf ihrer Untertasse lag. »Erinnerst du dich an Nathans Schneeschuh-Begleiter? Janis. Ich habe ihn gestern Abend getroffen. Er scheint sich Sorgen um Nathan zu machen. Und ich glaube, er ist bereit zu reden. Ich sehe ihn heute Abend wieder.«

Das war er also, der Typ, auf den sich das *und wie* bezogen hatte. Ayden fragte sich, ob Kata seinem Blick auswich, weil aus diesem *und wie* mehr werden konnte. Sie brachte Männer dazu, ihr das zu geben, was sie wollte. Sie würde auch Janis dazu bringen. Auf ihre Weise. Partner, dachte Ayden. Vergiss den Kuss.

»Lynn hat mir erzählt, dass vorletztes Jahr ein Klinikgast im Eis eingebrochen und ertrunken ist.« Es war kindisch, Lynn zu erwähnen. Ein Was-du-kannst-kann-ich-auch. Ayden kam sich erbärmlich vor und wünschte sich, seine Worte zurücknehmen zu können, doch dazu war es zu spät.

»Lynn?«, fragte Kata. »Die Snowboarderin?«

»Ich … Ich war gestern mit ihr aus.« Ayden konnte fühlen,

wie sein Gesicht rot anlief. »Von ihr habe ich die Informationen, aber ich konnte nicht zu viele Fragen stellen. Sonst wäre sie misstrauisch geworden.«

»Siehst du sie wieder?«

»Heute Abend.«

»Wo?«

»In der *Tauna*.«

»Gut.«

Schon wieder dieses *Gut*. Es klang nach Kata und doch nicht nach Kata. Sie schaute über das Eis, wo ein Schlittschuhläufer von den Nebelschwaden verschluckt wurde.

»Wir hätten Nathan gestern ein Handy zustecken sollen«, wechselte Ayden auf etwas sichereren Boden.

»Das können wir auch heute. Janis geht am Nachmittag noch einmal mit ihm Schneeschuhlaufen.«

Der Eisläufer glitt ans Ufer. Auf einer Bank zog er seine Schlittschuhe aus und kam auf das Café zu.

»Wie ist das Eis?«, fragte die Bedienung.

»Könnte nicht besser sein.«

»Und drüben, beim …«

»Gesperrt«, antwortete er schnell.

»Gesperrt?«, mischte sich Kata in das Gespräch. »Ist es gefährlich? Ich wollte es eigentlich auch versuchen.«

»Nein, nein«, beruhigte er sie. »Das Eis ist gut präpariert und es hält. Es ist nur …« Er zögerte. »Vor zwei Jahren ist eine Frau drüben beim Geisterloch eingebrochen und ertrunken. Aber die Stelle ist abgesperrt. Sie können es also bedenkenlos wagen.«

»Geisterloch? Das klingt ja richtig gruselig.«

»Ist es auch.« Er lächelte ein wenig traurig. »Wir Einheimischen nennen es so, weil man sagt, dass dort in Neumondnächten die Seelen unserer Vorfahren tanzen.«

»Oder an Tagen wie heute?« Kata zeigte auf die Nebelschwaden, die wie Gespenster in wallenden Gewändern über den See zogen.

»Wer weiß.« Sein Gesicht wurde ernst. »Passen Sie auf sich auf, junge Frau.«

»Das mache ich.«

Ayden, der den beiden schweigend zugehört hatte, sah dem Mann nach, wie er sich an einen Tisch am anderen Ende des Wintergartens zurückzog und versonnen aus dem Fenster schaute. Ob er die tote Frau gekannt hatte?

»Davon stand nichts im Internet«, sagte Kata leise. »Und wir haben doch gründlich gesucht!«

Das hatten sie! In keinem Eintrag, den sie aufgerufen hatten, war ein tödlicher Unfall oder ein Selbstmord auf dem See erwähnt worden. Die versprochene Diskretion der Klinik ging offensichtlich bis über den Tod hinaus.

Ich habe über Ihren Vorschlag nachgedacht.«

Raix' Gedankenstränge glühten nicht mehr, die Zunge brannte noch ein wenig, war aber wieder auf ihre normale Größe abgeschwollen. Diesmal fixierte er keinen Punkt hinter Altherr, sondern schaute ihn direkt an. Der Arzt saß an seinem beeindruckend massiven Schreibtisch und stützte das Kinn auf seine Faust. »Wissen Ihre Eltern davon?«

»Nein.« Raix schaute den Arzt erstaunt an. »Das will ich nicht.«

Altherr musterte ihn schweigend.

»Sollte …« Raix räusperte sich. »Muss ich es ihnen sagen? Ich bin volljährig.«

»Das kommt darauf an.«

Nachdem Raix vergeblich auf das *Worauf* gewartet hatte, fragte er nach. »Auf was?«

»Ob wir danach weitere Schritte einleiten sollen.«

»Was einleiten?«

»Nun, es könnte sein, dass ...«

Raix wartete erneut vergeblich auf eine Erklärung.

Altherr lachte etwas nervös. »Es ist ja nur eine Untersuchung. Warten wir erst einmal ab, wie sie ausgeht.«

»Und ich kann diese Untersuchung hier bei Ihnen machen? In der Klinik?«

»Sie müssen sogar.«

»Niemand wird davon erfahren?«

»Niemand. Auch Ihre Eltern nicht. Es sei denn ... aber wie gesagt, das werden wir sehen, wenn die Resultate vorliegen.«

»Einverstanden. Dann will ich die Untersuchung so schnell wie möglich machen.«

»Sie haben Glück, Richard. Doktor Kendelbach ist heute in der Klinik.«

Altherr redete weiter, doch Raix hörte nicht mehr, was er sagte. In seinem Kopf begann es zu sirren. Nathans Quelle hatte recht gehabt! Lorenz Kendelbach war hier. In der Klinik. Ein freier Mann, der nie aufgehört hatte, sich mit den Köpfen anderer Menschen zu beschäftigen.

»Es wird perfekt.« Doktor Diethelm nickte Raix aufmunternd zu. »Wir bereiten uns seit Jahren auf diesen Augenblick vor.«

Unverhohlener Stolz lag auf seinem Gesicht.

Das von Doktor Kendelbach war eine undurchdringbare Fassade. »Du bist über die Risiken und Konsequenzen informiert?«, fragte er Raix.

»Ja.« Es kam heiser und unsicher. Jetzt, wo der Zeitpunkt da war, in dem sie Gott ins Handwerk pfuschen würden, überfiel Raix die Ehrfurcht vor der Schöpfung. Anders hätte er es nicht erklären können. An Gott glaubte er nicht. Auf ihn musste er also keine Rücksicht nehmen, wenn er nun tat, was sie alle zusammen geplant und vorbereitet hatten. Das war es nicht. Es ging tiefer. Um die Frage, ob man alles, was möglich war, auch wirklich tun sollte. Das, was sie vorhatten, würde Grenzen sprengen, die als unantastbar galten, und die Forschung pulverisieren. Raix stellte

sich die Operation wie den ersten bemannten Flug zum Mars vor. Voller Gefahren, ohne Garantie auf Rückkehr, aber mit der Gewissheit, gleich etwas zu erleben, das noch niemand erlebt hatte. Einzigartig und unübertroffen. Wenn es klappte, würde er in Dimensionen vorstoßen, die weit entfernter waren als es der Mars je sein könnte.

»Du zögerst?«, fragte Kendelbach.

»Sie nicht?«

»Nein.«

»Dann lassen Sie es uns tun.«

Sie hatten es getan. Ein paar Wochen später war Diethelm tot, Raix ein gesuchter Mörder und Kendelbach spielte den tief getroffenen Mann, der seine *Pure Intelligence Academy* für hochbegabte Jugendliche freiwillig schloss, weil er sich, wie er mehrmals beteuerte, *diesen traumatischen Mord, begangen von einem fehlgeleiteten Studenten, ohne erklärbaren Grund, nicht verzeihen konnte*. Aber Raix hatte gewusst, dass einer wie er es nicht lassen konnte. Wenn man einmal Gott gespielt hatte, wurde man nicht über Nacht wieder zu einem ganz gewöhnlichen Arzt. Kendelbach war ein Genie, das an das glaubte, was es tat. Das schiefgegangene Experiment mit Raix? Ein Fehlversuch, ein bedauerlicher Rückschlag auf dem Weg in neue Sphären, mehr nicht. Offiziell nie geschehen. Was es für Kendelbach leicht machte, einfach dort fortzufahren, wo er aufgehört hatte. Das Einzige, was er brauchte, war genügend Kapital. Schwerreiche Geldgeber, die nicht nach dem fragten, was er tat, sondern das sahen, was dabei herauskam. In der *Mountain Clinic Valgronda* hatte er diesen Geldgeber gefunden. Offensichtlich waren sowohl die Besitzer der Klinik als auch die Kunden zufrieden mit den Resultaten. Keiner hatte Kendelbach je verklagt.

»... abholen.«

»Bitte?«, fragte Raix, der für einen Moment seine Rolle des arroganten Schnösels aus reichem Haus vergaß und beinahe ängstlich klang.

Altherr sah ihn besorgt an. »Geht es Ihnen gut, Richard?«

»Gut? Was für eine dämliche Frage.« Das Sprechen bereitete Raix Mühe. In seinem Kopf brodelte es und über allem lag ein kaum auszuhaltendes Sirren. »Ich werde abgeholt«, wiederholte er, um Zeit zu gewinnen. »Wann?«

»Wie gesagt, das weiß ich noch nicht genau, aber man wird Sie früh genug informieren.«

»Das will ich hoffen.« Raix stand auf. Alles begann sich zu drehen. Er musste sich am Schreibtisch festhalten.

Altherr griff zum Telefonhörer. »Christina, können Sie bitte Antonio Bescheid sagen?« Er beendete den Anruf und wandte sich an Raix. »Seien Sie unbesorgt«, beruhigte er ihn. »Die Untersuchung ist reine Routine.«

Mit einem festen Händedruck verabschiedete er sich von Raix. Wenn er erstaunt darüber war, wie verschwitzt Raix' Hand war, ließ er es sich nicht anmerken. Trotzdem fürchtete Raix, sich verraten zu haben.

In seinem Zimmer legte er sich auf das Bett. Vor dem Fenster verdüsterte sich der Himmel, Nebel verdeckte die Sonne. Raix schwitzte und fror gleichzeitig so sehr, dass er unter die Decke schlüpfte und sie sich über den Kopf zog. Von innen drückte die Hitze wie Lava gegen die Schädeldecke. »Chesil«, flüsterte er. »Chesil!« Sein Kopf explodierte. Über ihm flog ein Adler. Unerreichbar weit oben. Unter einem Sirren, das sein Gehör zu zerreißen drohte, stürzte Raix durch einen Funkenregen in tiefe Dunkelheit.

Ein Schütteln holte ihn aus seiner fiebrig heißen Hölle.

»Richard?«

Wer zum Teufel war Richard?

»Wir haben uns erlaubt, Ihre Tür zu öffnen, weil Sie auf das Klopfen nicht reagiert haben.«

Welche Tür? Welches Klopfen?

Raix griff sich an den Kopf. Mitten in den Schmerzen klang ein leises Sirren nach.

»Doktor Altherr wartet auf Sie. Es geht um die Untersuchung.«

Raix setzte sich auf. Vor dem Fenster standen keine Palmen, sondern schneebedeckte Gerippe von Bäumen, um die ein feiner Nebel schlich, durchbrochen von Sonnenstrahlen. Das Zimmer war total edel, der Mann, der ihn geweckt hatte, drückte sich gewählt aus. Es war, als hätte jemand Raix in eine andere Welt gebeamt. »Ich müsste dann mal«, murmelte er.

Der Mann trat ein paar Schritte zurück. Raix entschied sich für eine der beiden Türen und hoffte, sie führe nicht in den Flur. Zu seiner Erleichterung fand er sich in einem Bad. Aus dem Spiegel schaute ihn sein Gesicht an. Die Frisur klebte fein säuberlich gescheitelt am Kopf, zumindest der größte Teil davon. Ein paar der Strähnen hatten sich selbstständig gemacht. Wie zerfledderte Federn standen sie in alle Himmelsrichtungen ab. Die Kleidung, die er trug, wollte so gar nicht zu dem gerupften Huhn passen, das ihn vom Hals aufwärts anstarrte. Sie war vom Feinsten. Richard hatte ihn der Mann genannt. Richard. Richard William James Felix Ormond. Raix hörte Nathan lachen. Für einen Augenblick tat sich in seinem Gedächtnis ein Fenster auf. Sie hatten die Namen gemeinsam ausgesucht. Er und Nathan. *Felix, der Glückliche*. Das musste einen Grund haben.

Raix öffnete den Wasserhahn, hielt die Hände unter den eiskalten Strahl und drückte sie gegen seine heißen Wangen. In seinen Schläfen pochte der Schmerz.

»Darf ich Sie bitten, sich zu beeilen?«, rief der Mann. »Ihr Termin ist in zehn Minuten.«

»Du bist Richard William James Felix Ormond«, flüsterte Raix seinem Spiegelbild zu. »Du hast einen Termin. Das klingt nach jemandem, dem die Welt gehört. Also verhalte dich auch so.«

Während er seine widerspenstigen Haare zu den anderen an den Kopf plättete, übte er einen arroganten Gesichtsausdruck. Na bitte, ging doch! Jetzt noch den Rücken durchdrücken und das Kinn hoch. Ein letztes, tiefes Durchatmen. »Wir können«, sagte er. »Ich war vielleicht müde! Habe ich lange geschlafen?«

»Nun, Sie haben den Lunch verpasst.« Der Mann öffnete für ihn die Tür zum Flur. »Ich habe mir erlaubt, eine Schale Fruchtsalat und ein Stück Kuchen für Sie zu reservieren. Beides wird auf Ihrem Zimmer bereit sein, sobald Sie zurück sind.«

Das klang doch gar nicht schlecht. Jetzt wäre es nur noch schön zu wissen, mit wem sie einen Termin hatten. Vielleicht mit einem Friseur? In Raix stieg ein nervöses Giggeln auf. Er unterdrückte es und handelte sich dafür einen Schluckauf ein.

Der Mann führte ihn über rote Teppiche zu einer Tür, an der ein schlichtes Schild hing. *Medizinische Abteilung*. Kein Friseur, schoss es Raix durch die leeren Gehirnwindungen, in denen es warm glimmte. Er hatte einen Termin mit einem Arzt. Eine erste Erinnerung suchte zaghaft den Weg aus dem Unterbewusstsein an die Oberfläche. Sie verstärkte sich, als Raix die Plastikkarte sah, die der Mann gegen den Sensor neben der Tür hielt. Es summte und vor ihm tat sich der Eingangsbereich der medizinischen Abteilung auf. Raix hatte das Gefühl, nicht zum ersten Mal hier zu sein. Der Mann, der ihn mit einem etwas angestrengt freundlichen Lächeln nach einer kleinen Odyssee durch weiße Gänge empfing, kam ihm ebenfalls bekannt vor.

»Da sind Sie ja, Richard. Sind Sie bereit für die Untersuchung? Doktor Kendelbach erwartet Sie schon.«

Kendelbach. Kein Anfall dieser Welt konnte die Erinnerung an den Menschen auslöschen, der Raix' Leben zerstört hatte. Mit einem Schlag war alles wieder da.

»Ja«, antwortete er mit fester Stimme. »Ich bin bereit.«

Nathan war krank vor Sorge. Was Raix beim Frühstück auf seinem Tisch ausgelegt hatte, ergab keinen Sinn. Es war wie mit den Passwörtern bei *Lost Souls Ltd.* Nach einem Anfall fehlten Raix meist die letzten paar vereinbarten Codes und er meldete sich mit alten Kennwörtern. Irgendwann, manchmal sehr schnell, manchmal erst nach Tagen, kam die Erinnerung zurück und mit ihr auch die Fähigkeit, sich neue Passwörter zu merken. Er hätte mit ihm sprechen sollen, aber nach einer Nacht mit Albträumen, in denen ihm Jenkinson in einer leeren Kirche Zahlen und Buchstaben in den Körper gebrannt hatte, war Nathan genauso neben sich gewesen wie Raix. Ein Fehler, passiert aus Unkonzentriertheit, und sie hätten sich verraten.

»... das Steuer loslassen.«

Gion warf ihm mal wieder ein Stichwort zu, auf das er reagieren konnte oder auch nicht. Nathan war nicht nach einer Antwort, doch er konnte die Frage nicht schweigend ignorieren. Nicht heute. Er musste sich in die dritte Kategorie reden. Das ging nicht, wenn er sich in seinen Gedanken verlor!

»Haben Sie noch nie daran gedacht?«, konterte er mit einer Gegenfrage.

»Nein.« Gion legte bedächtig die Hände auf seinen mächtigen Bauch. »Du offenbar schon.«

Unzählige Male. Es wäre ein einfacher Tod. Gas geben und mit Vollgeschwindigkeit in ein Hindernis. Oder über eine Klippe wie Katas Eltern.

»Ja. Aber ich konnte nicht. Ich muss erst den Mörder meiner Schwester umbringen.«

Gion fuhr auf krasse Wahrheiten ab. Vielleicht belohnte er diese mit einem Aufstieg in die dritte Kategorie. Nathan zwang sich zu einem Grinsen.

»Was?«, fragte Gion.

»Ich habe gerade darüber nachgedacht, wie Ihr Hirn so tickt.«

»Und, wie tickt es?«

»Sie haben einen anderen Ansatz. Eine andere Logik. Sie denken ähnlich wie intelligente Verbrecher.«

Nun war es Gion, der grinste. »Ich nehme an, aus deinem Mund ist das ein Kompliment.«

»Ordnen Sie es ein, wie und wo Sie es wollen.«

Eine Weile saßen sie schweigend da, Gion auf seinem bequemen Sessel, Nathan auf seinem unbequemen Stuhl. Vor dem Fenster zogen dichte weiße Schwaden in schnellem Tempo über den Klinikpark, lockerten sich auf, gaben kurz einen strahlend blauen Himmel frei, tanzten in den Sonnenstrahlen, nur um sich von Neuem zusammenzuballen.

»Du hast einen Mann umgebracht. Aber es war nicht der Mörder deiner Schwester. Trinkst du deshalb?«

»Unter anderem. Ich habe schon vorher zu viel getrunken. Hier drin darf ich ja nicht.«

»Du hättest nicht herkommen müssen.«

Es klang wie eine Frage, aber weil Gion den Satz nicht als Frage gestellt hatte, ließ Nathan ihn an sich abprallen. Gion seinerseits schien nicht an einer Vertiefung des Themas interessiert zu sein. »Lassen die Entzugserscheinungen langsam nach?«

»Ja.«

Dass dafür die Dämonen den frei werdenden Platz einnahmen, verschwieg Nathan.

»In welche Kategorie würdest du denn heute gerne eingeteilt werden?«

»G«, antwortete Nathan, ohne mit der Wimper zu zucken.

Gion hob erstaunt seine Augenbrauen. »Sieh einer an! Kategorie G.«

»Ja.«

»Ich dachte, du wolltest vergessen? In der dritten Kategorie.«

»Sie haben mir gesagt, es gibt keine solche Kategorie.«

»Das glaubst du mir?«

Bis jetzt war es einfach gewesen. Nun wurde es kompliziert.

»Sie sind mein Therapeut.«

»Du weichst mir aus.«

Vielleicht war das die einzige Chance, die Gion ihm gab. Vielleicht war es aber auch nur ein Test, mit dem er auslotete, ob Nathan ihn anlog.

Nathan setzte alles auf eine Karte. »Kategorie drei.«

Gion schwieg. Den Rest der Stunde stellte er keine Fragen mehr. Die Zeit wurde zu einer endlosen Wüste, in der jeder Atemzug in der Kehle schmerzte. Allein in dieser Öde verlor sich Nathan im Zweifel. Hatte er das Falsche gesagt und das Tor zum geheimen Untergeschoss für immer zugeschlagen?

»Bereust du es?«, fragte Gion am Ende der Sitzung.

»Ich bereue vieles.« Nathans Stimme krächzte.

Gion nickte ernst. »Kategorie *PV*.«

»*PV*? Ist das die dritte Kategorie?«

»Privat mit verstärkten Auflagen. Du bist nicht stabil, Nathan.«

Die Wüste breitete sich zu einem ganzen Planeten aus. Ohne Horizont, an dem ein Ende in Sicht war. Ein eigener Orbit, aus dem es kein Entkommen gab.

»Stecken Sie mich jetzt in eine Gummizelle? In ein Eisschockbad? Oder verwandeln Sie meinen Kopf mit Sonden in ein elektronisch verwelktes Gemüsefeld?«

»Du hast eine blühende Fantasie.«

»Hatte ich schon immer.«

»Wir sehen uns morgen. Gleiche Zeit, gleicher Ort.«

Von Gion würde er nichts mehr erfahren. Nathan ging zur Tür, ohne sich noch einmal umzudrehen. Im Flur wartete zu seiner Überraschung nicht Markus auf ihn, sondern Janis.

»Hast's wohl vergeigt, was?«

»Kann man so sagen. Was tust du denn hier?«

»Betrachte mich als deinen persönlichen Schatten.«

»Bezahlen die dich wenigstens gut für diesen Spezialjob?«

Janis rollte mit den Augen. »Deine große Klappe wird dich irgendwann umbringen.«

»Irgendwann oder jetzt schon?«, fragte Nathan. »Bringst du mich in die Folterkammer?«

»So ähnlich. Fitness. Etwas härter als sonst.«

Janis forderte Nathan bis weit über sein Limit hinaus. Er hielt mit, auch wenn seine Lunge sich anfühlte, als würde sie gleich explodieren, und er keuchte wie ein Wasserkocher kurz vor dem Siedepunkt. Am Ende der neunzigminütigen Sitzung war er schweißgebadet, kurz vor dem Verdursten und nahe am Zusammenbruch. Janis hielt ihm eine Flasche hin. Nathan leerte sie in einem Zug.

»Gehen wir jetzt gemeinsam duschen?«

»Erraten!«

»Zu dir oder zu mir?«

»Zu dir.«

»Du hast zwanzig Minuten«, erklärte Janis vor Nathans Zimmer. »Danach hole ich dich zum Essen ab.« Er schob Nathan durch die Tür und schloss ihn ein.

»Zwanzig Minuten«, murmelte Nathan. »Wie stellst du dir das vor ohne Uhr?«

Als hätte Janis ihn gehört, rief er: »Mach den Fernseher an.«

Nathan gehorchte. Das Bild zeigte Schneeschuhspuren in einer tief verschneiten Landschaft. Unten rechts lief eine digitale Uhr. Sie gab nicht die Tageszeit an, sondern zählte einfach die Minuten. Aus reiner Neugierde versuchte Nathan, die Balkontür zu öffnen. Sie war verriegelt.

Die Klinikbroschüre versprach individuelle, auf den Gast abgestimmte Therapien und Programme. Sie versprach nicht zu viel! Da Nathan die Dinge nicht ändern konnte, entschied er sich, Gions Spiel mitzuspielen. Er duschte ausgiebig und zog sich warme Sachen an. Danach blieb ihm noch etwas Zeit. Er verbrachte sie am Fenster. Nebel umgab das Seecafé. Nathan stellte sich vor, wie Ayden und Kata dort saßen und zu ihm herüberschauten. Er winkte, obwohl er wusste, dass sie ihn nicht sehen konnten. Es tat gut. Besser als das Rauchen einer geschnorrten Zigarette. Für ein paar Minuten war er nicht allein.

»Nathan?«

»Komme.«

Janis begleitete ihn in den Speisesaal und nahm am gleichen Tisch wie er Platz. Zu Nathans Beunruhigung saß Raix nicht in seiner Nische. Dafür beobachtete ihn Henriette aus den Augenwinkeln. Noch immer hatte Nathan keine Ahnung, was die Frau hier tat, aber bis jetzt waren weder er noch Raix aufgeflogen. Oder doch? Der Zweifel, der Nathan in der Sitzung bei Gion gepackt hatte, meldete sich heftig. War sie schuld an Gions perversem Spiel mit ihm? Hatte sie etwas mit Raix' Fehlen zu tun?

»Ich habe uns das Sportler-Menü bestellt«, holte ihn Janis aus seinen Gedanken. »Schließlich haben wir heute Nachmittag Großes vor.«

»Noch mehr Folter?«

»Darauf kannst du wetten. Also hau ordentlich rein.«

Genau das tat Nathan. Er verschlang alles, was der Kellner ihm brachte, ohne wirklich etwas zu schmecken.

Henriette beendete ihre Mahlzeit vor ihnen. Sie stand auf und kam an seinen Tisch. »*Single Ticket to Hell* ist einer deiner besten Songs. Hat er eine besondere Bedeutung?«

Ihre Stimme klang, als wolle sie ihn verführen, ihr Mund war dicht an seinem Ohr. Das war es aber nicht, was Nathan verwirrte. Er hätte schwören können, ihre Hand an seinem Gesäß gespürt zu haben.

Silent Voices

Secret Messages

A Single Ticket to Hell

Sein Herz klopfte schneller.

»Danke.« Er schaute sie an. »Singen Sie auch?«

Sie warf den Kopf zurück und lachte. »Nur wenn ich betrunken bin.«

Ein Kellner nahm sie sachte am Arm und führte sie weg.

Janis grinste. »Du hast wohl Fans in allen Altersklassen.«

»Muss so sein«, antwortete Nathan trocken.

Ein hochgewachsener, breitschultriger Mann, den Nathan noch nie gesehen hatte, näherte sich ihnen. »Du kannst dir heute Nachmittag freinehmen«, sagte er zu Janis.

»Was soll …«

»Befehl vom Chef. Ich übernehme den Typen.«

»Ich will aber den Surfer.« Nathan zeigte auf Janis.

»Bekommst ihn morgen wieder. Und jetzt steh auf, Rockstar.«

Der Mann gehörte zu der Sorte Leute, bei denen man es sich vorstellen konnte, mit den Füßen in einen Kübel voller Beton gestellt und danach im See versenkt zu werden. In Nathan meldete sich der Fluchtinstinkt. Er wurde jedoch durch einen festen Griff um den Arm ausgehebelt. Ihm blieb nichts anderes übrig, als mit dem Hünen mitzugehen. Janis stand daneben und zuckte ratlos mit den Schultern.

Zu Nathans Überraschung brachte der Mann ihn weder in einen geheimen Verhörraum noch in eine Zelle, sondern in den Umkleideraum, den Nathan vom Vortag her kannte.

»Anziehen!«, brummte er.

»Ich bekomme Auslauf?«, versuchte Nathan, die Stimmung mit einem kleinen Witz aufzulockern.

»Du wirst dir noch wünschen, keinen bekommen zu haben.«

Der Mann hatte keinen Humor. Aber vielleicht einen Namen.

»Wie heißt du?«

»Nenn mich Trainer.«

»Was steht auf dem Programm?«

Der Trainer stellte sich vor ihn hin, bewusst etwas zu nah, die Beine leicht auseinander, die Arme verschränkt, den Röntgenblick direkt auf Nathan gerichtet. »Ich werde dich hart rannehmen und so müde machen, dass dein Denken aussetzt und dir nichts als dein Instinkt bleibt, der sich einzig und allein auf eins ausrichtet: das Erfüllen der Mission.«

Hätte der Mann Humor gehabt, hätte es ein Scherz sein können. Nathan nahm die Ansage todernst. Sein Trainer spielte auf das an, was in einer einsamen Kirche auf der Isle of Skye geschehen war. Nathan hatte eine Mission erfüllt, am Ende seiner Kräfte, mit zerschmettertem Arm und sämtlichen Gefühlen auf einen einzigen Moment fokussiert. Den Moment, in dem er Warren Jenkinson umbringen würde. Seine Hand ballte sich zur Faust. Aber da war kein Dolch. Und ihm gegenüber stand kein berechnender Mörder, sondern ein Muskelpaket von Mann, der seine Instruktionen hatte. Schwarzen Regen und verlorene Seelen würde er als Mumpitz abtun. Sein Auftrag war es, Nathan zu schleifen, bis er sich total verausgabt hatte, damit er danach wie ein Stein ins Bett fallen und einschlafen konnte, ohne von sämtlichen Dämonen der Vergangenheit gejagt zu werden. Das war die bessere der beiden Möglichkeiten, ein Plan ganz nach Gion. Nathan bereitete sich auf die schlechtere Möglichkeit vor. Jene, bei der er nicht zurückkehren würde. Weil er mit seinen Fragen nach der dritten Kategorie zu viel Staub aufgewirbelt hatte.

Beim Ausziehen seiner Jeans nestelte er am Gürtel herum und zog dabei einen Zettel aus seiner Hosentasche, den er unauffällig in der vom Trainer bereitgelegten Jacke verschwinden ließ. Kaum steckte er in seiner Winterausrüstung, drückte ihm der Trainer wortlos zwei Paar Schneeschuhe und einen Rucksack in die Hand, der eine gefühlte Tonne wog.

»Was ist da drin?«, fragte Nathan. »Beton?«

»Klappe!«

Nein, dieser Mann hatte definitiv keinen Humor! Nathan schulterte den Rucksack und folgte ihm.

Sie verließen die Klinik durch dasselbe Tor wie am Vortag. Nur dass der Himmel heute nicht strahlend blau war, sondern weiß, wie alles andere um Nathan herum. Dichtes, unheimliches Weiß. Zu dicht, um bis zum Wintergarten sehen zu können. Es war unmöglich für Ayden und Kata, ihn zu bemerken. Er würde in diesem Weiß verschwinden und vielleicht nie mehr daraus auftauchen. Gerade als er überlegte, irgendwas zu rufen, um die Aufmerksamkeit auf sich zu lenken, riss der Himmel auf. Nathan schaute über die Schulter zurück. Ayden trat aus dem Café, setzte eine Mütze auf und winkte jemandem, der auf das Eis hinausglitt. Es war nicht Kata. Nathan atmete auf. Das Winken galt ihm. Ayden hatte ihn gesehen.

Beim Ausgangspunkt für die Wanderungen befahl der Trainer Nathan, die Schneeschuhe anzuziehen. Er steuerte nicht dieselbe Route an wie Janis, sondern stieg senkrecht in einen waldigen Steilhang ein.

»Das ist nicht der Weg, den wir gestern gegangen sind«, keuchte Nathan.

»Wer sagt denn, dass wir den gleichen Weg nehmen müssen?«

Gegen dieses Argument konnte Nathan nichts vorbringen. Ohne eine Pause einzulegen, stiegen sie eine Stunde lang steil auf. Der Schnee dämpfte die Geräusche, der Nebel verstärkte diesen Effekt auf unheimliche Art. Die Konturen verschwammen, das Auge konnte keine Unebenheiten mehr wahrnehmen. Nathan wurde schlecht, seine Lunge stach und brannte abwechselnd, der Rucksack hing unendlich schwer an ihm. Um das Tempo des Trainers mithalten zu können, hätte er topfit sein müssen. Davon war er weit entfernt. Er fiel zurück und wäre gerne umgekehrt, doch der Wald glich einem Schnittmuster. Spuren kreuzten andere Spuren, die Schneeschuhwanderer, Skifahrer und Snowboarder gezogen hatten, und verloren sich im Nebel. In diesem Gewirr hätte Nathan sich verlaufen.

Tiefe Einschnitte und Felsschluchten prägten die waldigen Hänge über dem Dorf. Von Janis wusste Nathan, dass sich in diesem Waldstück gefährliche Passagen verbargen, an denen man abstürzen konnte, wenn man sich nicht auskannte. Ihm blieb keine andere Wahl, als zu versuchen, dem Trainer zu folgen, den er längst aus den Augen verloren hatte. Dabei orientierte er sich an jener Spur, die ihm am frischesten schien. Irgendwann ließ er die Bäume hinter sich, kam aus dem Wald hinaus, ob in eine Lichtung oder auf freie Wiesen, hätte er nicht sagen können. Wieso er plötzlich ins Straucheln geriet und wegrutschte, noch viel weniger. Es passierte einfach. Er verlor den Boden unter den Füßen, wurde vom Gewicht des Rucksacks nach hinten gezogen, überschlug sich, tauchte in die weiße Masse ein, rollte und rutschte spektakulär den Hang hinunter. Schnee füllte seinen Mund und seine Nase. Ein paar Schrecksekunden lang hatte Nathan Angst zu ersticken. Spuckend und nach Luft ringend lag er in einer kleinen Senke. Er riss sich die Handschuhe von den Händen und entfernte den Schnee aus seinem Gesicht. Um sich aufzusetzen, musste er sich zuerst vom Rucksack befreien.

»Trainer!«, rief er.

»Hier!«

Die Stimme kam von weit weg. Das war die Gelegenheit. Mit klammen Fingern klaubte Nathan Henriettes Zettel aus der Jackentasche.

Verborgene Orte
Verminter Untergrund
Dein Kopf ein Chaos
Wartest du auf Rettung oder den Tod.

Nathan hatte immer gedacht, den Song für sich geschrieben zu haben. Jetzt bekam er eine andere Bedeutung.

Single Ticket to Hell. Genau das hatte sich Raix eingehandelt, damals, als er sich für diese Eliteakademie entschieden hatte. Henriette kannte nicht nur Nathans Songs, sie wusste auch, mit welchen sie ihm etwas mitteilen konnte. Raix war unterwegs ins Untergeschoss oder schon dort. Und er steckte in dieser feindlichen Landschaft fest, die ihm eine Heidenangst einjagte!

»Verdammt, Rockstar, was tust du?«, brüllte der Trainer. »Beweg gefälligst deinen Arsch zu mir hoch!«

»Mir reicht's!«, rief Nathan. »Ich kehre um.«

Er hörte ein Lachen. »Wenn du dein Genick brechen willst, nur zu!«

Nathan rappelte sich auf. Den Rucksack ließ er liegen. Dafür fehlte ihm die Kraft. Sollte der Trainer ihn holen, wenn er ihn brauchte! Schritt für Schritt kämpfte er sich den Hang hoch. Oben erwartete ihn der Trainer.

»Wo ist der Rucksack?«

»Verloren.«

»Dein Pech.«

Der Trainer zog eine Trinkflasche aus seiner Jackentasche, trank genüsslich ein paar Schlucke und packte sie wieder ein. »Deine Flasche ist im Rucksack.«

Noch einmal den Hang hinunter und hinauf, das schaffte Nathan nicht. »Hab keinen Durst«, log er. »Können wir jetzt endlich zurück?«

»Zurück?«, fragte der Trainer. »Wir gehen weiter.«

7.

Kata fuhr direkt auf Lynn zu und bremste knapp vor ihr ab.

»Na, heute ohne Freund unterwegs? Ist er …«

»Ich brauche dich«, fiel ihr Kata ins Wort. »Jetzt.«

Nathan war irgendwo im Wald unterwegs, nicht mit Janis, sondern einem anderen Guide, auf einer Route, die kein vernünftiger Mensch begehen würde. So viel hatten sie und Ayden mithilfe eines geborgten Feldstechers, aufklarenden Momenten und der Wirtin des Seecafés herausgefunden. »Ich habe keine Ahnung, was die beiden da tun«, hatte sie kopfschüttelnd erklärt. »Aber wenn sie da hochgehen, werden sie die Crap-Selvadi-Schlucht durchqueren müssen. Die ist total vereist und viel zu gefährlich. Das ist doch verrückt.« In diesem Augenblick war Kata und Ayden bewusst geworden, dass etwas furchtbar schieflief.

Lynn zuckte gelangweilt mit den Schultern. »Etwas anmaßend deine Art, findest du nicht? Du bist nicht die Einzige, die etwas von mir will. Mein Kunde sitzt schon in der Gondel und wird gleich hier sein.«

Kata unterdrückte ihre Wut auf Lynn. Es ging nicht um sie beide, sondern um Nathan. »Kennst du den Weg zur Crap-Selvadi-Schlucht?«

»Sicher. Aber die ist nur was für Leute, die auf enormes Risiko stehen.«

Lynns Blick machte klar, dass sie Kata nicht zu diesen Leuten zählte.

»Ein Guide mit einem Anfänger versucht gerade, da durchzugehen.«

Mit einem Schlag fiel die Arroganz von Lynn ab. »Ein Anfänger? Bist du sicher?«

»Ja.«

»Du erzählst mir das nicht, weil du eine offene Rechnung mit mir hast?«

Die Frage raubte Kata für einen Moment die Sprache. Sie schluckte leer. »Ich erzähl dir das, weil der Anfänger in dieser Schlucht sterben könnte«, antwortete sie kalt.

Jetzt endlich nahm Lynn sie ernst. »Wie weit sind sie?«

Kata hatte von der Gondel aus die Aufstiegsspuren von Nathan und seinem Guide gesehen. So gut sie konnte, beschrieb sie Lynn, was sie beobachtet hatte.

»Chao!«, rief Lynn.

In Kata stieg eine Erinnerung hoch. An einen Tag, an dem der Himmel nicht weiß gewesen war, sondern schwarz. Sie blinzelte das Bild, das sich vor sie geschoben hatte, weg. An seine Stelle trat ein anderes. Erst verschwommen, dann immer klarer. Kata konnte ihren Blick nicht von dem Jungen mit den halblangen blauen Haaren und dem fein geschnittenen asiatischen Gesicht nehmen, der aus dem hinteren Teil des Gebäudes trat und auf sie zukam. Unmöglich! Das konnte nicht sein. Paradiesvögel flogen hoch und weit, aber bestimmt nicht genau dorthin, wo Kata war. Sie merkte, dass er sie genauso anstarrte wie sie ihn. Was machst du hier, fragten seine Augen. Dasselbe hätte Kata gerne auch von ihm gewusst.

»Kennt ihr euch?«, fragte Lynn verwirrt.

Chao schwieg. Er schien die Antwort Kata überlassen zu wollen. »Er ist ein Bekannter meines Bruders«, log sie. »Wir haben uns ewig nicht mehr gesehen. Hallo, Chao.«

Bevor er seinen Mund öffnen und sie mit ihrem richtigen Namen ansprechen konnte, brachte Kata ihn mit ihren stahlblauen Augen zum Schweigen.

»Du musst meinen Kunden übernehmen«, erklärte ihm Lynn. »Sag ihm, es kann eine Weile dauern.« Ohne ein weiteres Wort zu verlieren, zog sie ihr Board aus und verschwand im Inneren des Gebäudes, aus dem Chao aufgetaucht war wie ein Gespenst aus der Vergangenheit.

»Ich kenne dich«, sagte er. »Wir waren im selben Zug an dem Tag, an dem deine Eltern umgebracht wurden. Du heißt Kata.«

Lynn konnte jeden Augenblick zurück sein.

»Tara«, antwortete Kata. »Nenn mich Tara. Was tust du hier?«

Chao zögerte. Er war also nicht zufällig hier. Es musste einen Grund geben, und den wollte er nicht verraten, nicht, bevor er sicher war, ihr vertrauen zu können. Kata suchte die Erklärung dort, wo er herkam, einem Ort, an dem Menschen wie er Freakstatus hatten. Die Leute am Bahnhof. Dort hatte sie ihn zuletzt gesehen, dort hatte sie Raix getroffen, dort kannte ein Freak den anderen.

»Chesil«, flüsterte sie.

Chaos Gesicht verriet ihr, dass sie richtiglag. »Kennst du sie?«, fragte er.

»Ich kenne ihren Freund. Raix. Er hat mir das Leben gerettet.«

»Bist du deshalb hier? Wegen ihm?«

»Und du?«

Er nickte. »Woher weißt du von der Klinik?«

»Lange Geschichte. Keine Zeit.« Sie schielte zum Gebäude der Snowboardschule hinüber. »Wir müssen uns treffen. Heute Abend. Im Club *Tauna*. Neun Uhr.«

Lynn trat aus dem Gebäude. Sie trug jetzt eine rote Jacke und einen Rucksack, der ziemlich schwer wirkte.

Chao ging ihr entgegen. »Alles im Griff. Ich kümmere mich um den Kunden.«

»Du bleibst hier!«, befahl Lynn Kata, während sie sich für die Abfahrt bereit machte.

»Vergiss es! Ich komme mit.«

»Kannst du Tiefschnee fahren?«

Kata hatte es einmal gut gekonnt. »Ja«, antwortete sie, weil jede andere Erklärung zu lange gedauert hätte.

»Dann los!«

Lynn fuhr voraus. Kata hielt mit, solange sie auf der Piste waren, doch nach wenigen hundert Metern schwang Lynn rechts weg. Kata folgte ihr, hielt den Atem an, als ihr Board auf ungewohntes Terrain traf, kam gefährlich ins Schlingern, fing sich auf. Sie nahm Tempo weg, bis sie sich an das neue Fahrgefühl gewöhnt hatte, und legte dann wieder zu. Mit dem Snowboarden schien es zu sein wie mit dem Fahrradfahren. Die gelernten Mechanismen blieben im Körper gespeichert. Wenn man die Bewegungen abrief, lief der Prozess von selbst an, erst etwas unsicher, dann immer besser. Nach einer Weile verlor Kata Lynn aus den Augen, doch sie blieb einfach in ihrer Spur.

Lynn wartete auf einer kleinen Anhöhe auf sie. »Da unten.« Sie zeigte auf einen Pfad im Schnee. »Sie sind schon dicht am Einstieg zur Schlucht. Wenn wir ihn erreichen, bleibst du stehen. Du fährst zwar gut, aber die Schlucht hat es in sich.«

Lynn rutschte schräg weg. Kata blieb dicht hinter ihr. Die beiden Gestalten im Nebel vor ihnen sahen sie erst, als sie sie beinahe erreicht hatten. Der vordere Mann stapfte kraftvoll Schritt für Schritt voran. Hinter ihm kämpfte sich Nathan sichtbar erschöpft und am Ende seiner Kräfte durch den Schnee.

»Stopp!«, rief Lynn. »Sofort! Pistendienst!«

Doktor Altherr ist noch beschäftigt. Ein kurzfristiger Termin.« Die junge Praxishilfe zeigte auf eine lederne Sitzgruppe. »Bitte warten Sie hier.«

»Aber ich soll doch zu Doktor Kendelbach.«

»Doktor Altherr bringt Sie zu ihm. Er wird sich gleich um Sie kümmern. Einen kleinen Moment noch.«

Nervös setzte sich Raix auf das Sofa. Die Hände gegen die Knie gepresst, damit niemand das Zittern bemerkte, verbrachte er eine gefühlte Ewigkeit in einem Raum, der ihm trotz seiner Luxusausstattung vorkam wie der Vorhof zur Hölle. Er wünschte sich, er wäre vorher noch einmal aufs Klo gegangen.

Endlich öffnete sich die Tür. Vor Altherr verließ eine Frau das Büro. Nicht irgendeine. Sondern die elegante Frau aus dem Speisesaal, deren Name Raix auf die Schnelle nicht einfiel. Das alleine war schon beunruhigend. Die Geste, mit der Altherr ihr über den Arm fuhr, fand Raix noch viel beunruhigender. Unfähig sich zu bewegen, schaute er zu, wie sich die beiden sehr vertraut voneinander verabschiedeten.

»Richard!« Mit ausgebreiteten Armen kam Altherr auf ihn zu und schlug ihm väterlich gegen die Oberarme. »Es tut mir leid, dass Sie warten mussten. Hat man Ihnen wenigstens einen Tee angeboten?«

Raix brachte keinen Ton heraus. Er schüttelte den Kopf und konzentrierte sich darauf, seinen Beinen den Befehl zum Aufstehen zu geben. Zu seiner Erleichterung schaffte er es, ohne gleich umzukippen.

»Dann wollen wir mal«, forderte Altherr ihn auf. Raix wäre am liebsten umgekehrt. Das hier war der berühmte Point of no Return. Die rote Linie. Wenn man sie überschritt, gab es kein Zurück. Raix hatte immer gewusst, dass er eines Tages vor dieser Linie stehen würde. Jetzt war der Zeitpunkt da, und es war schwieriger, als er es sich vorgestellt hatte. Er hatte so viel zu verlieren. Eine große Liebe. Ein Kind. Tränen schossen ihm in die Augen. Verstohlen wischte er sie weg. Sieh es anders, redete er sich ein. Du hast so viel zu gewinnen. Eine große Liebe. Ein Kind. Das half. Die Blockade löste sich. Raix setzte sich in Bewegung.

Nachdem sie drei Kontrolltüren passiert hatten, betraten sie einen Lift. Altherr öffnete den quadratischen Deckel oberhalb der Knöpfe und gab einen Code in das darunter verborgene Display ein. Der Lift setzte sich in Bewegung. Abwärts. Raix schluckte nervös. Keine zwei Sekunden später hatte sich in seinem Mund schon wieder Speichel gebildet. Er schluckte erneut. Als der Lift die Fahrt verlangsamte und dann stehen blieb, schwebte Raix' Magen nach oben, machte einen Zeitlupensalto und kehrte nicht ganz passgenau in seine ursprüngliche Lage zurück. Irgendwie schien er auf die Blase zu drücken, denn Raix hatte plötzlich das Gefühl, dringend pinkeln zu müssen. Während sich die Lifttür öffnete, setzte in Raix' Kopf das Sirren ein. Er lenkte sein Denken auf Chesil. Wenn er sie wiedersehen wollte, durfte sein Verstand jetzt nicht ausklinken. Nicht ausklinken. Nicht ausklinken. Auf keinen Fall.

Ich liebe dich mehr als alles.

Ich dich auch.

Das Sirren war immer noch da, wurde aber nicht stärker. Der Magen rutschte in die richtige Position, der Druck auf die Blase ließ nach. Raix fiel auf, dass es hier unten keinen weichen Teppich gab wie im Rest der Klinikflure, sondern einen blaugrauen PVC-Belag. Das helle Licht kam von unzähligen in die Decke eingelassenen Lampen. Im Abstand von höchstens fünf Metern hingen Überwachungskameras. Wände und Türen waren in Weiß gehalten, wobei auf den Türschildern keine Namen oder Bezeichnungen standen, sondern nur Nummern. Raix wäre nicht überrascht gewesen, wenn sich der Flur in Bewegung gesetzt und eine metallene Stimme sie darauf vorbereitet hätte, gleich von der Station abgekoppelt und ins All geschickt zu werden.

»Aufgeregt?«, fragte Altherr.

Raix suchte nach seiner Snobstimme. »Nein.« Sie funktionierte noch. Einen verzogenen reichen Sprössling konnte schließlich so schnell nichts erschüttern. Ein verzogener reicher Sprössling würde aber bestimmt Fragen stellen.

»Wo sind wir?«

»Ein Teil unserer medizinischen Abteilung befindet sich im Untergeschoss. Da sind wir jetzt, mitten in Jahrtausende altem Fels.« Altherr klang wie ein Fremdenführer, der eine Gruppe von Touristen durch ein Forschungsinstitut lotste. Selbstgefällig erklärte er Raix den Grund, warum sie von Gestein umgeben waren. »Hier unten sind unsere sensiblen Geräte stabil. Vielleicht haben Sie von der Chipfirma in der Ostschweiz gehört, die einen Teil ihrer Produktion in den Berg verlagert hat, weil es dort keine Erderschütterungen gibt. Wir sind schon viel früher auf diese Idee gekommen.« Altherr erlaubte sich ein stolzes Lächeln. »Waren also sozusagen der Zeit voraus.«

»Aha«, sagte Raix. Es gelang ihm, in diese drei Buchstaben so viel Langeweile zu legen, dass Altherr für den Rest ihres kurzen Weges beleidigt schwieg. Wortlos öffnete er die Tür mit der XII und bedeutete Raix einzutreten.

Diesmal startete Raix' Magen raketenmäßig durch, bis fast ganz nach oben, um gleich danach unter unzähligen Drehungen nach unten zu trudeln. Hinter einem Schreibtisch erhob sich ein Mann, den er nie vergessen würde, nicht, solange er lebte. Wie lange auch immer das noch sein würde. Raix wusste, dass er anders aussah als damals. Er wusste auch, dass ihn Kendelbach an jedem anderen Ort der Welt vermutete, aber nicht in seiner Klinik. Und trotzdem hatte er das Gefühl, der Mann habe ihn auf Anhieb erkannt. Falls er das tat, ließ er sich nichts anmerken. Mit ausgestreckter Hand kam er auf ihn zu. »Richard. Ich höre, Ihr Kopf möchte nicht so, wie Sie möchten.«

»Nein, möchte er nicht.« Es kostete Raix seine ganze Willenskraft, die Snobstimme nicht auf die Frequenz eines tödlich verängstigen Kindes ansteigen zu lassen. Seine Blase drückte wieder.

»Dann lassen Sie uns herausfinden, woran das liegen könnte.«

»Wenn alles klappt, wirst du als Genie erwachen, das die Welt verändern kann.«

Das waren die letzten Worte, die Raix hörte, während er in das gleißende Licht über ihm starrte. Ein weißer Himmel, dachte er, und dann war er weg. Als er wieder aufwachte, schaute er in zwei Augen, die leuchteten wie die eines Irren.

»Wir haben es geschafft, Peder. Wir haben es geschafft. Deine Hirnströme übertreffen alles, was ich je gesehen habe.«

Sie übertrafen auch alles, was Raix je erlebt hatte. Durch seinen Kopf rasten Formeln und Gleichungen, Lehrsätze, wissenschaftliche Abhandlungen. Er wurde zum Genie. Bis die Kopfschmerzen begannen und sein Gehirn knapp sechs Wochen nach der geglückten Operation in einem totalen Overload den ersten Aussetzer hatte.

»Das bekommen wir unter Kontrolle«, beruhigte ihn Kendelbach.

Sie bekamen es nicht unter Kontrolle. Im Gegenteil. Alles geriet außer Kontrolle.

Daran lag es. An jener verhängnisvollen Operation, bei der er die menschliche Laborratte gewesen war. Und nun, knappe drei Jahre später erreichte Raix' Kopf den Punkt, an dem er entweder explodieren oder implodieren würde. Eigentlich war es egal. Beides war tödlich.

Die Maschine, in die Kendelbach ihn stecken würde, kannte er. Es war eine Art weiterentwickeltes MRT. Nur konnte diese Maschine hier viel mehr. Raix bezweifelte, dass Kendelbach je ein Patent auf sie angemeldet hatte.

Erst einmal hielt ihm der Arzt einen kleinen Plastikbehälter mit einer grünen Flüssigkeit hin. Reine Show. Eigentlich war sie farblos. Aber das wäre zu unspektakulär für einen wie Kendelbach. Selbst rosa wäre zu wenig geistreich. Raix kippte den Inhalt des Bechers in sich hinein und reichte den Behälter Altherr wie einem Butler, dessen einzige Aufgabe es war, seinem Herrn zur Verfügung zu stehen. »Nun denn«, sagte er. »Schauen wir mal, was mein Kopf möchte.«

Kendelbach schmunzelte. »Nicht so ungeduldig, Richard. Wir müssen Sie noch bereit machen.«

Raix hatte sein Gefühl für Zeit längst verloren. Deshalb konnten zehn Minuten oder eine Stunde vergangen sein, bevor er in die Röhre geschoben wurde. Er wusste es nicht. Was er aber mit Bestimmtheit wusste: Wenn Kendelbach ihn erkannte, war es für ihn ein Leichtes, Raix' Kopf gleich an Ort und Stelle zum Explodieren zu bringen und aus dem Rest von ihm einen willenlosen Einzeller zu machen. Raix schloss die Augen und bereitete sich auf den Tod vor. Die Hoffnung hatte sich weit weg verkrümelt. Wie hatte er je glauben können, dieses irre Vorhaben könnte funktionieren?

Stopp!«, rief eine energische Stimme.

Nathan ließ sich in den Schnee fallen. Der Trainer drehte sich kurz um, schaute nach oben und forderte ihn durch eine unmissverständliche Geste auf, ihm zu folgen. Nathan sah den steilen Einstieg in die Schlucht, die Eisschicht am Fels, unter der er Wasser rauschen hörte. Er schüttelte den Kopf.

Wenige Sekunden später kurvten zwei Frauen auf Snowboards auf sie zu, die vordere in der roten Jacke mit einer geschmeidigen Leichtigkeit, die hintere in Schwarz etwas weniger elegant und weniger sicher.

»Sind Sie wahnsinnig?«, fuhr die Frau in der roten Jacke den Trainer an. »Um diese Jahreszeit gehen hier höchstens Profis durch. Ihr Begleiter sieht völlig erschöpft aus.«

»Der Mann ist mein Kunde. Toptrainiert. Wir wissen, was wir tun.«

»Scheint mir nicht so.« Die Frau drehte sich zu Nathan um, der pfeifend ein- und ausatmete. »Ich bin Lynn. Alles in Ordnung?«

Er hob den Kopf und schaute in grüne Katzenaugen. »Ging mir schon besser.« Es waren die ersten Worte seit einer ganzen Weile. Sie kratzten durch seine raue, völlig ausgetrocknete Kehle und lösten einen Hustenanfall aus.

Lynn stellte ihren Rucksack neben ihn. »Kümmere du dich um den Kunden«, sagte sie zu ihrer Begleiterin. »Da drin ist etwas zu trinken und eine Wärmefolie. Ich rede mal ein paar Takte mit diesem selbstherrlichen Besserwisser.«

Was Lynn zum Trainer sagte, bekam Nathan nicht mit, denn die Schwarzgekleidete fuhr direkt auf ihn zu und bremste so hart ab, dass er eine Ladung Schnee ins Gesicht bekam.

»Idiot«, zischte sie.

Er zuckte zusammen und schaute ihr ins Gesicht. Er traf auf blauen Stahl. »Scheiße«, flüsterte er.

»Danke wäre das passendere Wort«, antwortete sie kalt. »Was zum Teufel soll das?«

»Schneeschuhlaufen.«

Kata sah aus, als würde sie ihm gleich eine knallen. Stattdessen öffnete sie den Rucksack und entnahm ihm eine Wasserflasche. Mit zitternden Händen griff er danach. Seine klammen Finger konnten sie nicht festhalten. Sie glitt in den Schnee. Kata legte ihre Hand unter seinen Kopf und hob ihn an. »Mund auf!«, befahl sie.

Nathan gehorchte. Kurz danach floss Wasser seine Kehle hinunter. Er trank so gierig, dass er sich verschluckte. Hustend drehte er seinen Kopf zur Seite.

»Geht's?«

Er nickte.

Während Lynn und der Trainer in einer heftigen Diskussion aneinander gerieten, entfaltete Kata die Wärmefolie und wickelte sie um Nathan. Er fühlte ihre Hände, den leichten Druck, als sie etwas in seine Jackentasche gleiten ließ.

»Das ist ein Handy. Nicht eingeschaltet, nicht nachverfolgbar.« Es war ein Wispern, dicht an seinem Ohr, schnell und flüchtig. »Wie geht es Raix?«

»Schlecht.«

»Wir holen euch da raus.«

»Nein!«, stöhnte er. »Noch nicht.«

»Nathan!«

Lieber tot als im Gefängnis. Das hatte Raix gesagt. »Wir haben einen Pakt geschlossen. Ich habe ihm versprochen, die Dinge laufen zu lassen. Freiheit oder Tod.«

Tränen stiegen ihm in die Augen. Er hatte versagt. Er sollte in der Klinik sein. An Raix' Seite.

»Melde dich, wenn ihr Hilfe braucht.«

Nathan kam nicht dazu, Kata eine Antwort zu geben. Die laute Auseinandersetzung zwischen Lynn und dem Trainer endete in einem Kraftausdruck des Trainers. Lynn stellte irgendein Kunststück mit ihrem Board an, drehte sich auf wundersame Weise um und stand vor ihm.

»Alles klar. Der Mann da kehrt um. Du gehst keinen Schritt mehr. Ich rufe den Rettungsdienst.«

Panik ergriff Nathan. »Aber ich will nicht ins Krankenhaus.«

»Dein Guide sagt, ihr seid von der Klinik. Die hat eine medizinische Abteilung. Das reicht. Du bist nicht verletzt, sondern nur völlig erschöpft. Es wäre verantwortungslos, dich zurücklaufen zu lassen.«

Nathan bekam nur am Rand mit, wie Lynn zum Handy griff und Hilfe organisierte. Er wurde in die Klinik gebracht! Auf schnellstem Weg. Vor Erleichterung wurde ihm schwarz vor Augen.

»Er verliert das Bewusstsein«, hörte er Kata weit weg sagen.

»Bin noch da«, krächzte er.

»Du hast Glück gehabt«, erklärte ihm Lynn. »Ohne Tara wärst du vielleicht tot.«

Kendelbach hatte Raix' Kopf weder zum Explodieren noch zum Implodieren gebracht. Er hatte den Check nicht einmal überwacht, sondern an irgendeinen Assistenten delegiert. Das Namensschild wies ihn als Sebastian aus. Kein Titel, kein Nachname. Raix spielte den Beleidigten. »Eigentlich dürfte ich erwarten, dass mich Doktor Kendelbach persönlich betreut.«

»Er ist anderweitig beschäftigt«, kam es umgehend und fast so arrogant zurück.

Raix kannte Kendelbach gut genug, um zu wissen, was das bedeutete. Er hatte ihn mit der Neugier eines Forschers begutachtet und seine Schlüsse gezogen. Richard war in seinen Augen ein verwöhnter, degenerierter, im besten Fall durchschnittlich intelligenter Jüngling aus reichem Haus. Wenn er Limits überschritt, dann höchstens die der Kreditkartenfirma, mehr nicht. Für ein Genie, das Gott ins Handwerk pfuschte, war Richard als Mensch in etwa so interessant wie eine Amöbe. Nun, das konnte sich ändern, sobald Herr Doktor geruhte, einen näheren Blick auf die Aufnahmen von Raix' Kopf zu werfen!

Sebastian brachte ihn zum Lift, vorbei an den Schildern mit den Nummern. Zu gerne hätte Raix gewusst, was sich dahinter verbarg. Er zählte die Schritte zwischen den Türen. Vier waren zu wenig. Das mussten Büros oder Abstellkammern sein. Sechs schienen ihm genug. Bei einer Schrittlänge von maximal drei viertel Metern waren das vier Meter, eine genügende Breite für ein Krankenzimmer auf Zeit. Bei Zimmer VI bog Raix zielstrebig ab und riss die Tür auf, bereit, sich alles, was er sah, einzuprägen und auf seiner inneren Festplatte zu speichern. Er konnte nur hoffen, dass er dabei keine der Leerstellen erwischte, die sich immer deutlicher auftaten.

Das Licht im fensterlosen Raum war gedämpft, die Wände in einem warmen Ocker gestrichen. In zwei Ecken standen künstliche Pflanzenarrangements. Es hätte richtig nett aussehen können. Etwas, vor dem man keine Angst haben musste. Wäre da nicht die Frau gewesen, die im Bett lag. Ihre blonden Haare hatten jeglichen Glanz verloren, das sowieso schon ausgemergelte Gesicht wirkte eingefallen, die Lippen spröde. Am schlimmsten aber waren die Augen. Nichts war mehr übrig von dem Funkeln und der Verlockung, mit der die Tänzerin Nathan bezirzt hatte. Stumpf und leer starrte sie Raix an.

All das nahm er in ein paar wenigen Sekunden in sich auf. Mehr hatte er auch nicht. Er wurde gepackt, aus dem Raum gerissen und an die Wand im Flur gedrückt. Sebastian war viel kräftiger, als Raix ihm zugetraut hatte.

»Was machst du da?« Das Gesicht des Assistenten war knallrot, die Sehnen am Hals standen weit vor, die Finger krallten sich tief in Raix' Fleisch.

»Ich … ich muss dringend mal«, stotterte Raix. »Und … und … die Tür sah aus wie die einer Toilette.«

»Wie wär's mit Fragen?«

»Darf ich zur Toilette? Bitte. Ich …« Raix senkte verzweifelt den Blick in Richtung Hosenschlitz. »Es ist wirklich dringend.«

»Du wirst dir doch nicht …« Angewidert zerrte ihn Sebastian in einen Nebenflur und stieß eine Tür auf. Dort blieb er stehen und sah Raix zu, wie er den Inhalt seiner Blase entleerte. Danach hielt er ihn am Arm fest, bis sie beim Lift waren. Raix hatte keine Chance, die Zahlenkombination zu erkennen, die er eintippte.

Beim Aussteigen im Erdgeschoss wartete Antonio auf ihn.

»Pass gut auf ihn auf!«, befahl Sebastian. »Richard ist heute ziemlich neugierig.«

Antonio nahm die Worte mit undurchdringlicher Miene entgegen und bedeutete Raix, sich in Bewegung zu setzen. Sie passierten eine erste Kontrolle und mussten dann bei der zweiten warten. Der Grund war Nathan. Eingeklemmt zwischen zwei schwarz gekleideten Typen vom Sicherheitsdienst, wankte er auf der anderen Seite der Glastür durch den Flur. Die Haare standen nicht ab, sondern mussten von einer Mütze an den Kopf gedrückt worden sein, das Gesicht war kreideweiß, die Lippen fast so blass und spröde wie die von Ivana. Er stolperte und wäre hingefallen, hätten ihn seine Aufpasser nicht festgehalten. Als er wieder gerade stehen konnte, schimmerten Tränen in seinen Augen.

Beim Abendessen sah er immer noch fürchterlich aus. Scheinbar unachtsam legte er sein Besteck neben den Teller, doch es waren Codes, von denen Raix nicht mehr allen eine Bedeutung zuordnen konnte. Während er seinen Blick überall hingleiten ließ, legte er seine Gabel wie beiläufig mit den Zinken nach unten auf den Tisch. Bei der Frau, die zusammen mit Altherr aus dem Büro gekommen war, verweilte er ein bisschen länger. Ihr Name fiel ihm wieder ein. Henriette. Er rief die Bilder von ihr und Altherr ab und fragte sich, ob er etwas missverstanden hatte, aber auch jetzt kam ihm die Berührung vor wie eine dieser verstohlenen verbotenen Gesten heimlich Liebender. Dabei war Henriette viel zu attraktiv für diesen etwas aus der Form geratenen Mann mit dem schütter werdenden Haar. Raix' Gedanken schweiften ab zu der Frage, was Frauen wie Henriette zu Männern wie Altherr hinzog. Er grübelte eine Weile darüber nach und fand eine Antwort darauf, weshalb das bei anderen Frauen so war. Und warum bei Henriette nicht. Er konnte sich ein Grinsen nicht verkneifen. Henriette nickte ihm zu, den Mund zu einem leicht spöttischen Lächeln verzogen. Hat aber ganz schön gedauert, schien es ihm zu sagen.

Das gute Gefühl, am Leben zu sein und Verbündete zu haben, hielt nicht lange an. Ivanas Platz blieb unbesetzt. Sie war nicht abgereist. Sie lag ein Stockwerk tiefer in einem ockerfarbenen Kokon, gefangen in einem Wesen, das die Behandlung in der Klinik aus ihr gemacht hatte. Was, wenn ihm das auch passierte? Wenn er und Nathan es schafften, ihren Plan zu Ende zu bringen und am Ende nicht mehr von ihm übrig blieb als bei Ivana?

Kurz vor neun war in der *Tauna* noch nicht viel los. Kata und Ayden bestellten sich an der Bar etwas zu trinken und zogen sich mit ihren Gläsern in eine ruhigere Ecke des Clubs zurück. Chao kam eine Viertelstunde zu spät. Es dauerte weitere zehn Minuten, bis er alle Leute begrüßt hatte, die er kannte. Dabei konnte er keinen Augenblick still stehen, immer war etwas an ihm in Bewegung. Ein Paradiesvogel halt, dachte Kata. Spreizt die Flügel und schillert in allen Farben. Endlich landete er bei ihnen. Er fläzte sich in einen der Sessel, beugte sich vor und hielt Ayden die Hand hin. »Ich bin Chao.«

»Ben«, antwortete Ayden. »Hab von dir gehört.«

»Kannst ihm trauen. Er weiß Bescheid«, sagte Kata. »Wie lange bist du schon hier? Und warum ausgerechnet in einer Snowboardschule?«

»Zwei Wochen.« Chao nippte an einem Drink, der noch bunter war als er. »Weil Snöben eine meiner Leidenschaften ist.«

»Zwei Wochen schon? Du wusstest also von dem Vorhaben der beiden?«

»Ich weiß nur, dass Raix in der Klinik ist und ich ein Auge darauf haben soll. Mehr wollte mir Chesil nicht verraten.«

»Warum hat sie ausgerechnet …« Kata machte den Satz nicht zu Ende.

Chao grinste. »Schon okay. Ich bin normalerweise nicht unbedingt für meine Zuverlässigkeit bekannt. Es ist so …« Er wurde schlagartig ernst. »Ich verdanke Chesil sehr viel. Sie hat mir zweimal den Arsch gerettet. Ich würde für sie durchs Feuer gehen. Oder barfuß nach Alaska laufen.«

Kata dachte an ihr einziges Treffen mit Chesil. Damals, in der Toilette des Gartenrestaurants, war ihr die junge Frau mit dem knallroten Haar unheimlich gewesen, aber wenn Raix sie liebte und dieser Paradiesvogel für sie durchs Feuer gehen oder barfuß nach Alaska laufen würde, musste sie etwas ganz Besonderes sein.

»Ist sie in der Schweiz?«

»Nein. Raix wollte das nicht. Wegen dem Baby.«

Katas Welt hörte für einen Moment auf, sich zu drehen. »Chesil bekommt ein Kind?«

»Raix wird Vater?«, fragte Ayden, ungläubiges Staunen in den Augen.

»Das wusstest ihr nicht?«

Nein, das hatte Kata nicht gewusst. Aber es erklärte alles. Katas Welt drehte sich weiter, denn es war ihre Welt, die Welt, in der nichts gerecht war, und alles, was geschah, auf etwas Böses zurückging. »Raix wird sterben, wenn er nicht den Mann findet, der ihm seinen Kopf in Ordnung bringen kann. Richtig?«

»Ja.« Chaos Augen glänzten feucht. »Ich habe Chesil versprochen, auf ihn aufzupassen, aber das ist unmöglich. Diese Klinik ist eine Festung. Mann, ihr ahnt gar nicht, wie froh ich bin, dass ihr hier seid. Habt ihr ihn gesehen? Wisst ihr, wie es ihm geht?«

Kata hörte ein bekanntes Lachen und hob abwehrend die Hand. »Lynn«, flüsterte sie und hätte schwören können, dass sowohl Chao als auch Ayden bei der Erwähnung des Namens ein klein wenig rot im Gesicht wurden.

»Hier seid ihr!« Lynn steuerte auf sie zu. Im Gegensatz zu Chao setzte sie sich mit einer unglaublichen Anmut hin und stellte ihr Glas auf den runden Tisch in ihrer Mitte. »Wie geht's?« Sie zeigte auf den frischen Verband um Aydens Hand.

»Gut.«

»Und dir?« Lynn wandte sich Kata zu. »Den turbulenten Nachmittag verdaut?«

»Ja.«

So viel Einsilbigkeit schien mehr, als Chao ertragen konnte. Er stand auf. »Ich hol mir einen Drink. Will sonst noch jemand einen?«

Kata erinnerte sich an Lynns Bemerkung mit der offenen Rechnung, Aydens späte Rückkehr ins Hotel und sein rotes Gesicht. Sie hatte keine Lust auf offene Rechnungen und entwürdigende Zickenkriege. »Ich komme mit«, sagte sie.

An der Bar war es enger und lauter geworden.

»Lass uns dortrüber gehen.« Kata deutete auf einen Stehtisch weit weg von der Sitzgruppe.

Chao zuckte mit den Schultern, eine Mir-ist-alles-recht-Geste, und manövrierte sich geschickt durch die Menge. Kata folgte ihm.

»Was war das denn gerade?«, fragte er.

»Nichts.«

»Nach nichts hat es nicht ausgesehen. Bist du mit dem Typen zusammen?«

»Nein.«

»Nein?« Chao lachte.

»Nein!«, wiederholte Kata energisch. »Wir sind Partner.«

»Ist das nicht dasselbe?« Noch immer stand Chao der Schalk in den Augen.

»Nein. Wir arbeiten zusammen. Das ist nicht dasselbe.«

»Weiß er das?«

»Natürlich weiß er das!«

»Oh, Mann!« Chao verdrehte theatralisch die Augen.

Langsam reichte es. Kata gelangte zur Überzeugung, dass Paradiesvögel auch furchtbar irdische Seiten hatten. Sie konnten gewaltig nerven!

»Ist ja gut«, beschwichtigte Chao sie, um sie dann gleich mit der nächsten Frage aus dem Gleichgewicht zu bringen. »Dann kann ich dich jetzt anbaggern?«

»Untersteh dich!«

»Ein bisschen wenigstens?«

Da war sie nun. Hätte mit dem Paradiesvogel abheben und einen wilden Flug erleben können, und alles was sie wollte, war zurück ins Hotelzimmer zu gehen und sich die Decke über den Kopf zu ziehen.

»Nein.« Plötzlich fühlte sie sich unendlich müde. »Bringst du mich zum Hotel?«

»Ist das eine Einladung?«

»Nein.«

»Okay. Ich bringe dich trotzdem hin. Willst du dich noch verabschieden?«

Sie schüttelte den Kopf.

»Du weißt, wonach das aussehen wird?«

Es war ihr egal. Sie wollte einfach nur gehen.

Auf dem Weg nach draußen entdeckte sie Janis. Er stand am anderen Ende der Bar, den Blick auf sein Glas gerichtet, tief in Gedanken versunken. »Gib mir eine Viertelstunde«, sagte sie zu Chao.

»Du und die Männer.« Er grinste. »Ist wohl eine etwas vertrackte Geschichte.«

»Eine Viertelstunde.«

Chao hob lachend die Hände. »Alles klar!«

Nichts war klar. Seine Bemerkung hatte einen Nerv getroffen. Einen, der sofort reagiert hatte, und jetzt heftige Signale aussandte, die Kata nicht entschlüsseln konnte.

»Hey«, begrüßte sie Janis. »Ich habe dich nicht kommen sehen. Bist du schon lange hier?«

»Lange genug«, antwortete er.

»Stehst du deshalb allein hier?«

»Unter anderem. Und du?«

Sie verstand nicht, was er meinte.

»Warum stehst du neben einem, der allein hier steht? Ich nehme nicht an, dass du etwas von mir willst, bei all den Männern um dich rum.«

Sie hätte an einem anderen Ort mit ihm abmachen sollen! Zu spät. »Kann ich dich unter vier Augen sprechen?«, fragte sie. »Irgendwo, wo es ruhiger ist?«

»Wenn du willst.«

Sie zogen sich in einen angebauten Nebenbau des Clubs zurück. Staunend sah sich Kata um. Mitten in einem ehemaligen Heuschober standen zwei Billardtische, an der Rückwand befand sich eine kleine Bar, an den Seitenwänden reihten sich Sofas und bunt zusammengewürfelte Tische und Stühle, auf denen sich Jugendliche lümmelten.

Janis führte sie zu zwei Sesseln, die aussahen, als hätten sie Reisende aus dem Weltall bei ihrem Zwischenstopp auf der Erde zur Entsorgung dagelassen. »Also?«, fragte er, nachdem sie auf den erstaunlich bequemen Möbeln Platz genommen hatten. »Warum willst du mit mir reden?«

»Du warst gestern mit dem Sänger Schneeschuhlaufen. Und du hast mir versprochen, auf ihn aufzupassen.«

Er schaute sie misstrauisch an. »Kennst du den etwa auch persönlich?«

Sie überging die Frage. »Heute war er mit einem anderen unterwegs. Nicht mit dir. Ist beinahe schiefgegangen.«

»Woher weißt du das?«

»Ich war da. Zusammen mit Lynn. Wo warst du?«

Er presste die Hände auf seine Knie und schaute ein paar Jungs beim Billardspielen zu. »Warum willst du das wissen?«

»Weil ich nicht der einzige Grund dafür bin, dass du alleine an einer Bar stehst und in deinen Drink starrst.«

»Er hätte in dieser Schlucht sterben können«, brach es aus Janis heraus.

»Du wusstest nichts davon?«

»Nein! Ich wurde in letzter Sekunde ausgewechselt, ohne vorher informiert zu werden. Deshalb war ich nicht da.«

»Gestern hast du Andeutungen über die Klinik gemacht. Du ...«

»Worauf willst du hinaus?«

Sie musste sich entscheiden. Janis vertrauen oder das Gespräch abbrechen. »Ich denke, Nathan MacArran ist in Gefahr. Deshalb suchen wir jemanden, der uns hilft.«

»Wir?«

»Ben und ich.«

»Weil ihr Fans seiner Musik seid?«

Er wollte sie provozieren. Das war in Ordnung.

»Nein«, antwortete Kata ruhig. »Weil wir Freunde von Nathan sind.«

»Du kennst ihn tatsächlich?«

»Ja. Und wie du gestern gesagt hast, ist er ziemlich kaputt. Ich habe Angst um ihn.«

»Deshalb bittest du mich um Hilfe?«

»Du bist der Einzige, dem ich traue.«

»Ich bin der Einzige, den du vom Klinikpersonal kennst.«

»Ja«, gestand sie.

»Weißt du was? Das ist eine total irre Geschichte, aber ich glaube dir.«

Zum ersten Mal, seit sie dieses Gespräch begonnen hatte, spürte Kata, dass sie Janis für ihre Sache gewinnen konnte.

»Wir brauchen dich.«

»Was müsste ich tun?«

»Bereit sein, wenn es losgeht.«

»Wie viele seid ihr?«

»Zu wenige. Aber mit dir genug.«

»Mehr wirst du mir wohl nicht verraten?«

Sie schüttelte den Kopf. »Nein. Aber es könnte gefährlich werden. Bist du trotzdem dabei?«

»Gefährlich, sagst du?« Er grinste, doch in seinen Augen lag zornige Entschlossenheit. »Genau das, was ein Typ wie ich braucht.«

»Dann ist jetzt der Moment, in dem wir unsere Nummern tauschen sollten.«

»Schade, dass du vergeben bist«, meinte er, nachdem er sein Handy wieder eingesteckt hatte.

Drinnen im Club arbeitete Lynn an der offenen Rechnung. Sie hatte gute Chancen, dass sie zu ihren Gunsten aufging. Kata mochte Janis. Er hatte ein ehrliches Gesicht mit warmen Augen. Starke Arme, in denen man versinken konnte. Kata erinnerte sich an seine Berührungen, seinen Atem auf ihrer Haut, das Kribbeln, das durch ihren Körper gegangen war. Sie sehnte sich nach mehr.

»Ja, schade«, hörte sie sich sagen. »Es tut mir leid.«

Chao hatte die Gnade, bei ihrer Rückkehr weder die Augen zu verdrehen, noch eine Bemerkung zu machen.

»Gehen wir jetzt?«, fragte er.

Aber nicht einfach so. Kata dachte an seine Worte und wollte sich vorher verabschieden. Doch als sie zu Ayden hinübersah, war er in ein Gespräch mit Lynn vertieft. Ihre Hand lag auf seinem Knie, ihr Kopf war dicht an seinem. Kata wandte sich ab. »Ja, wir gehen.«

Die kalte Luft vor der *Tauna* war ein Schock, aber sie tat Kata gut. Kälte war das, was sie kannte. Sie half, sich auf das zu konzentrieren, was wichtig war. »Wie weit würdest du gehen, um Chesil zu helfen?«, fragte sie.

»Sagte ich doch schon. Zu Fuß bis nach Alaska. Mitten durchs Feuer.«

»Auch wenn es dich in Schwierigkeiten bringen könnte?«

»Du meinst, richtige Schwierigkeiten? So ein Auf-Leben-und-Tod-Ding?«

»Ja.«

Seine Antwort war so knapp und ernst wie ihre. »Ja.«

Während sie, ohne weitere Worte zu verlieren, nebeneinander hergingen, wurde er ruhig. Keine übermütigen Hüpfer, keine spontanen Schlenker, keine Hände, die in den Schnee griffen und einen Schneeball formten.

»Habt ihr schon einen Plan?«, fragte er, kurz bevor sie beim Hotel ankamen.

»Ja«, log sie. »Kann ich dich anrufen?«

»Klar. Wir können uns auch treffen.«

Zum zweiten Mal an diesem Abend tauschte Kata mit jemandem ihre Telefonnummer. Vor der Tür blieb Chao stehen. »Bist du sicher, dass ich nicht mit hochkommen soll?«

»Ja.«

Er strich sich eine blaue Haarsträhne aus dem Gesicht. »Na, dann, gute Nacht.«

»Gute Nacht.«

Nach einer langen heißen Dusche verkroch sich Kata im Bett. Sogar hier im dritten Stock konnte sie die Stimmen aus dem Restaurant hören. Leise und gedämpft drangen sie von unten hoch. Ab und zu klirrten Gläser, ertönte lautes Männerlachen.

Ihr wurde bewusst, dass sie fast nur Männer kannte, und mit einem der einsilbigsten und verschlossensten von ihnen sogar zusammen unter einem Dach lebte. Sie hatte keine beste Freundin, hatte nie eine gehabt, nicht einmal im Internat. Vielleicht stimmte mit ihr etwas nicht. Und vielleicht hatte Tim aus Zürich recht gehabt, der meinte, sie ticke wie ein Kerl. Warum hatte sie sich dann nie in eine Frau verliebt? Kata dachte daran, wie wunderschön sie Gemma fand. Wie warm ihr in ihrer

Nähe war. Wie leicht das Reden mit ihr fiel. Wie sehr sie sie mochte. Aber ihr Herz hatte nie so wild geschlagen wie damals, als ihr ein kleiner Junge in Quentin Bay die Frage gestellt hatte, ob sie einen Freund habe. Ihr Herz schlug für Ayden.

In der Gaststube ging ein Glas zu Bruch. Ganz in der Nähe saß Ayden in einem Club, zusammen mit einer Frau mit grünen Katzenaugen und Grübchen in den Wangen, wenn sie lachte. Ayden, der sich in der Kirche auf der Insel wie ein riesiger schwarzer Vogel auf sie geworfen hatte, damit sie nicht noch einmal tötete. Weil er sie liebte. Obwohl er wusste, wer sie war und was sie getan hatte. Und sie? Sie stieß ihn zurück, immer wieder. Knallte Türen zu. Bis auch er sie geschlossen hatte. Ein verzweifelter Schluchzer brach aus Kata heraus, das Weinen begann und es hörte erst auf, als sie völlig erschöpft einschlief.

8.

Das Bett war nicht wirklich ein Bett, sondern ein Ausziehsofa. Und die Wände stimmten nicht. Kein Holz, keine Heidiwelt, sondern eine riesige Fotografie an einer weißen Wand. Ayden wartete auf das Brummen im Schädel. Es blieb aus. Nur im Handgelenk pochte es dumpf. Aber er hatte schon wieder in seinen Kleidern geschlafen. Wenn er so weitermachte, lief sein Leben endgültig aus dem Ruder.

Er erinnerte sich an den Weg ins Bad. Die Küche fand er auch. Lynn saß an dem runden Tisch beim Fenster, vor sich eine Tasse Kaffee und ein Tablet.

»Guten Morgen. Gut geschlafen?«

»Ja.«

»Die Kaffeemaschine ist an, Tassen findest du auf dem Regal, die Milch im Kühlschrank, brauchst du Zucker?«

»Nein.«

»Ich muss gleich los. Du kannst die Schlüssel in den Briefkasten werfen.«

Die Kaffeemaschine war ein Wunderwerk der Technik mit viel zu vielen Knöpfen. Ayden drückte auf den mit der größten Tasse. Er hörte das Geräusch von Bohnen, die gemahlen wurden. Kurz danach roch es nach köstlichem Kaffee. Während Ayden darauf wartete, dass sich die Tasse füllte, drehte er sich zu Lynn um. »Würde es dir etwas ausmachen, wenn ich den ganzen Morgen hier wäre?«

»Du bist mein Gast«, erklärte sie. »Bleib, solange du willst.« Sie stand auf. »Soll ich das Tablet für dich eingeschaltet lassen? Falls du Zeitung lesen willst oder so?«

Er schüttelte den Kopf.

»Das Passwort für den Internetzugang hängt am Kühlschrank. Sie deutete auf einen Notizzettel zwischen Fotos, Postkarten und handgeschriebenen Nachrichten, alle mit bunten Magneten an die Tür geheftet. »Viel Glück.«

»Danke. Ich …«

Sie drückte ihm einen Kuss auf die Wange. »Ich weiß.«

Wenig später war die Wohnung leer. Ayden nahm seinen Kaffee und stellte sich ans Fenster. Die Aussicht war überwältigend. »Eine der Ferienwohnungen meines Vaters«, hatte Lynn erklärt, als sie Aydens Erstaunen bemerkte. »Als Snowboardlehrerin verdiene ich gerade genug, um mir Essen und Kleider zu kaufen. Den Rest lege ich für mein Studium beiseite.« Sie studierte in Kalifornien, kam aber jeden Winter für ein paar Wochen nach Hause, weil sie den Schnee, ihre Freunde und ihre Eltern vermisste. In dieser Reihenfolge.

Die Gipfel leuchteten schon in der Sonne. Der Klinikpark und das Seecafé lagen noch im Schatten. Ayden stellte die Tasse auf den Tisch und suchte nach seinem Handy. Er fand es in der Tasche seiner Jacke, die in der Garderobe an einem Haken hin. Es war keine neue Nachricht von Nathan gekommen, dafür eine SMS von Kata.

Bin schon mal zum See gegangen und behalte die Klinik im Auge.

Kein *Wo bist du?* Ayden seufzte.

Muss was erledigen. Komme später nach, schrieb er zurück.

Er brauchte beinahe zwanzig Minuten bis zum Hotel. Frau Vinzens begrüßte ihn mit derselben frostigen Temperatur in der Stimme, wie sie draußen herrschte, und streckte ihm den Schlüssel hin. Kein Idyll mehr im Heidiland, dachte er. Wenigstens war Kata schon weg. Das machte es etwas einfacher.

Das Zimmer war aufgeräumt. Seine Hälfte des Betts war unangetastet, die von Kata sah zerwühlt aus. Ayden stand unter der Tür und versuchte zu verstehen, was er sah. Kata würde sich nicht die Mühe geben, für das Zimmermädchen so zu tun, als hätten sie beide hier geschlafen. Aber würde sie für ihn so tun, als hätte sie die Nacht alleine verbracht? Er wusste es nicht. Sie wollte ihm nicht wehtun, das hatte er begriffen. Vielleicht gehörte dazu auch, ihm die Illusion zu geben, ihre Lust nicht in ihrem gemeinsamen Bett auszuleben, selbst wenn dieses Bett nur die Tarnung für eine Zweckgemeinschaft war.

»Sei nicht so elend tolerant und vernünftig«, hatte Lynn zu ihm gesagt und ein herzhaftes »Himmel noch mal, lass uns einfach Spaß haben« hinzugefügt.

Ayden hatte versucht, unvernünftig zu sein und Spaß zu haben, aber als die Küsse leidenschaftlicher wurden und seine Hände den fremden Körper zu erforschen begannen, hatte er plötzlich Kata im Kopf gehabt. Es war ihm nicht gelungen, sie daraus zu verdrängen. Es ging nicht. Es ging einfach nicht. »Ich wünsche mir irgendwann einen, der mich auch so liebt«, hatte Lynn geseufzt und ihn ins Gästezimmer geschickt.

Ayden schüttelte die Erinnerung ab und schaute sich nach dem Laptop um. Er lag auf der Kommode, auf ihm eine Notiz. *Nachricht von Igor. Lesen.* Das würde er tun, aber nicht hier, sondern an einem neutralen Ort, an dem ihn nichts an Kata erinnerte. Mit Laptop und Kamera ausgerüstet, ging er zurück in Lynns Wohnung.

Igor hatte die Frau gefunden. Unter dem Namen einer Verstorbenen, mit deren Geburtsdatum. Dasselbe galt für den Namen Aleksander Nowak, mit dem Henry in der Zeitung erwähnt wurde. Falscher Name, falsche Identität. Ähnlich frustrierend waren die Nachrichten zur Klinik. Igor hatte vergeblich versucht, in deren System zu gelangen. Er meinte, jemand, der eine so hohe virtuelle Schutzwand um sich herum aufzog, müsse sehr viel zu verbergen haben. Und was nicht verborgen werden konnte, wurde vertuscht. Damit kam Igor zu der Frau, die im Eis eingebrochen war. Marie-Claire Durant, Frau eines französischen Industriellen, Patientin der Klinik. Sowohl die

Klinik als auch ihr Ehemann schwiegen sich über den Grund des Aufenthalts aus. Ein tragischer Unglücksfall, den Medien von der lokalen Polizei ohne Namen gemeldet, als Nachricht den Zeitungen nur ein paar wenige Zeilen wert. Auch das brachte Ayden nicht weiter. Der letzte Abschnitt von Igors Mail hatte nichts mit der Klinik zu tun. *John Owen lebt. Bestätigt von zuverlässiger Quelle.*

Ayden starrte auf die beiden Sätze, bis sie vor ihm verschwammen. Es war kein Trost zu wissen, dass Kata nicht zur Mörderin geworden war. Die Nachricht war ihr Todesurteil, und obwohl sie es längst vermutet hatten, traf sie Ayden mit voller Wucht. Eigentlich hatte er vorgehabt, den Morgen mit Recherchen im Internet zu verbringen, doch jetzt drängte es ihn an den See, zu Kata.

Während er den Laptop herunterfuhr, rief er DeeDee an. Er erreichte nur die Mailbox. »Wir müssen reden.«

Eine Minute später klingelte sein Handy. »Also, reden wir«, sagte DeeDee. »Schieß los.«

»Wo bist du?«

»In Chur.«

»Du fährst den Fluchtwagen. Und weiter?«

»Peter ist informiert. Er wird da sein.«

»Das ist alles?«

»Mehr wollten die beiden nicht.«

»Was ist ihr Plan?«

DeeDee seufzte. »Freiheit oder Tod. Die Sache durchstehen oder sterben, Ayden. Greift nicht ein, bevor alles vorbei ist.«

»Die Sache durchstehen oder sterben ist kein Plan. Was haben sie vor?«

»Ich weiß es nicht.«

Ayden glaubte DeeDee. So war Nathan. Er hatte DeeDee nur das Nötigste verraten. »Wie wird er dich kontaktieren, falls der Teil mit dem Durchstehen klappt?«

»Er hat ein Handy reingeschmuggelt.«

»Schickt er dir regelmäßig Nachrichten?«

»Nein. Aber das war so ausgemacht. Er will nicht …«

Diesen Teil kannte Ayden schon. »Er ist gestern beinahe umgekommen«, unterbrach er DeeDee.

»Und Raix?«

»Lebt noch.«

r-ok hatte Nathan am Abend geschrieben. *Raix ist okay*.

»Dann sind sie auf Kurs. Lass sie machen. Ich musste es ihnen versprechen.«

»Ich habe nichts versprochen. Ich werde nicht warten, bis die beiden da drin verhaftet oder umgebracht werden!«

»Es ist ihre Entscheidung! Unternimm nichts, bevor Nathan uns ein Zeichen gibt. Verstanden?«

Ayden hatte verstanden. Trotzdem würde er tun, was er für richtig hielt. »Eine Frage noch«, sagte er. »Hilfst du uns, wenn die Dinge in der Klinik schieflaufen?«

»Verdammt, Ayden!«

Es wurde still, aber die Verbindung war nicht abgebrochen.

»DeeDee!«

Erneut blieb es eine Weile still.

»Ich werde kommen.«

Die Tische im Seecafé waren gut besetzt. Kata befand sich jedoch nicht unter den Gästen. Ayden entdeckte sie auf dem See draußen. Sie bewegte sich unheimlich schnell, den Oberkörper leicht nach vorne geneigt, die Arme im Rhythmus ihrer Beinbewegungen von einer Seite auf die andere schwingend. Wahrscheinlich auch etwas, das sie im Sportunterricht des Internats gelernt hatte. Fasziniert und gleichzeitig beklommen schaute Ayden zu, wie sie über das Eis glitt, dem anderen Ufer entgegen, als würde sie versuchen, dem Schicksal davonzulaufen. Aber am Ende des Sees wartete ein anderes Ufer. Es gab kein Entkommen.

»Suchen Sie einen Platz?«, sprach ihn eine Bedienung an. »Dort drüben ist ein Tisch frei geworden.«

Er bedankte sich, bestellte eine heiße Schokolade und nahm seinen Aussichtsposten ein. Kata war dabei, auf ihre Art mit Igors Nachricht fertigzuwerden. Er durfte sie jetzt nicht stoppen. In unvermindertem Tempo skatete sie von Ufer zu Ufer, einem Wildtier ähnlich, das rastlos zwischen den Gitterstäben im Zoo hin- und hertigert, ohne je einen Weg in die Freiheit zu finden. Aydens Herz geriet in eine Art unsichtbare Druckpresse. Ihm fehlte die Luft, obwohl man zum Atmen die Lunge brauchte, und nicht das Herz. Dieselbe Rastlosigkeit, die Kata antrieb, erfasste auch ihn. Er bezahlte, hängte seine Kamera um und verließ das Café in Richtung Seeufer. Kata glitt direkt auf ihn zu. Im letzten Augenblick bremste sie scharf ab. »Ich hasse warten«, keuchte sie.

Ayden verstand. Sie wollte kein Wort über Owen hören. Er holte tief Luft. Die Lunge nahm sie auf, das Herz schlug wieder normal. »Dann ist ja gut, dass in der Klinik die Aktivitäten losgehen.« Er zeigte auf die Gruppe, die das Gebäude auf der Westseite verließ. Dabei glaubte er, die Frau mit dem Namen einer Toten zu erkennen. »Ich kann gleichzeitig mit ihnen am Tor sein«, sagte er. »Geh zurück aufs Eis. Wenn wir Glück haben, kommen sie zum Schlittschuhlaufen her.«

Während Kata wieder auf den See hinausglitt, nahm Ayden zügig den Spazierweg unter die Füße. Ihm wurde schnell klar, dass es nicht reichen würde. Trotzdem ging er weiter. Vielleicht kam ihm die Gruppe entgegen. Er beobachtete, wie sie sich dem Tor näherte. Die Frau mit dem Namen einer Toten sagte etwas und bückte sich. Die anderen blieben stehen. Ayden holte auf.

Die Frau war die Letzte, die auf den Spazierweg einbog.

Dank ihrer Verzögerungsaktion befand sich Ayden beinahe auf gleicher Höhe mit ihr.

»Oh!«, rief sie auf Englisch. »Ein Fotograf! Wie spannend.« Sie wartete auf ihn, um dann neben ihm herzugehen und im Plauderton mit ihm zu sprechen zu beginnen. »Ist das Ihr Hobby oder Ihr Beruf?«

»Mein Beruf.«

»Hoffentlich kein Journalist.« Sie lachte.

Ayden sah, wie jeder Einzelne aus der Gruppe sich zu ihm umdrehte. »Nein. Ich fotografiere Landschaften.«

Das schien die Klinikgäste zu beruhigen. Einer nach dem anderen wandte sich von ihm ab. Die Frau wurde langsamer, der Abstand zu ihrer Gruppe größer.

»Wer sind Sie?«, fragte Ayden leise.

»Nenn mich Henriette.«

Sie trug den Namen einer Toten. Und jetzt benutzte sie einen, der kein Zufall sein konnte.

»Weil sie zu Henry gehören?«

Die Frau antwortete nicht, also redete Ayden weiter.

»Sie wollten mein Bild kaufen.«

»Ein Test.«

»Ein Test?«

»Ob ich dir vertrauen kann.«

»Warum?«

»Das ist im Augenblick nicht wichtig.«

Für Ayden war es wichtig, doch er wusste, dass er keine Antwort auf seine Frage bekommen würde.

»Darf ich mir die Kamera ansehen?«, fragte sie.

Er hielt sie ihr hin. Sie standen sich dicht gegenüber, die Gelegenheit, sie nach Nathan zu fragen, doch Ayden zögerte.

»Es wird bald losgehen.« Fachmännisch begutachtete sie die Kamera. »Dein Freund Raix war zu einer Untersuchung im Untergeschoss der medizinischen Abteilung.«

»War?«

»Er ist noch einmal davongekommen. Beim nächsten Mal kann es schiefgehen. Der Arzt, der ihn operieren soll, wird wissen, mit wem er es zu tun hat.«

Bis vor wenigen Minuten hatte Ayden nicht gewusst, ob er der Frau vertrauen konnte. Jetzt war er sicher.

»Was ist der Plan?«, drängte sie. »Ich werde versuchen, den beiden zu helfen.«

Freiheit oder Tod.

»Ich glaube, es gibt so was wie einen Grundplan«, antwortete Ayden. »Wahrscheinlich müssen die beiden dabei improvisieren.«

»Sprich, du hast keine Ahnung.«

Eine Frau aus der Gruppe schaute sich nach Henriette um und ließ sich zurückfallen.

»Patrizia Winkler«, flüsterte Henriette. »Wendet euch an sie. So schnell wie möglich.«

»Wer?«

»Kata weiß, wer sie ist.« Sie schenkte Ayden ein begeistertes Lächeln. »Das ist ja großartig. Sobald ich wieder zu Hause bin, werde ich mir Ihre Bilder im Internet anschauen.«

»Sie können gerne auch vorbeikommen.«

»Henriette, Sie flirten doch nicht etwa mit dem jungen Mann«, scherzte die Frau.

»Nun ja, Vanessa, wann haben wir denn sonst die Gelegenheit?«

Ein wehmütiger Zug schlich sich in das Gesicht der Frau. »Ein leider wahres Wort, Henriette.«

»Genug geredet, die Damen!«, rief die Gruppenleiterin. »Aufschließen, bitte!«

»Sie haben es gehört. Die Sklaventreiberin ruft«, verabschiedete sich Henriette. »Vielleicht sehen wir uns ja heute Nachmittag beim Eislaufen.«

Ayden ging noch ein Stück weit auf dem Spazierweg und bog dann zum See ab. Dort fotografierte er ein paar Bäume, bis die Gruppe aus seinem Blickfeld verschwunden war.

Bei seiner Rückkehr saß Kata im Wintergarten. Ihr Anblick erschreckte ihn. Ihre Augen waren leer, das Gesicht blass. Es war, als hätte sie sich mit etwas abgefunden, das sie nicht ändern konnte. Ayden hätte sie am liebsten in den Arm genommen und getröstet, doch dann fiel ihm das zerwühlte Bett ein. Ein anderer, der nicht um Owen wusste, würde sie darüber hinwegtrösten. Einer, bei dem sie für eine Weile alles vergessen konnte.

»Wer ist die Frau, mit der du gesprochen hast?«

»Sie nennt sich Henriette.«

»Henriette.« Katas Mund verzog sich voller Bitterkeit. »Es hängt alles zusammen. Eine einzige verdammte Scheißkette des Schicksals.«

Er hatte sie noch nie so reden gehört. Nicht in diesem Ton, nicht in solchen Worten. »Kata …«

»Was hat sie dir gesagt?«

»Raix hat den Arzt getroffen, der ihn operieren soll. Es ist eine Frage der Zeit, bis er auffliegt.«

Ayden wiederholte das Gespräch mit Henriette. Er konnte sich an beinahe jedes einzelne Wort erinnern, und er ließ keines davon aus, denn er ahnte, dass Kata jetzt genau das brauchte: Informationen. Das war etwas, woran sie sich festhalten konnte, während um sie herum alles zusammenbrach. Als er zu Patrizia Winkler kam, wehrte sie ab.

»Sie arbeitet für die Polizei. Sie wird Raix verhaften.«

»Vielleicht wäre es gut, für den Notfall jemanden zu haben.«

»Wir brauchen sie nicht«, antwortete sie kalt und hart. »Janis kann uns warnen, wenn die Dinge in der Klinik schieflaufen oder gefährlich werden. Dann gehen wir rein. Du und ich.

Mit der Hilfe von Chao und Janis. Und vielleicht der von Henriette. Darauf verlassen sollten wir uns nicht. Rede mit DeeDee. Frag ihn, ob er auch dabei ist.«

»Das habe ich schon. DeeDee und Peter sind dabei.«

Kata griff nach der Tasse. Ayden bemerkte das Zittern ihrer Hände.

»Die Klinik ist eine Festung, Kata. Elektronisch überwacht, mit jeder Menge Sicherheitspersonal und Toren, die man verriegeln kann. Du weißt, wie schlecht unsere Chancen stehen. Sprich mit dieser Winkler. Du musst ihr nichts verraten. Weder den Ort, noch die Zeit. Sag einfach, dass wir vielleicht einen Tipp für sie haben.«

Kata stellte die Tasse hin, ohne daraus getrunken zu haben. »Ich mach's. Aber nur für den Notfall. Und ich entscheide, wie viel ich ihr erzähle.«

Ayden hätte gerne etwas Tröstendes gesagt. Über das Schicksal, das man ändern konnte. Über die Hoffnung. Über das Gute im Leben. Alles, was ihm dazu einfiel, kam ihm vor wie Hohn. Er legte seine Hand auf Katas. Sie zuckte unter der Berührung zusammen. Schnell zog er die Hand wieder zurück.

Nathan ignorierte den Stuhl. Eine Stunde auf dem unbequemen Möbel hätte sein Körper nicht ausgehalten. Jeder einzelne überanstrengte Muskel war über Nacht zu einem schmerzenden harten Klumpen geworden. Umständlich wie ein alter Mann setzte er sich auf den Boden und lehnte vorsichtig seinen Rücken gegen die Wand. Vor dem Fenster leuchtete ein klirrend kalter Wintertag in seinen intensivsten Farben. Der Nebel war verschwunden, die Geister hatte er dagelassen. Unsichtbar lauerten die Hüter der Geheimnisse in den Zimmern und Fluren der Klinik.

»Was ist passiert?«, fragte Gion.

Noch ein Spiel. Noch ein Test. Dabei wusste Gion genau, was geschehen war. Nathan lehnte den Kopf in den Nacken. Mit geschlossenen Augen wartete er ab, womit Gion als Nächstes auffuhr.

»Warum wolltest du nicht mehr mit Janis arbeiten?«

Was sollte das?

»Ich dachte, ihr kommt gut miteinander aus?«

Nathan fielen seine Schultests ein. Am einfachsten waren die mit den Antworten zum Ankreuzen gewesen. Multiple Choice. Manchmal, wenn er die richtige nicht kannte oder er den Lehrer nicht mochte, erweiterte er das Wahlangebot um ein neues Kästchen und schrieb seine eigene Antwort.

d) ( ) *Janis wollte keinen Sex mit mir.*

Er fand die Antwort zu kindisch und schwieg. Janis war einfach weg gewesen. Im einen Augenblick gut gelaunt, im anderen weg und durch diesen Hünen von Trainer ersetzt, der nicht einmal einen Namen haben wollte. Warum, Gion? Warum? Und warum tust du jetzt so, als hätte ich das gewünscht?

»Warum zum Henker hast du darauf bestanden, diese gefährliche Route zu gehen? Woher kennst du sie?«

Gion, der Bär mit den Yetifüßen. Gion, der alles wusste. Auch das mit Zoe. Die ganze Geschichte. Gion, der Dinge sagte, die unter die Haut gingen und sich im Kopf einnisteten. Warum fragte er jetzt solchen Müll? Brauchte er die Aufzeichnungen dieser Sitzung als Beweis für die Polizei, wenn sie kam und Fragen stellte, weshalb ein durchgeknallter Rockstar sich ausgerechnet während eines Aufenthalts in einer Schweizer Klinik umbrachte?

Wir haben es kommen sehen, konnten jedoch nichts tun. Nach diesem Zwischenfall beim Schneeschuhlaufen haben wir ihn permanent überwacht, aber irgendwie hat er es geschafft, uns auszutricksen.

Ist es das, was ihr sagen werdet, Gion?

»Nathan?«

Er zuckte zusammen. Gion kauerte neben ihm und legte ihm sachte die Hand auf den Arm.

»Nathan, brauchst du einen Arzt?«

»Was?« Nathans Zähne schlugen hart aufeinander. Sein Körper bebte. Seine Muskeln brannten. Die Hand, die ihn nicht festhielt, nicht drückte, einfach nur da lag, beruhigte ihn.

Er schüttelte den Kopf. Keinen Arzt. Keine Medikamente.

»Tief atmen.«

Nathan gehorchte der sanften Stimme.

»Langsam.«

Er öffnete die Augen und schaute Gion an. Das Böse konnte sich hinter unglaublich netten Gesichtern verbergen, in Menschen stecken, die beliebt und angesehen waren, ein vorbildliches Leben führten, Kinder und Ehefrauen hatten, Preise bekamen. Aber nicht in Gion. Was Nathan sah, war echte Sorge. War es wirklich möglich, das jemand, der Menschen in die Seele schauen konnte, nicht wusste, was sich in dieser Klinik abspielte?

Nathan krallte seine Hand in Gions Pullover und zog ihn zu sich heran, so dicht, dass ihn Gions Bart auf dem Gesicht kitzelte. »Ich wollte mit Janis gehen«, flüsterte er. »Doch dann kam der Trainer. Ich war noch nie in diesem Tal, ich kenne diese Route nicht und ich wäre sie nie gegangen.« Er stieß Gion von sich. Laut und aggressiv, für die Überwachungskameras, schrie er: »Ich habe keine Ahnung, was dieser Scheiß hier soll!«

Und ich habe keine Ahnung, ob ich dir vertrauen kann, Gion, dachte er.

»Bis morgen«, verabschiedete sich Gion am Ende der Sitzung. Es klang wie ein Versprechen. Er würde über seine Worte nachdenken, da war Nathan sicher.

In seinem Zimmer lief der Bildschirm. Schon bevor er den Text las, wusste Nathan, was ihn erwartete. Hausarrest in einem abgeriegelten Raum. Natürlich hieß das in dieser Klinik anders. Selbstreflexion. Er war allein mit dem Notizblock, der Gitarre und seiner Angst. Nichts davon half ihm weiter. Katas Handy, eingeschmuggelt in der Unterhose, war seine einzige Verbindung zur Außenwelt. Es lag in der Schachtel mit den Lutschtabletten gegen Halsweh, um die er gebeten hatte. Leer. *R-ok*, seine Nachricht an Kata und Ayden, hatte er gleich nach dem Senden gelöscht. Mit pochendem Herzen darauf wartend, dass sein Zimmer jeden Moment vom Sicherheitspersonal gestürmt wurde. Aber niemand war gekommen.

Nathan legte sich aufs Bett. Er musste über Gion nachdenken, den Mann, der ihn ins Untergeschoss bringen konnte.

Wenn sein Therapeut nicht der Schauspieler des Jahrhunderts war, hatte ihn jemand belogen. Er schien tatsächlich nichts vom Austausch der beiden Trainer gewusst zu haben. Aber er musste von den Aktivitäten im Untergeschoss Kenntnis haben. Sie waren Teil des Klinikprogramms. Dennoch weigerte er sich standhaft, Nathan dorthin zu schicken. Vielleicht, weil er an seine Fähigkeiten glaubte, eine Seele durch eine Therapie zu heilen, statt durch ein frisches Verlöten des Gehirns. Das würde für ihn sprechen, auch wenn Nathan ihm die bewusst in Kauf genommene körperliche Tortur extrem übel nahm.

Die Uhr schlug halb elf, normalerweise die Zeit, in der Nathan mit Janis zusammen sein tägliches Fitnessprogramm begann. Jetzt war er zum zweiten Mal seit seiner Ankunft auf seinem Zimmer eingesperrt. Das Schlimmste war, nicht zu wissen, wo Raix steckte. Sie hatten damit gerechnet, sich nur unter Schwierigkeiten verständigen zu können, jedoch nicht in diesem Ausmaß! Die Codes, die sie sich ausgedacht hatten, reichten bei Weitem nicht. Zwar folgten sie einem ungefähren Plan, doch um jeden Schritt dem vorherigen anzupassen und darauf aufzubauen, wäre eine Absprache nötig gewesen.

Ohne Abstimmung bewegten sie sich nicht parallel, sondern verschoben. Wie Zahnräder, die nicht ineinandergriffen. Das konnte tödliche Folgen haben.

»Ich will hier raus«, sagte Nathan in die Stille hinein. »Verdammt, Leute, ich bezahle ein Vermögen für diesen Aufenthalt und lande in einer Art Knast. Entriegelt wenigstens die Tür zum Balkon.«

Er wartete.

Nichts.

»Hey, ich weiß, dass ihr zuhört!«

Nichts.

»Ich werde jetzt den Stuhl nehmen und das Fenster einschlagen.«

»Das werden Sie schön bleiben lassen. Setzen Sie sich hin und schreiben Sie sich Ihre Wut aus dem Herzen. Denn Sie sind doch wütend, Nathan, oder nicht?« Es war nicht die Stimme von Gion, sondern die einer Frau, und sie kam wie beim letzten Mal über die Lautsprecher des Bildschirms.

»Was sind Sie? Seelenklempnerin? Gefängniswärterin?« Die Stimme schwieg. Auf dem Bildschirm verschwand das Foto mit der Panoramasicht über die Berge. Ein neues erschien. Ein verschneiter Wald mit frischen Schneeschuhspuren. War das etwa eine Drohung?

Nathan packte den Stuhl an der Lehne. Seine Hände umklammerten das Holz. Seine Arme hoben den Stuhl an. Er musste nur noch Schwung holen und zuschlagen.

»Das letzte Mal war es ein Dolch, Nathan. Haben Sie sich danach wirklich besser gefühlt?«

Nathan presste die Zähne zusammen, bis sie knirschten.

»Am Ende war ein Mensch tot.«

Was wollte die Psychotante? Dass er das verdammte Fenster einschlug, damit sie sein Zimmer stürmen und ihn auf den Boden werfen konnten? Wie Burtons Leute in der Kirche? Oder dass er den Stuhl hinstellte und in Tränen ausbrach? Hatte Gion das alles genau so eingefädelt?

Hatte er das?

Therapie erfolgreich, Nathan, bravo, gut gemacht, Sie können nach Hause, entgiftet und mit überwundenem Trauma.

Nein, es fehlte noch etwas.

»Du hast den Schneeengel vergessen, Gion«, sagte Nathan und stellte den Stuhl wieder hin.

»Habe ich nicht. Du kannst die Balkontür öffnen.«

»Fahr zur Hölle!«

»Wir sehen uns morgen. Falls du Hunger hast: Du wirst zur üblichen Zeit zum Lunch abgeholt.«

Nathan trat ans Fenster. Irgendwo wartete Gion darauf, dass er die Balkontür öffnete. Darauf konnte er lange warten.

Die Therapiestunde war eine Qual. Am Anfang hatte es Raix Spaß gemacht, immer neue Begebenheiten aus einer Kindheit zu erfinden, die es nie gegeben hatte, doch jetzt wütete in seinem Kopf ein Sturm. Er kappte Leitungen, fegte Dinge durcheinander, löschte Erinnerungen und füllte die entstandenen Löcher mit Schmerz. Raix hatte Angst, sich in seinen Lügen zu verheddern, Angst, längst aufgeflogen zu sein. Er versuchte, das Gesicht seines Therapeuten zu lesen. Wusste Ulrich Bescheid? Spielte er genauso mit Raix, wie Raix mit ihm gespielt hatte? Spielten alle ein Spiel, um den passenden Augenblick abzuwarten, an dem er unauffällig aus dem Verkehr gezogen werden konnte?

»Bedrückt Sie etwas, Richard?«

Raix zuckte mit den Schultern und begutachtete seine Fingernägel.

»Ich weiß von der Untersuchung«, sagte Ulrich.

»Aha!« Raix schaffte es, angemessen verstimmt zu klingen.

»Das Warten auf das Resultat muss Sie belasten.«

Raix war nicht sicher, wie er das Lächeln des Therapeuten interpretieren sollte. Es wirkte hinterhältig, aber vielleicht bildete er sich das nur ein.

»Wollen Sie darüber sprechen?«

»Nein.«

Ulrich lehnte sich zurück. »Lieben Sie Ihre Eltern?«

Wie ein Skalpell drang die Frage in Raix' Herz. Eine offene Wunde, ein klaffender Schnitt.

Dort, wo Vater ihn am Arm gepackt hatte, brannte die Haut. »Ein Studierter!« Funkelnde Augen unter ungezähmten Brauen. »Was sollen wir hier in den Bergen mit einem Studierten? Lerne etwas Anständiges. Etwas Richtiges.« Er ließ Raix los. Die Haut brannte weiter.

»Du musst ihn verstehen.« Seine Mutter, die hilflose Vermittlerin, legte ihre Hand auf seine Wange, wenig Worte, viel Liebe.

»Es kostet doch nichts!«, brach es aus Raix heraus. »Ich bin ausgewählt worden. Ich darf umsonst im Internat wohnen und essen.«

»Ich rede mit ihm.«

Was sie zu Vater gesagt hatte, hatte sie Raix nie verraten. Aber er durfte gehen. Beim Abschied gab ihm sein Vater die Hand. Förmlich und unbeholfen. Das Herz unter Verschluss. In seinen Augen die Frage nach dem Warum.

Raix hatte seine Eltern nie mehr gesehen. Der Kummer über das, was er getan hatte, musste sie innerlich zerreißen. Es gab nichts, womit Raix das Schuldgefühl und die überwältigende Trauer über diesen Verlust verschleiern konnte. Keine Lüge für den Therapeuten. Es blieb nur die Wahrheit.

»Ja.«

»Sieh an.« Ulrich stand auf. »Eine echte menschliche Regung. Wir sprechen das nächste Mal darüber. Unsere Zeit ist um.«

Auf dem Tisch in Raix' Zimmer lag ein Briefumschlag. Er öffnete ihn nicht gleich. Das Papier duftete nach Holz. So hatte es in der Stube bei ihnen zu Hause gerochen. Raix' Herz schlug schneller. Er befand sich nicht in der einfachen Geborgenheit seines Elternhauses, sondern in einer von der Außenwelt abgeschotteten Luxusklinik mit einem gut gehüteten Geheimnis. Im Umschlag steckte das Ticket zu diesem Geheimnis, eine weiße Karte, auf der jemand schwungvoll mit Füller einen Ort und eine Zeit notiert hatte.

14.30 Uhr, medizinische Abteilung, Büro Doktor Altherr.

Ein paar Stunden noch. Dann begann der Blindflug in die Todeszone. Wenn er es bis dahin nicht schaffte, mit Nathan Kontakt aufzunehmen, war Henriette seine einzige Chance. Raix hoffte, in die gleiche Gruppe eingeteilt zu werden wie sie, doch das Glück machte einen riesigen Bogen um ihn. Er wartete vergeblich darauf, dass ihn Antonio zur morgendlichen Gruppenaktivität abholte. Stattdessen lief über den unteren Rand seines Bildschirms eine Schrift, die ihn zur inneren Einkehr aufforderte. Bei ihm im Innern war kein Platz für Einkehr! Nur laut schreiende Angst. Er öffnete die Balkontür, wischte Schnee von der Brüstung und kühlte sich sein heißes Gesicht. Den Rest des Vormittags verbrachte er auf seinem Bett. In seinen Gedanken reiste er zu Chesil, vielleicht zum letzten Mal. Es war ihr gemeinsamer Entscheid gewesen, dass sie im Süden auf ihn wartete. Falls die Dinge hier furchtbar falschliefen, konnte niemand sie finden, um Informationen aus ihr herauszuquetschen oder sie für ihr Wissen umzubringen. Sie war in Sicherheit. Mit dem Gedanken an Chesil und ihr gemeinsames Kind schlief Raix ein.

Das Klopfen ordnete er zuerst einem kaputten Schiffsmotor zu, einem der Fischkutter, die in See stachen. Da sich die Geräusche nicht entfernten, öffnete Raix die Augen. Er befand sich nicht am Strand, das Geräusch kam nicht von einem Boot, sondern von der Tür.

»Richard?«

»Komme gleich«, murmelte er, ohne eine Ahnung zu haben, ob er zum Mittagessen oder zum Termin abgeholt wurde. Mit einem flauen Gefühl im Magen ging er ins Bad, strich seine Frisur an den Kopf und lächelte seinem Spiegelbild arrogant zu. In seinen Mundwinkeln zuckte es. Jemand, der Herr über die Lage war, sah anders aus.

Antonio empfing ihn mit einer grimmigen Miene. Während sie durch den Flur liefen, drückte er einen Finger an das rechte Ohr. Das tat er sonst nie. Beim Lift stand ein Mann vom Sicherheitsdienst, auch das etwas Neues. Als beim Aussteigen im Erdgeschoss noch einer Wache schob, begann es in Raix' Kopf zu sirren. Entweder waren diese Männer alle wegen ihm aufgeboten worden, damit er auch bestimmt nicht mehr abhauen konnte, oder es war etwas geschehen. Das Sirren wurde stärker. Jetzt bloß kein Anfall!

Antonio schlug den Weg zum Speisesaal ein. Alles wie immer. Das Sirren wurde leiser. Dennoch übertönte es die Stille im Raum. Raix suchte nach dem Grund für die unheimliche Stimmung und glaubte, ihn am Tisch von Ivana zu finden.

Sie war wieder da. Oder das, was von ihr übrig geblieben war. Die Augen so dumpf wie unten im geheimen Trakt, das fahle Gesicht grotesk überschminkt, umrahmt von matten Haaren, die in dünnen Strähnen auf die Schultern hingen. Am unheimlichsten war das entrückte Lächeln, als sähe sie etwas, das den anderen verborgen blieb.

»Was ist denn mit der passiert?«, fragte Raix den Kellner abschätzig.

»Isolation.«

In dem einen Wort lag unausgesprochen der Wunsch, auch Raix möge dieses Schicksal ereilen. Hätte der Mann gewusst, wie dicht Raix davorstand, im geheimen Trakt zu verschwinden, hätte er vielleicht ein Lächeln auf den Lippen gehabt.

Isolation. Das Wort schlingerte durch Raix' Kopf. Er fing es ein und versorgte es irgendwo auf seiner defekten Festplatte, dort, wo auch die Codes für Nathan gespeichert waren. Es dauerte endlos lange, den richtigen abzurufen. Der Pfefferstreuer! Kendelbach war der Pfefferstreuer. Raix nahm ihn in die Hand, spielte damit und stellte ihn dann vor sich hin. Weil er das Symbol für die Zeit vergessen hatte, bestellte er eine kalte Milch und rief dem Kellner hinterher: »Bitte noch heute Nachmittag.«

Nathan schaute er erst an, als er die Milch beinahe ausgetrunken hatte. Für andere mochte er mittlerweile wie ein blasses Wrack kurz vor dem Zusammenbruch wirken. Doch Raix erkannte die Wandlung in ihm sofort. Sie lag in seinen Augen. Er hatte verstanden und war bereit. Der Blindflug konnte beginnen.

Heute Nachmittag. Die Zahnräder griffen wieder. Noch hatte Nathan keine Ahnung, wie er ins Untergeschoss gelangen sollte, aber er würde einen Weg finden. Wenn Raix es geschafft hatte, schaffte auch er es. Ivana war unten gewesen. Er musste mit ihr reden.

Nathan stand auf und ging zielstrebig auf ihren Tisch zu. »Ich werde mich benehmen«, versprach er dem Kellner, der ihn davon abhalten wollte. »Wie ein Gentleman.« Er winkte den Mann dicht zu sich heran. »Aber nur wenn Sie mich hier sitzen lassen. Und die dafür mitnehmen.« Er zeigte auf Ivanas Tischpartnerin, eine Dame, die versuchte, dreißig Jahre jünger auszusehen, als sie war. »Wenn nicht, pisse ich Ihnen auf den Teppich.«

Das Gesicht des Kellners lief rot an.

»Glauben Sie mir, ich bin schneller als Ihre Leute.«

Wortlos half der Kellner der vor Empörung nach Luft schnappenden Dame hoch und entfernte sich mit ihr.

»Wie geht es dir?«, fragte Nathan, nachdem er sich gesetzt hatte. Er suchte in Ivanas Augen nach der lebenshungrigen Frau, die sie noch vor ein paar Tagen gewesen war. Er fand sie nicht.

»Gut.« Ivana lächelte. »Es ist weg.«

»Was ist weg?«

»Das wilde Tier.« Sie legte die Hand auf ihre Brust. Nicht schelmisch und verführerisch wie bei ihrem ersten Gespräch, sondern ernst, beinahe ein wenig feierlich. »Das hier drin.«

Nathan wusste, wovon sie sprach. Die ungezügelte Leidenschaft, das heiße Verlangen, dieser verzweifelte Versuch, das Nichts mit etwas zu füllen, um für einen Moment zur Ruhe zu kommen. Er kannte das Tier, von dem Ivana sprach. Man konnte es mit Alkohol betäuben, mit Liebe zähmen, oder man konnte in eine Klinik gehen, in der ein Wunderdoktor es einem wegoperierte wie ein lästiges Muttermal, eine zu breite Nase, wulstige Tränensäcke oder ein paar Falten zu viel.

»Und das ist gut?«, flüsterte er heiser.

Erstaunt schaute sie ihn an. Sie öffnete den Mund. Es kam kein Laut heraus.

»Du hast das Richtige getan«, log Nathan.

Er schaffte es nicht, sie für ihren Entscheid zu verachten oder zu verurteilen. Es war ihr Weg, sich ihrer Dämonen zu entledigen. Seine waren hellwach. Es hatte eine Zeit gegeben, in der sie geschlafen hatten. Gebändigt von einer jungen Frau mit roten Haaren und einem Herz voller Liebe. Aber alle Liebe hatte nicht gereicht. Vielleicht schaffte das wirklich nur eine Operation. Oder der Tod.

»Ivana, ich will auch das Richtige tun. Hilfst du mir?«

»Wie?«

»Ich muss wissen, wie man ins Untergeschoss kommt.«

Sie kicherte. »Mit dem Lift.«

»Sind da unten auch Kameras?«

»Wo?«

»Im Untergeschoss.«

»Ich war nicht im Untergeschoss. Ich habe geschlafen. Wie Dornröschen.«

»Die ganze Zeit?«

»Ja.« Sie schaute ihn verwirrt an. »Natürlich. Warum fragst du das?«

»Einfach so.« Er legte seine Hand auf ihre. Sie fühlte sich kühl und schlaff an. »Danke.«

»Gern geschehen.«

Nathan wandte sich ab. Er verstand, warum ihn Janis vor der Berghütte gepackt und angeschrien hatte. Er verstand, warum Gion ihn nicht in Kategorie drei einteilen würde. Nie. Egal, wie sehr er ihn darum bat. In dem Moment, in dem er die beiden verstand, begriff er auch, warum sie das taten. Sie wollten nicht, dass er wie Ivana endete. Weil er ihnen nicht egal war. Nathan klammerte sich an einer Tischkante fest und wartete, bis er seine Gefühle unter Kontrolle hatte. Dann ging er auf Henriette zu.

Kurz bevor er ihren Tisch erreichte, streifte sie in einer ungeschickten Armbewegung den Korb mit den Brötchen. Er geriet über den Tischrand und fiel auf den Boden. Nathan bückte sich. »Heute Nachmittag«, sagte er leise. »Ich geh runter. Irgendwie. Hilf mir.« Wortlos legte er den Korb und die Brötchen auf den Tisch und verließ den Saal.

Beim Ausgang wartete Markus auf ihn. Zurück in seinem Zimmer, verschwand Nathan als Erstes ins Bad. Er zog die Tür hinter sich zu und öffnete den Spiegelschrank. Die Lutschtabletten waren noch da. Das Handy nicht.

9.

Kata legte die Hände um die warme Tasse. Trotzdem war ihr immer noch kalt. Seit Ayden seine Hand auf ihre gelegt hatte, war ihr nicht mehr warm geworden, auch nicht auf der Fahrt nach Chur.

»Wir treffen uns im *Maron*«, hatte Patrizia Winkler gesagt. »Dem Café am Bahnhof. Um Viertel nach zwei.«

Verstohlen beobachtete Kata den Eingang. Sie hatte sich so hingesetzt, dass sie die Ermittlerin sofort sehen konnte, ohne gleich von ihr gesehen zu werden.

Sie hätten telefonieren können, aber Kata wollte der Frau ins Gesicht sehen, wenn sie mit ihr sprach. Fünf Minuten vor der vereinbarten Zeit betrat Patrizia Winkler das Café, in Zivil, wie Kata es zur Bedingung gemacht hatte. Sie trug eine gefütterte Jacke, Jeans und schwarze Lederstiefel, was sie jünger und verwegener wirken ließ als im Frühstücksraum des Zürcher Hotels, in dem sie Kata in einem strengen Kostüm gegenübergesessen hatte. Hinter ihr war niemand. Sie schien tatsächlich alleine gekommen zu sein, auch das eine Bedingung von Kata.

»Kata«, begrüßte Patrizia Winkler sie.

»Frau Winkler.«

Die Ermittlerin schlüpfte aus ihrer Jacke und nahm ihr gegenüber Platz. »Danke für die Spur zu den Zeugen im Fall Nadja Innauen.«

Sie sprach von den Anrufen, die Kata vom Hotel aus getätigt hatte, vielleicht auch von Jamiro in Lyon.

»Es tut mir leid, dass die Geschichte für Ihren Freund und seine Freundin so schlimm ausgegangen ist.« Es klang ehrlich und das Bedauern auf Patrizia Winklers Gesicht war echt. »Sie sagten am Telefon, es sei dringend.«

»Und deshalb haben Sie alles stehen und liegen lassen und sind durch die halbe Schweiz gefahren?«

»Wenn Sie sagen, es ist dringend, dann ist es dringend.«

»Das ist nicht der einzige Grund. Sie wussten schon vor meinem Anruf, dass ich in der Schweiz bin, und wahrscheinlich haben Sie auch herausgefunden, dass das Hotelzimmer unbenutzt bleibt.«

Die Ermittlerin lächelte. »Sie sind mit Ayden Morgan zusammen eingereist. Unter Ihren richtigen Namen, auch das Hotel ist auf Ihren richtigen Namen gebucht. Aber in Zürich haben Sie eine falsche Fährte gelegt und sind untergetaucht. Nathan MacArran und Dalvin Doodrick sind ebenfalls in der Schweiz. Das sind ein bisschen zu viele von Ihnen für einen Zufall.«

Damit bestätigte Patrizia Winkler in aller Offenheit, was Kata und Ayden vermutet hatten: Die Mitglieder von *Lost Souls Ltd.* standen unter Beobachtung.

»Für wen arbeiten Sie?«, fragte Kata.

»Sagen wir es so: Ich arbeite für eine Sondereinheit. Das muss Ihnen reichen.«

Mehr hatte Kata auch nicht erwartet.

»Woher haben Sie meine Nummer?«, fragte die Ermittlerin.

»Von Ihnen.«

Kata hatte die Karte von Patrizia Winkler längst weggeworfen, doch sie hatte auf dem Weg nach Lyon eine Zugfahrt lang Zeit gehabt, sie sich einzuprägen.

»Warum ist Ihre halbe Organisation hier?«

»Es geht um eine Klinik.«

»Die *Mountain Clinic Valgronda*.«

Die Antwort verschlug Kata den Atem. Nervös schaute sie durch das Fenster nach draußen.

»Keine verdeckten Kollegen«, beruhigte Patrizia Winkler.

»Nur Sie und ich. Keine Spiele. Kein unehrliches Herantasten an die Sache. Ich hätte Ihnen verheimlichen können, dass ich weiß, wo Nathan MacArran ist.«

»Ich vertraue Ihnen nicht.«

»Doch. Sie haben mich angerufen.«

Um aufzustehen und zu gehen, war es zu spät. Kata war Patrizia Winkler freiwillig in die Arme gelaufen. Nun ging es darum herauszufinden, was sie wusste. Kata würde dabei nicht den ersten Schritt tun.

»Was macht Nathan MacArran in dieser Klinik?«

»Keine Spiele. Kein unehrliches Herantasten. Ihre Worte«, erwiderte Kata. »Wie viel wissen Sie?«

»Zu wenig«, gestand die Ermittlerin. »Wir wissen zu wenig.«

»Worüber?«

»Über die Klinik.«

Die Klinik? Es ging um die Klinik? Oder war es Taktik? Weil das hier eben doch ein Spiel war? Ein zu riskantes. Kata griff nach ihrer Jacke.

»Bleiben Sie«, bat Patrizia Winkler.

»Warum sollte ich?«

»Weil Nathan MacArran nicht mehr derselbe sein könnte, wenn er aus der Klinik entlassen wird.«

»Genau deshalb geht jemand in eine Klinik.«

»Diese ist anders.«

Sie wusste Bescheid! Über die Operationen. Über den illegalen Trakt. Aus Angst, sich mit einer falschen Frage zu verraten, lenkte Kata das Gespräch in eine andere Richtung. »Wer ist Henriette? Arbeitet sie für Ihre Sondereinheit?«

»Ich kann und darf Ihnen nicht verraten, womit sich meine Einheit beschäftigt, aber für uns arbeitet keine Henriette.«

Es klang nach der Wahrheit. Nur, auch die größte Lüge konnte nach der Wahrheit klingen.

»Was tut Nathan MacArran in der *Mountain Clinic Valgronda?*«, kam Patrizia Winkler auf ihre Frage zurück.

»Entzug, Therapie.«

»Mehr nicht?«

»Das ist für ihn eine ganze Menge.«

»Und schwierig genug.«

Es hing ein unausgesprochenes *Aber* in der Luft.

»Worauf wollen Sie hinaus?«

»Hat er je von einer Operation gesprochen?«

Kata hatte keine Ahnung, was sie antworten sollte.

»Hat er?«, wiederholte Patrizia Winkler ihre Frage.

Es gab nur Ja oder Nein. Kata musste sich entscheiden.

»Ja.«

»Sie wollten mich sprechen, weil es dringend ist. Es muss also bald sein.«

Ich habe Raix ein Versprechen gegeben.

»Der Zeitpunkt steht noch nicht fest«, log Kata ohne zu zögern. »Ich rufe Sie an, wenn ich den Termin kenne.«

»Kann ich mich darauf verlassen?«

»Ja.«

Kata zog ihre Jacke an, aber Patrizia Winkler war noch nicht fertig.

»Nathan MacArran hat in dieser Kirche in Schottland einen schrecklichen Fehler gemacht. Er wird sich den Rest seines Lebens dafür bestrafen. Und zwar mit den Schuldgefühlen und der Erinnerung daran. MacArran will lebenslänglich für das, was er getan hat, und nicht vergessen. Es geht nicht um ihn. Sie sagen mir nicht die ganze Wahrheit, Kata. Wer ist es?«

Das Blut schoss Kata viel zu schnell in den Kopf. Ihr wurde schwindlig. Die Polizei wusste von Raix! Es war eine Falle. Sie war direkt in eine Falle gelaufen!

»Wer ist es?«, drängte Patrizia Winkler. »Sagen Sie es mir. Gemma? Will ihr Nathan auf diese Weise helfen?«

Gemma? Kata schossen Tränen in die Augen. »Ich habe Ihnen alles gesagt.«

Erst draußen in der kalten Winterluft konnte sie wieder richtig atmen und klarer denken. Keine Falle. Patrizia Winkler und ihre Einheit wussten eine Menge, doch sie waren auf der falschen Spur. Katas Reaktion auf Gemmas Namen würde sie in ihrem Verdacht bestätigen.

Am Bahnhof kaufte Kata wahllos ein paar Bücher und ein T-Shirt, das sie nie im Leben anziehen würde. Sie ließ sich in beiden Geschäften eine Tüte geben. Wenn sie im Dorf aus dem Bus stieg, sollte es aussehen, als sei sie für einen Einkaufsbummel in die Stadt gefahren.

Kurz nachdem der Zug Chur verlassen hatte, wählte sie Aydens Nummer. »Ich bin auf dem Rückweg. Wie sieht es bei dir aus?«

»Es scheint loszugehen. Bist du schon an Reichenau-Tamins vorbei?«

»Noch nicht. Wieso?«

»Steig dort aus. DeeDee wartet auf dich. Er wird dich mitnehmen.«

Ayden drückte sie weg, bevor Kata weitere Fragen stellen konnte. Ohne ein Auge für die Schönheit der verschneiten Landschaft zu haben, schaute sie zunehmend ungeduldiger aus dem Fenster. Endlich wurde Reichenau-Tamins aufgerufen. Der Zug verlangsamte seine Fahrt und hielt auf einem Bahnhof im Nichts an. Sie stieg als Einzige aus.

»Kata!«

DeeDee rannte ihr entgegen und nahm sie in die Arme. Überwältigt von einer plötzlichen Sehnsucht nach Geborgenheit ließ sie es zu, obwohl sie furchtbar wütend auf ihn war.

»Alles in Ordnung mit dir?«, flüsterte er.

»Dalvin Doodrick!«

»Wo immer du meinen Namen herhast, sag ihn nicht weiter.«

»Du bist ein Mistkerl.«

»Ein loyaler Mistkerl.« Er grinste verlegen. »Aber jetzt bin ich ja hier.«

»Weil du es dir anders überlegt hast?«

»Weil ich den Fluchtwagen fahre. Scheint, als ob Nate und Raix ihn bald brauchen.«

Der Schnee um Nathan färbte sich rot. Ein Engel mit mattem blondem Haar beugte sich weit oben über die Balkonbrüstung.

»Nicht, Ivana!«, schrie Nathan. »Nicht fallen lassen!«

Ein paar endlose Sekunden verharrte sie gefährlich weit vorgelehnt, dann richtete sie sich auf, legte den Kopf in den Nacken und breitete die Arme aus. Wie Kate Winslet auf der Titanic. Reglos stand sie da, bis Leonardo DiCaprio hinter ihr auftauchte und die Arme um sie schlang. Auf Nathan warteten keine Leonardos. Drei Männer vom Sicherheitsdienst rannten auf ihn zu. Er rappelte sich auf und taumelte ihnen entgegen. Von seiner linken Hand rann Blut. Mehr als er geplant hatte. Die Scherbe, die er umklammert hielt, hatte sich beim Aufprall tief in sein Fleisch geschnitten. Bevor ihn einer der Männer auf den Boden werfen konnte, hob Nathan beide Hände. In seiner Hand glitzerte die Scherbe in der Sonne.

»Keiner fasst mich an, oder ich schneide mir damit die Pulsader auf.«

Zwei der Männer blieben sofort stehen, einer nahm Tempo weg, kam jedoch weiter auf ihn zu. Nathan drückte die Scherbe gegen die Haut.

»Schon gut«, sagte der Mann beruhigend. »Was willst du?«

»Gion.«

»Gion?«

»Der Bär mit den Yetifüßen.«

»Wer?«

»Der verdammte Seelenklempner.«

»Hat er auch einen Nachnamen?«

»Das denke ich mal. Aber er hat ihn mir nicht verraten.«

Nathans Körper tauchte aus seinem Schockzustand auf. Damit setzten die Schmerzen ein. Der zertrümmerte Arm tat höllisch weh und der Schnitt in der Handfläche begann heftig zu pochen.

»Ich bin hier.«

Die Stimme kam von der Seite. Nathan drehte seinen Kopf nach Gion um, ohne die Männer aus den Augen zu lassen.

»Ihr könnt gehen. Ich kümmere mich um ihn.«

Die Männer wichen unter den Balkon zurück, wo sie abwartend stehen blieben.

»Wirf die Scherbe weg, Nathan.«

»Nein.«

»Dann gebe ich den Befehl, dich zu überwältigen. Glaub mir, selbst wenn du zum Schneiden kommst, wirst du nicht verbluten. So schnell geht das nicht.«

Gion trat einen Schritt auf ihn zu.

»Der Schneeengel ist tot, Gion«, flüsterte Nathan.

»Aber du willst nicht sterben.«

»Ich weiß es nicht.«

»Lass uns darüber reden.«

»Nur Sie und ich?«

Gion nickte. »Nur du und ich.«

Nathan warf die Scherbe in den Schnee. Widerstandslos ließ er sich von Gion wegführen. In seiner Hosentasche, gut verborgen unter dem XXL-Pullover, den er übergezogen hatte, steckte noch ein Stück Glas aus dem Scherbenregen in seinem Zimmer.

Er hatte zu Ende gebracht, was er am Morgen abgebrochen hatte. Mitten durch die Scheibe. Seine Schneeengelshow. Für Ayden und Kata, als Zeichen. Für Gion, weil er ihn brauchte.

Gion brachte ihn durch einen Seiteneingang ins Gebäude. »Zuerst müssen wir deine Hand verarzten lassen.«

»Sie haben gesagt, wir reden.«

»Das werden wir. Sobald deine Wunde versorgt ist.«

»Nur wenn Sie mitkommen.«

»Wir können uns nachher …«

Mit einem wütenden Schrei schlug Nathan die Hand gegen die Wand. Blutspritzer zogen sich über die weiße Fläche, verschwammen vor seinen Augen. Er sank in die Knie. Als Gion ihn hochzog, glaubte er einen Augenblick lang, es sei Jenkinson.

»Gemma«, krächzte er.

»Ist ja gut«, beschwichtigte ihn Gion. »Ich komme mit.«

Alarmiert durch den Lärm oder die Überwachungskameras, vielleicht auch beides, tauchten hinter ihnen die drei Männer wieder auf. Von vorne eilte ihnen eine Frau in einem weißen Kittel entgegen.

»Es ist alles in Ordnung«, sagte Gion ruhig. »Wir sind auf dem Weg in die medizinische Abteilung.«

»Nicht ohne diese Hand eingebunden zu haben«, antwortete die Frau energisch. »Er blutet auf den Teppich.« Die Wand erwähnte sie nicht. Aber sie verpasste Nathan an Ort und Stelle einen Notverband.

Bis jetzt verlief alles nach Plan. Nathan saß mit Gion in einem Behandlungsraum in der medizinischen Abteilung. Die Ärztin kümmerte sich um seine Wunde. Auf das Nähen hätte er gerne verzichtet, doch die Schwere einer Verletzung konnte man schlecht planen.

Du schaffst das, sagte Caleb in seinem Kopf. *Und glaub mir, die Frau bekommt das wesentlich besser hin als ich.*

Da hatte er wahrscheinlich recht. Nathan war eine gut sichtbare Narbe auf der Stirn geblieben, eine lebenslange Erinnerung an seinen Nachbarn und Freund. Er schloss die Augen und stellte sich vor, wie er mit Caleb an der Anlegestelle auf der Insel stand und über die Fische, die Schafe und das Leben philosophierte. Unter seinen Lidern brannten die Tränen. Sein Körper sehnte sich nach dem Whisky, der ihm die Schmerzen nahm und das Vergessen brachte.

»Geht's?«, fragte die Frau.

Er musste sich zusammenreißen! Nicht abdriften, sich nicht in Gedanken und Erinnerungen verlieren.

Die Frau verband ihm die Hand, diesmal richtig. Die Schmerzen im Arm verschwieg er ihr. Dafür war jetzt keine Zeit. Bevor er den Stuhl gegen die Scheibe geschleudert hatte, hatte Henriette Ayden beim Eislaufen über den Haufen gefahren. Die beiden waren zusammen gestürzt. Sie hatte ihn umklammert und ihm dabei etwas ins Ohr geflüstert. Wenig später hatte die Kirchenuhr einmal geschlagen. Viertel nach zwei. Mittlerweile war es bestimmt Viertel vor drei oder später. Nachmittag. Raix war unterwegs in den geheimen Trakt oder schon dort. Allein. Aber nicht mehr lange. Nathan erneuerte in Gedanken sein Versprechen. Er würde es halten.

Raix hörte Glas splittern und sah, wie Nathan sich vom Balkon stürzte. Beinahe augenblicklich färbte sich der Schnee um ihn rot. Dass sich Ivana weit über die Brüstung lehnte, bemerkte Raix erst, als Nathan laut ihren Namen schrie. Sie richtete sich auf und zog sich in eine Traumwelt zurück. Sofort glitt Raix' Blick wieder nach unten. Nathan zog eine Riesenshow ab. Was er damit bezweckte, erschloss sich Raix nicht, aber er wusste, dass Nathan versuchte, ins Untergeschoss zu kommen. Raix fürchtete, der Wirbel, den er dabei verursachte, könnte zu einer Verschiebung seines Termins führen. Voller Angst wartete er auf das Klopfen an seiner Tür. Dreimal ging er zum Klo, damit ihn seine Blase nicht noch einmal zur unmöglichsten Zeit drückte. Gerade als er das vierte Mal im Bad verschwinden wollte, hämmerte es mitten in das Sirren seines Kopfes hinein.

»Richard, sind Sie so weit?«

Ein letzter Kontrollblick auf die Frisur und den Anzug. Beides saß. Raix drängte das Sirren zurück, indem er langsam zu zählen begann. Die Kopfschmerzen blieben. Die Angst auch. Aber gleich neben ihr regte sich der Mut. Es ging los. Wenn er die nächsten paar Stunden überlebte, hatte er eine Chance auf eine Zukunft. Auf Chesil und den kleinen Strickspringerstiefler. Zielstrebig ging er zur Tür und öffnete sie, bevor es ein weiteres Mal klopfte.

Mit undurchdringlicher Miene, als hätte sich nicht soeben ein Patient vom Balkon gestürzt, nahm ihn Antonio in Empfang. Er musste den Zwischenfall mit Nathan mitbekommen haben, doch er erwähnte ihn mit keinem Wort. Schweigend wie immer führte er Raix zur medizinischen Abteilung, wo schon ein Pfleger auf ihn wartete, der ihn durch die verschiedenen Kontrollpunkte führte. Unauffällig sah sich Raix um. So, wie Nathan geblutet hatte, mussten sie ihn auch hierher gebracht haben. Er war ganz in der Nähe, das fühlte er.

»Wohin bringen Sie mich, Feriz?«, fragte Raix nach einem Blick auf das Namensschild des Pflegers lauter als nötig. »Zu Doktor Altherr oder zu …«

»Doktor Kendelbach«, unterbrach ihn Feriz diskret.

Raix scherte sich nicht um Diskretion. »Doktor Kendelbach«, wiederholte er in gleicher Lautstärke wie vorher. »Gehen wir direkt ins Untergeschoss?«

Diesmal ließ er sich das Wort nicht von Feriz abschneiden. Das Gesicht des Pflegers lief rot an. »Darf ich Sie um etwas mehr Diskretion bitten, Richard?«

»Wenn Sie meinen.«

Sie kamen an geschlossenen Türen vorbei. Raix konnte nur hoffen, dass sich hinter einer von ihnen Nathan befand und ihn gehört hatte.

Feriz brachte ihn zum Lift. Obwohl Raix das Prozedere kannte, geriet sein Magen ins Schleudern. Er konzentrierte sich darauf, sich so viel wie möglich einzuprägen. Den Code konnte er nicht erkennen, also zählte er die Sekunden, bis der Lift unten war, merkte sich die Position der Knöpfe, prägte sich den Klang der sich öffnenden Lifttür ein. Im Gang im Untergeschoss versuchte er zu raten, hinter welchen Türen sich welche Räume verbargen. Ob die kaputte Festplatte im Kopf alles aufnahm, wusste er nicht, genauso wenig wie er wusste, ob er nach der Operation überhaupt noch eine Festplatte hatte und falls ja, ob die Informationen noch vorhanden oder alle gelöscht waren. Vielleicht erwachte er ohne jegliche Erinnerung. Vielleicht erwachte er überhaupt nicht mehr. Energisch schob Raix diese Gedanken beiseite. Schritt für Schritt, sagte er sich. Eins nach dem anderen. Auf ihn wartete der Mann, der seinen Kopf kaputt operiert hatte, und wenn Raix sich nicht gewaltig in Kendelbach irrte, hatte dieser Mann den Kopf auf den Scans erkannt.

Er irrte sich nicht.

»Peder Caminada«, begrüßte ihn Kendelbach, nachdem der Pfleger die Tür hinter sich zugezogen hatte. »Ich hätte dich gleich erkennen müssen, nicht erst auf den Bildern deines Kopfs.« Er deutete auf den Stuhl neben seinem Schreibtisch.

Raix blieb stehen.

»So viel Mut hätte ich dir nicht zugetraut.« Kendelbach lachte. »Dummheit war es wohl eher nicht, denn das bisschen Verstand, das da in den Löchern herumschwimmt, hat dich vermutlich zum Schluss kommen lassen, dass dein Hirn und damit auch du ziemlich bald stirbt, falls der Schaden nicht repariert wird.«

»So einen Schaden nennt man einen groben Arztfehler«, antwortete Raix.

»Den man leichter hätte beheben können, wenn du mich früher aufgesucht hättest.« Kendelbach lehnte sich entspannt zurück. »Oder wenn du von Anfang an kooperiert hättest.«

»Bringen Sie es wieder in Ordnung«, sagte Raix.

»Aber natürlich.« Kendelbach lächelte ihn über den runden Besprechungstisch hinweg an. Ein Haifisch, der seine Zähne zeigte. Diethelm lächelte nicht. Nervös trommelte er mit den Fingern auf die Tischplatte. Auf seiner Stirn stand der Schweiß.

»Ich habe meinen Teil der Vereinbarung eingehalten.« Raix glaubte immer noch daran, dass alles gut werden konnte. »Ich habe niemandem etwas verraten.«

Kendelbach nickte zufrieden. »Siehst du«, sagte er zu Diethelm. »Der Junge ist clever.«

»Das kann sich ändern.«

In Raix begann die Angst zu schwingen. »Nein. Ich ...«

»Genau das habe ich versucht«, sagte Raix. »Damals, in Ihrem Büro.«

»Fragst du dich manchmal, wie es ausgegangen wäre, wenn Diethelm nicht die Nerven verloren hätte?«

Am Anfang hatte Raix das getan. Er hatte diesen Augenblick in Kendelbachs Büro wie einen Film in einer Endlosschlaufe immer wieder durch seinen Kopf laufen lassen. Bis er irgendwann einsehen musste, dass es nichts brachte. Die Dinge waren, wie sie waren. Diethelm war in Panik geraten und durchgedreht.

»Er könnte alles ausplaudern, wenn du die Sache ein zweites Mal verbockst.«

Diethelm redete, als sei Raix nicht mit ihnen im selben Raum.

»Stimmt das?«

Kalte Augen sahen Raix an. Haifischaugen über einem Haifischlächeln. Raix fror. In ihm drin explodierte die Angst. Er schnellte hoch und wollte flüchten, doch Diethelm warf sich von hinten gegen ihn.

»Lassen Sie mich los!«, schrie Raix.

Diethelms Arme schlangen sich um seinen Hals, drückten zu. »Von dir lass ich mir mein Lebenswerk nicht kaputt machen.«

»Hör auf!«, rief Kendelbach.

Raix rang nach Atem. Vergeblich. Er schlug mit den Armen um sich, trat nach Diethelms Beinen. Und plötzlich hatte er den Brieföffner in der Hand.

»Ich habe viel Zeit gehabt, um über diesen Brieföffner nachzudenken«, sagte Raix.

»Die Tatwaffe. Ziemlich lange Klinge. Tödlich.«

»Ein Brieföffner liegt auf dem Tisch.«

»Das ist anzunehmen.«

»Ich war schon beinahe bei der Tür. Diethelm hat mich von hinten angegriffen. Ich hatte keine Chance, an den Brieföffner heranzukommen.«

Kendelbach lächelte. »Vielleicht lag er auf dem Sideboard.«

»Vielleicht. Ich habe eine andere Theorie.«

»Lass hören.«

»Sie haben ihn mir in die Hand gedrückt.«

»Wieso sollte ich?«

»Weil Diethelm recht hatte. Ich hätte Sie hochgehen lassen. Alle beide. Selbst wenn Sie mich noch einmal operiert hätten und alles gut gegangen wäre. Weil jemand diesen Wahnsinn stoppen musste. Sie sind nicht Gott, auch wenn Sie das denken.«

Kendelbach hatte Raix geduldig zugehört. »Du warst damals schon naiv. Und du bist es heute noch. Aber du warst derjenige, der Diethelm umgebracht hat.«

Ja, das war er.

Er holte aus und stach zu. Ohne etwas zu sehen. Diethelm in die Seite.

Er hörte einen erstickten Schrei, doch der Griff lockerte sich nicht. Ihm wurde schwarz vor Augen. Mit letzter Kraft stach er erneut zu.

Diethelm röchelte. Dicht an Raix' Ohr. Seine Arme glitten ab. Raix sank zu Boden und rang nach Luft. Neben ihm klammerte sich Diethelm an den Tisch. Fiel krachend zu Boden. Lag auf dem Teppich, zusammengerollt wie ein Embryo, und drückte die Hände gegen seinen Körper. Zwischen den Fingern quoll das Blut heraus.

Raix sah hoch. Der Haifisch stand da und tat nichts. Gar nichts. »Er wird sterben«, sagte er. »Hau ab!«

»Ich habe ihn verletzt. Sie haben ihn sterben lassen.«

»Du hättest dableiben und dich stellen können.«

Raix schüttelte den Kopf. Er hatte Kendelbachs Augen gesehen. »Sie hätten mich getötet und behauptet, es sei Notwehr gewesen.«

Kendelbach schaute auf die Uhr. »Das war ein nettes Gespräch, Peder. Leider bleibt nicht mehr viel Zeit bis zu meinem nächsten Termin. Könntest du also bitte so freundlich sein, mir den Grund für dein Auftauchen zu nennen?«

Raix hatte das Gespräch mit Nathan geübt. Ein Schachspiel, wie das mit der Klinikleiterin. Er hatte anderes vergessen, aber nicht das, was er sagen musste, wenn er es bis zu Kendelbach schaffte.

»Wie Sie so treffend sagten: Mein Hirn und ich werden gemeinsam sterben. Aber wahrscheinlich geht Ihnen das am Arsch vorbei.«

Ein paar Sekunden lang war es totenstill. Dann brach Kendelbach in Gelächter aus. »Ich kann mich erinnern, dass ich deinen Humor schon damals gemocht habe.«

»Und ich kann mich erinnern, dass Sie nichts mehr gehasst haben als Fehler. Ich bin einer Ihrer wenigen Fehler. Vielleicht der einzige. Ich bin hier, um Ihnen die Chance zu geben, diesen Fehler zu korrigieren.«

Diesmal dauerte die Stille noch länger. Raix wusste, dass

er Kendelbach mit diesem Angebot mattsetzte. Der Arzt lebte für das, was er tat. Auf seinem Gebiet hielt er sich für unfehlbar. Bis auf diesen einen Ausrutscher, den er jetzt korrigieren konnte. Kein dunkler Fleck auf dem strahlend weißen Heldenhemd. Reine, göttliche Perfektion.

»Ich könnte dich auf dem Operationstisch sterben lassen.«

»Das werden Sie nicht. Nicht, bevor Sie wissen, ob die Operation erfolgreich war.«

»Kompliment! Keine üble Argumentation, wenn man all die Lücken bedenkt. Du kommst gut vorbereitet.«

»Ich rede mit einem Genie. Alles andere als eine gute Vorbereitung wäre eine Beleidigung. Wie Sie selber sagten: Ihre Zeit ist knapp. Möchten Sie über den Vorschlag nachdenken oder lassen Sie mich gleich beseitigen?«

Raix' Herz klopfte bis ganz weit oben im Hals. Aber er hatte es geschafft. Er hatte gesagt, was es zu sagen gab. Nun lag der Ball bei Kendelbach.

»Weder noch«, antwortete dieser. »Ich habe schon alles für die Operation in die Wege geleitet.«

Damit waren sie zwei, die Schach spielten. Ziemlich ausgeglichen bis jetzt, fand Raix. Er merkte, wie klar sein Kopf plötzlich war. Sogar die Schmerzen waren weg. Was immer sein Körper in dieser Extremsituation freisetzte, es war das Richtige.

»Mein Kollege Altherr wird dich auf die Operation vorbereiten. Jetzt entschuldige mich. Vor dir ist noch jemand dran.«

Am Ende spielten sie alle Schach. Die Owens, Jenkinsons und Kendelbachs dieser Welt. Darauf baute Nathan seine Hoffnung. Egal wie Raix' eingeübtes Gespräch mit Kendelbach verlaufen war, ihnen blieben ein paar Stunden. Raix musste auf die Operation vorbereitet werden und bevor die Nacht anbrach, würde Kendelbach weder illegal operieren noch jemanden beseitigen. Bis dahin hatte Nathan Zeit, ins Untergeschoss zu gelangen.

»Sie können Ihren Patienten jetzt mitnehmen«, sagte die Ärztin zu Gion.

»Ich möchte gerne noch einen Augenblick sitzen bleiben«, bat Nathan. »Mir … mir ist schwindlig.«

Die Ärztin warf einen Blick auf ihre Uhr. »Ich habe leider einen Termin.«

»Gehen Sie ruhig. Ich kann bei ihm bleiben«, bot Gion an.

Nathan wartete, bis die Ärztin die Tür hinter sich zugezogen hatte. Dann begann er, flach und stoßweise zu atmen. »Scheiße, Gion, mir ist schlecht.« Er beugte sich vornüber. »Ich glaub, ich kipp gleich um. Wasser. Bitte.«

Während Gion den Hahn aufdrehte und ein Glas mit Wasser füllte, zog Nathan vorsichtig die Scherbe aus seiner Hosentasche.

»Hier.« Gion kauerte sich mit dem Glas vor ihn hin.

Nathans Kopf schnellte vor. Seine Stirn prallte gegen Gions Nase. Es knackte. Gion ging zu Boden. Nathan warf sich auf ihn und drückte ihm die Scherbe gegen die Halsschlagader. »Keine Bewegung!«, rief er. »Wenn du versuchst, mich zu überwältigen, schlitze ich dich auf. Glaub mir, du hast keine Chance.«

»Kopf drehen.« Gion hustete und spuckte Blut.

»Okay. Aber langsam.«

Nathan sah zu, wie Gion seinen Kopf drehte, damit ihm das Blut nicht in den Rachen rann. Gleichzeitig behielt er die Tür im Auge, obwohl er nicht glaubte, dass der Raum gestürmt wurde. Erst einmal würde der Sicherheitsdienst die Lage checken und versuchen, ihn zu beruhigen, um ihn dann zu überwältigen.

»Er braucht einen Arzt.«

Die ruhige, aber entschiedene Männerstimme schien direkt aus der Wand zu kommen, wahrscheinlich aus einem verborgenen Lautsprecher.

»Schicken Sie die Ärztin, die mich behandelt hat.«

»Sie wird in wenigen Minuten bei Ihnen sein.«

»In einer«, korrigierte Nathan. »Und sie kommt allein. Oder ich schlitze den Mann auf.«

»In Ordnung, Nathan. In Ordnung.« Die Stimme war immer noch ruhig. Tief. Beinahe weich. »Eine Minute.«

Nathan begann, im Kopf die Sekunden zu zählen. Bei fünfundfünfzig ging die Tür auf.

»Ich bin hier, Nathan.« Auch die Ärztin sprach in diesem beruhigenden Ton mit ihm. »Es ...«

»Tür zu! Abschließen!«

Sie tat, was er ihr befohlen hatte, und blieb dann stehen.

»Herkommen!«

Wieder tat sie nur das, was er angeordnet hatte.

»Binden Sie ihm die Hände auf dem Rücken zusammen.«

Diesmal befolgte sie seine Anweisung nicht sofort. »Er benötigt Hilfe«, sagte sie.

»Dann helfen Sie ihm. Aber erst, nachdem Sie seine Hände zusammengebunden haben.«

»Bitte lassen Sie ihn los. Er bekommt kaum Luft.«

Gion röchelte und spuckte erneut Blut.

»Er wird es überleben.«

Die Ärztin kapitulierte. Sie holte Verbandsstoff und wickelte Gions Hände zusammen.

»Jetzt die Beine.«

Als sie fertig war, verlangte Nathan: »Schmerztabletten!«

»Er ...«

»Für mich.«

Sie zog eine Packung aus der Tasche ihres Kittels und hielt sie ihm hin.

»Gion gehört Ihnen. Kümmern Sie sich um ihn.«

Nathan rappelte sich hoch. Er klammerte sich an die Stuhllehne, um nicht zu wanken. Trotz heftigen Schwindels hielt er die Scherbe in die Luft. »Wenn der Raum gestürmt wird, bringe ich jemanden um. Notfalls mich.«

»Niemand wird den Raum stürmen. Aber wir müssen sicher sein, dass es Gion gut geht. Cécille, wie sieht es aus?«

»Er hat eine gebrochene Nase«, antwortete die Ärztin. »Seine Atmung hat sich normalisiert, es geht ihm den Umständen entsprechend gut.«

»Und Ihnen, Nathan?«, fragte die Stimme.

»Bestens.«

Er wankte zum Waschbecken und spülte zwei Tabletten hinunter.

»Warum tun Sie das, Nathan?«

»Falsche Frage.«

»Was wollen Sie?«

»Lift fahren.«

»Lift fahren?«, fragte die Stimme erstaunt. »Wohin?«

»Nicht weit. Ins Untergeschoss.«

Die Antwort ließ auf sich warten. Gions rasselnder Atem war das einzige Geräusch im Raum.

»Nathan, Sie brauchen keine Operation«, meldete sich die Stimme schließlich.

»Habe ich etwas von einer Operation gesagt? Ich will einfach nur Lift fahren. Mit Gion und Cécille.«

»Das geht leider nicht. Wir können Sie nicht in diesen sensiblen Bereich lassen.«

»Ich kann ihm die Scherbe ins Auge rammen. Oder eine Hauptschlagader aufschneiden.«

»Geben Sie uns etwas Zeit.«

»Wollen Sie mir ernsthaft weismachen, dass Sie sich noch nicht in Position gebracht haben?«, fragte Nathan spöttisch.

»Sie wissen, wie das läuft, Nathan. Natürlich sind wir einsatzbereit.«

Natürlich. Aber sie würden nicht stürmen. Solange er in einem Raum voller Messer, Scheren und Spritzen nur mit einer Scherbe herumfuchtelte, setzten sie auf Verhandlungen.

»Zwanzig Minuten«, sagte er. »Dann will ich ungehinderten Zugang zum Lift.«

»Zwanzig Minuten«, wiederholte die Stimme. »Die können wir Ihnen garantieren. Im Gegenzug wären wir Ihnen dankbar, wenn Sie Cécille gehen lassen könnten.«

Das hatte er sowieso vorgehabt, doch sie sollten glauben, gut verhandelt zu haben.

»Verschwinden Sie!«, befahl er der Ärztin.

»Nur wenn Sie mir zusichern, mich wieder hereinzulassen, falls es Komplikationen gibt.«

»Einverstanden.«

»Sie kommen hier nicht raus. Ich an Ihrer Stelle würde aufgeben.«

»Sie sind aber nicht an meiner Stelle.«

Er schaute ihr nach, wie sie zur Tür ging. Kein Schlüsselloch. Keine Möglichkeit, sich einzuschließen. Einzig den guten alten Stuhl, den man unter die Klinke schieben konnte. Bei einer gewaltsamen Stürmung würde das nichts bringen. Für den Augenblick reichte es, denn solange er Gion nichts weiter antat, würden sie ihn gewähren lassen.

Nathan rückte einen Stuhl unter die Klinke. Danach suchte er ein Gerät, das Lärm machte. Beim Anblick des Radios auf dem Schreibtisch der Ärztin musste er grinsen. Jede Wette, dass sie es einschaltete, wenn sie privat telefonierte?

Ein paar Minuten später saß er neben Gion, an die Wand gelehnt, unter der Liege, die als Sichtschutz diente, das Radio aufgedreht, damit niemand mithören konnte.

»Tut mir leid«, sagte er leise. »Es musste echt aussehen. Geht's?«

»Was soll das?«, stöhnte Gion.

»Wo ist dein Handy?«

»Linke vordere Hosentasche.«

Nathan zog es heraus. Das Display war schwarz.

»Deaktiviert«, keuchte Gion. »Machen die immer in solchen Fällen.«

»Ich bin nicht der Einzige?«

Gion schüttelte vorsichtig den Kopf. »Extremsituationen. Da rasten die Leute schon mal aus.«

»Wird die Polizei eingeschaltet?«

»Nur im äußersten Notfall. Die Klinik regelt das lieber intern.«

»Gibt es ein vereinbartes Zeichen, auf das hin der Raum gestürmt wird?«

»Ja.«

»Verrätst du es mir?«

»Nein. Nicht, solange ich nicht weiß, was das soll.«

Nathan reichte es, zu wissen, dass es ein Zeichen gab. Er bohrte nicht weiter nach.

»Was tun wir jetzt?«, fragte Gion.

»Reden.«

»Ich nehme an, es geht nicht um Schneeengel.«

Der Mann hatte selbst jetzt Humor. Nathan fragte sich, auf welcher Seite er am Ende stehen würde.

10.

Ayden steckte sein Handy ein. DeeDee und Kata waren unterwegs. Auf dem See drehten die letzten Eisläufer noch immer ihre Runden, während Henriette auf einer Sitzbank ihre Schlittschuhe auszog und in Stiefel schlüpfte, die ihn an Eskimos erinnerten. Mit übertriebener Lässigkeit schlenderte ihr Betreuer von seinem Aufsichtsposten zu ihr hinüber. Sie sagte etwas zu ihm, worauf er den Kopf schräg legte, erst auf die eine, dann auf die andere Seite. Schlussendlich nickte er. Henriette wirkte zweifellos auf Männer. Ayden hatte sie jedoch nicht bezirzt, sondern schlicht umgefahren und sich dann wortreich bei ihm entschuldigt, vor allem, als sie bemerkt hatte, dass er auf sein verletztes Handgelenk gestürzt war. Mitten in all den Entschuldigungen hatte sie ihm zugeflüstert, im Café auf sie zu warten. Kurz danach stürzte sich Nathan vom Balkon. Ein klares Alarmsignal.

Jetzt, fast eine nervenaufreibende Stunde später, betrat Henriette mit der Erlaubnis ihres Betreuers das Café und setzte sich zu Ayden an den Tisch.

»Das mit deiner Hand tut mir wirklich leid. Ist es schlimm?«

»Nein.«

»Lügner.« Sie warf einen Blick auf die Getränkekarte. »Aber ein charmanter.«

»Na ja, das nächste Mal könnten Sie mich vorwarnen.«

»Ich werde es mir merken.« Henriette winkte die Bedienung heran und bestellte einen Cappuccino. »Ich brauchte einen Grund für Davide, dich auf einen Entschuldigungsdrink einzuladen.« Sie zeigte zum See hinüber, wo der Mann mit der nicht ganz so coolen Lässigkeit wieder am Ufer stand und seine Schützlinge im Auge behielt. »Wir haben eine Viertelstunde.«

»Gehören Sie zu Henry?«

Ein vielsagendes Lächeln umspielte ihre Lippen. »Wir sollten die Zeit besser nutzen. Raix hat heute Nachmittag einen Termin. Dein Freund Nathan hat uns ein deutliches Zeichen gegeben. Er versucht, in Raix' Nähe zu gelangen.«

Die Bedienung näherte sich mit dem bestellten Cappuccino ihrem Tisch. Ayden wartete mit seiner nächsten Frage, bis sie außer Hörweite war.

»Wie nahe kommen Sie da drin an Nathan und Raix heran?«

»Etwas näher als ihr, aber nicht viel. Diese Klinik kann es mit jedem Hochsicherheitstrakt aufnehmen.«

Ayden blieben gute zehn Minuten, so viel wie möglich darüber herauszufinden. »Wie funktioniert die Überwachung?«

»Sie ist total. Kameras, Abhörgeräte, Begleiter und Aufpasser für jeden Gast, wie sie ihre Patienten nennen.«

»Überall?«, fragte Ayden fassungslos.

»Beinahe. Ausgenommen Bad und Toiletten, dort filmen sie nicht, aber es gibt Mikrofone.«

»Was passiert nachts?«

»Infrarot. Nathan hat's erwischt, als er das getestet hat. Es existiert ein nicht gerade jugendfreier Film darüber.«

»Sie haben ihn gesehen?«, fragte Ayden beeindruckt und erstaunt zugleich. Henriette schien keine Limits zu kennen, die nicht überwunden werden konnten.

»Keine Bange, es war keine allgemeine Vorführung, sondern eine private.«

»Dann waren Sie … dann haben Sie …« Ayden geriet ins Schleudern und merkte, wie er rot anlief.

Henriette lachte. »Nicht, was du denkst. Er ist nicht meine Altersklasse.«

»Wer hat Ihnen den Film gezeigt?«

»Doktor Samuel Altherr.«

»Einer der Ärzte?«

»Mein Arzt und gleichzeitig der Arzt deines Freundes Raix. An andere Patienten heranzukommen, ist schwierig. Also habe ich mich auf das Personal konzentriert. Doktor Altherr ist ein durchtriebener, intelligenter Mann. Er hat das Überwachungssystem ausgetrickst. Zumindest teilweise. Und er ist ein eitler Geck, der gerne prahlt. Mit dem Film wollte er mich beeindrucken.«

Diese Frau, die den Namen einer Toten trug und Dinge tat, die man sonst nur dem Geheimdienst nachsagte, wurde Ayden von Minute zu Minute unheimlicher.

»Wie sind Sie auf die Klinik und Altherr gekommen?«

»Mit ähnlichen Mitteln, wie ihr Verbrechen und den Menschen dahinter auf die Spur kommt, Ayden. Wir hacken uns in Systeme und haben unsere Quellen.«

»Wir?«

»Wir. Wie gesagt, wir sollten die Zeit besser nutzen, als über mich zu sprechen.«

Ayden versuchte nicht weiter, hinter Henriettes Identität zu kommen. Er würde nichts über sie erfahren, sondern nur wertvolle Minuten verschwenden. »Uns ist es nicht gelungen, die Computer in der Klinik zu knacken«, gestand er.

»Uns auch nicht«, erwiderte sie mit entwaffnender Ehrlichkeit. »Wir haben deshalb die Angestellten unter die Lupe genommen.«

»Dabei ist Altherr in Ihrem Netz hängen geblieben.«

»Und wie!«

»Als Einziger?«

»Nicht als Einziger, aber als jener, den ich aufgrund seiner Charaktereigenschaften am schnellsten für mich gewinnen konnte.«

Am Seeufer schaute Davide ungeduldig auf die Uhr. Ayden musste sich beeilen. »Was wissen Sie über das Untergeschoss?«

»Es gibt eine offizielle und eine inoffizielle Abteilung. Die inoffizielle besteht aus zwei Teilbereichen. Im einen führen zwei Ärzte Operationen durch, die nirgendwo sonst gemacht werden.«

»Altherr und der Arzt, der Raix damals operiert hat.«

»Genau. Altherr ist für die einfacheren Eingriffe zuständig. Die komplizierten übernimmt Lorenz Kendelbach. Ein Genie.« Henriette sagte es ohne Ironie und voller Bewunderung. »Vorwiegend am Hirn. Das ist ihr Spezialgebiet, auf dem sie forschen.«

»Der zweite Teilbereich.«

»Der zweite Teilbereich«, bestätigte sie. »Mit großer Wahrscheinlichkeit gibt es im Untergeschoss der Klinik aus dem Fels gehauene Räume, in denen Apparaturen und Geräte stehen, die die Welt noch nicht gesehen hat.«

»Wie gelangt man in diesen inoffiziellen Trakt?«

»Mit einem Lift. Er führt in den offiziellen Teil des Untergeschosses. Von dort muss es einen Zugang zum geheimen Trakt geben. Ich vermute, dass weitere Eingänge existieren.«

»So etwas kann man unmöglich geheim halten!«, wandte Ayden ein.

»Die Patienten unterschreiben Verträge. Das reicht jedoch nicht. Die Klinik hat sie in der Hand. Wo permanent gefilmt und überwacht wird, gibt es genügend Material, das Menschen zum Schweigen bringen kann. Wie den Film über deinen Freund. Die meisten wollen aber gar nicht reden. Sie sind froh, die Klink geheilt zu verlassen und ein normales Leben führen zu können. Über das, was sie hinter sich haben, sprechen sie nicht. Es wäre zu beschämend für sie.«

»Es kann auch mal was schiefgehen.«

»Dann haben sie einen Unfall. Oder begehen Selbstmord.« Die Ironie in Henriettes Stimme war nicht zu überhören. »Wie Marie-Claire Durant, die Frau, die im Eis eingebrochen ist.«

»Mord?«

»Ich denke eher, sie wollte auf die Machenschaften in der Klinik aufmerksam machen. Ich bin sicher, dass sie einen Abschiedsbrief geschrieben hat.«

»Der nie aufgetaucht ist.«

»Ja.« Henriette trank den letzten Schluck ihres Cappuccino. »Zurück zu deinen Freunden. Kendelbach muss Raix spätestens anhand seiner Hirnscans erkannt haben. Wahrscheinlich wird er ihn heute Nacht operieren. Ist Patrizia Winkler informiert?«

»Sie weiß, was sie wissen muss. Mehr nicht. Die Flucht ist organisiert. Wenn alles rundläuft, brauchen wir sie nicht.«

»Du hoffst immer noch auf ein Wunder?«

Die Anteilnahme in ihrer Stimme überraschte ihn.

»Wir müssen Raix diese Chance geben.«

»Ihr seid euch bewusst, wie klein sie ist?«

»Wir haben Leute, die uns helfen, in die Klinik zu gelangen und Raix und Nathan nach der Operation von dort wegzuschaffen.«

»Aber keinen wirklichen Plan.«

Ayden wich ihrem Blick aus und schaute aus dem Fenster. Davide stand nicht mehr am Ufer des Sees, sondern kam auf das Café zu.

»Ich werde tun, was ich kann«, versprach Henriette. »Danke.«

»Bedank dich, wenn es vorbei ist. Ich nehme an, irgendwo steht ein Helikopter bereit. Fliegt Peter ihn?«

Diese Frau war wirklich unheimlich. Es schien nichts zu geben, was sie nicht wusste!

»Hätte er noch Platz für einen zusätzlichen Passagier?«

Es dauerte ein paar Sekunden, bis Ayden begriff, dass sie von sich sprach. »Sagen Sie einem von uns Bescheid, wenn Sie mitfliegen wollen.«

Hinter Henriette tauchte ihr Aufpasser auf. »Darf ich Sie bitten?«

»Gerne.« Sie legte kurz ihre Hand auf die von Ayden. »Wenn ich dir einen privaten Rat geben darf: Die Liebe sollte man festhalten, wenn man sie gefunden hat.«

»Henriette!«, tadelte Davide sie mit einem aufgesetzten Lächeln. »Ich dachte, Sie wollten sich nur schnell entschuldigen.«

»Nun, ja. Das wollte ich«, antwortete sie scheinbar verlegen. »Doch der junge Mann hat ein kleines Problem mit seiner Freundin und ich dachte …« Sie schaute Ayden an. »Es tut mir leid. Ich wollte mich nicht einmischen.«

Verlass dich auf mich, sagte ihr Blick.

Hast du die Schneeschuhaktion in die Schlucht so geplant?«, fragte Nathan.

Gion stöhnte. Aus seiner Nase floss kein Blut mehr, doch sie war stark angeschwollen. »Ist das die Rache dafür? Ein bisschen viel Drama und Action.«

»Ja oder nein?«

Das Radio spielte einen unglaublich nervigen Popsong.

»Dir sollte nichts passieren. Ihr wärt vor der ersten gefährlichen Stelle umgekehrt. Weil du Janis von seinem Vorhaben abgehalten hättest.«

Nathan legte den Kopf in den Nacken und atmete tief aus. Er fühlte, wie er ruhiger wurde. Er hatte sich nicht in Gion geirrt. »Du wusstest nichts vom Trainer.«

»Nein.« Gion tastete vorsichtig seinen Nasenrücken ab. »Ich wollte die Mauer durchbrechen, die du um dich gebaut hast. Nathan, was tun wir hier?«

»Ich brauche deine Hilfe.«

»Wobei?«

»Ich muss in den geheimen Trakt.«

Gion hustete. »Es gibt keinen geheimen Trakt!«

»Aber so was wie eine dritte Kategorie.«

»Herrgott noch mal, ja! Glaub mir, du bist kein Fall für diese Kategorie. Sie würde dich zerstören.«

»Ich bin schon kaputt, Gion. Das macht mich zum idealen Kandidaten.«

»Vergiss es! Was wir da unten machen, ist eine moralische und ethische Gratwanderung, aber nicht verboten. Manchmal bleibt nur diese Möglichkeit. Die Abteilung liegt im Untergeschoss. Sie ist nicht geheim, sondern nur ... exklusiv.«

»Nettes Wort, Gion. Exklusiv. Und wer die Goldkarte hat, kommt in den illegalen Trakt dieser Abteilung.«

»Es gibt keinen ...« Entnervt brach Gion ab.

Der Song näherte sich seinem Ende.

»In dieser Klinik geschehen Dinge, die weit über das hinausgehen, was du als ethische und moralische Gratwanderung bezeichnest. Glaub mir. Keine Ahnung, wie die das machen, wo diese Räume genau sind, und wer Bescheid weiß. Aber es passiert. Ich will keine Operation. Ich will das beenden. Und dazu brauche ich dich.«

Ein neuer Song. *Heavy Cross* von *Gossip*. Ziemlich passend, fand Nathan. »It takes two«, sagte er.

»Was?«

»Es braucht zwei dazu. Ist eine Zeile aus dem Song. Kommt erst später.«

»So lange hast du nicht. Ein ganzes Lied, ein angebrochenes und vorher schon etwas Zeit aufgebraucht. Die zehn Minuten müssen gleich um sein.«

»Ich habe ihnen zwanzig gegeben.«

»Von denen spreche ich nicht. Ich rede von den In-Sicherheit-wiegen-zehn-Minuten. Wenn einer von euch durchdreht, ist er am Anfang extrem nervös und unberechenbar. Wir sind darauf trainiert, euch zu beruhigen, euch das Gefühl zu geben, verstanden zu werden, oder eben, euch in Sicherheit zu wiegen. In einfacheren Fällen dauert das knappe zehn Minuten.«

»Ich bin ein einfacher Fall?«

»Die Verletzung, die du mir beigebracht hast, ist nicht schwer. Du redest in normalem Ton mit mir. Was du sagst, können die nicht hören, sonst wäre es schon längst vorbei.«

»Vorbei? Was wird passieren, Gion?«

»Sie werden ein Gas ins Zimmer leiten. Wir sind innerhalb von wenigen Sekunden bewusstlos.«

Nathan stieß die Liege mit den Füßen beiseite. Gleichzeitig presste er Gion die Scherbe an den Hals. »Keine Tricks!«, rief er. »Ich bin schneller, als ihr mich ausschalten könnt.«

»Ganz ruhig, Nathan«, klang es aus dem verborgenen Lautsprecher.

»Ich bin ruhig.« Nathan ritzte Gions Haut hinter dem Ohr, dort, wo kein Bart das Blut verdeckte, das aus dem Schnitt perlte. »Es wird noch viel stärker bluten, wenn ihr versucht, mich auszuschalten.«

Nathan drückte die Scherbe etwas tiefer in Gions Haut. Das Blut perlte nicht mehr, es floss über den Hals, in Gions Kragen und färbte ihn rot. Es wurde still. Die Sekunden zogen sich in die Länge.

»Einverstanden. Sie können Lift fahren. Aber ohne Gion.«

»Er fährt mit.«

»Nein.«

»Darüber verhandle ich nicht. Ich verhandle überhaupt nicht mehr. Schalten Sie Gions Handy ein.«

»Das …«

»Schalten Sie es ein!«

I trust you, beendete Beth Dito den Song. Nathan machte das Radio aus.

»Wenn du jemanden anrufst, stürmen wir. Ohne Rücksicht auf Verluste.«

Die Zeit der Höflichkeiten schien vorbei, die Geduld aufgebraucht. Der Mann hatte zum Du gewechselt, der Ton seiner Stimme war hart geworden.

»Schalt das Handy ein«, antwortete Nathan genauso hart. »Du hast zehn Sekunden.«

Er begann, von zehn rückwärts zu zählen.

Bei zwei leuchtete das Display des Handys auf.

»Geht doch. Und jetzt lad mir die Karte mit der Position deiner Männer hoch.«

Nathan hielt das Handy so hin, dass Gion es auch sehen konnte. Kurze Zeit später erschien eine Karte. Sie zeigte die Gänge und Zimmer der medizinischen Abteilung. Dort, wo sich Menschen aufhielten, leuchteten rote Punkte. Zwei dieser Punkte waren Nathan und Gion. Vor ihrer Zimmertür und im Flur befanden sich sechs weitere rote Punkte.

»Nathan, geben Sie auf.« Eine neue Stimme, die einer Frau. Nathan erkannte sie. Es war die von Ursina Derungs.

»Ich rede nur mit dem Boss der Einsatztruppe.«

»Du hast keine Chance«, meldete sich der Mann.

»Lass das mein Problem sein. Zieh deine Leute ab. Alle.«

Die roten Punkte entfernten sich von der Tür.

»Hinter die Kontrollschleuse!«, befahl Nathan.

Erst als sich auch der letzte Mann weit genug zurückgezogen hatte, legte er das Handy auf die Liege und löste den Verband um Gions Beine.

»Steh langsam auf.«

Gion streckte seine Beine durch. Ein leises Zischen setzte ein. Es kam nicht aus den Lautsprechern.

Das Gas!

Nathan packte das Handy und hielt die Luft an. Ihm blieben nur wenige Sekunden. Er rannte zur Tür. Dort kickte er den Stuhl weg. Die Klinke! Seine Augen tränten. Halb blind riss er die Tür auf und taumelte in den Flur. Er hatte sich die Position des Lifts eingeprägt, aber sie nützte ihm nichts. Nicht ohne Geisel. Auf dem Handy ging das Display aus. Hinter ihm stürzte sich Gion in den Gang.

»Renn!«, keuchte er. »Lift.«

Nathan wischte sich die Tränen aus den Augen. Gemeinsam mit Gion rannte er den Flur entlang. Als sie den Lift beinahe erreicht hatten, stellte sich ihnen ein Mann in einem weißen Kittel in den Weg. Ein Stich fuhr durch Nathans Oberschenkel. »Samuel!«, drang Gions Stimme wie durch einen Tunnel zu ihm durch. »Was tun Sie da?«

»Er braucht Hilfe. Ich bringe ihn nach unten.«

Die Worte hallten durch Nathans leeren Kopf.

»Unten?« Seine Zunge fühlte sich bleischwer an. Der Flur neigte sich zur Seite. Wie ein Betrunkener wankte Nathan auf eine silberne Tür zu. Sie öffnete sich. Eine Frau und ein Mann standen mit dem Rücken zu Nathan in einer glänzenden Kabine. Sie stiegen nicht aus, wahrscheinlich, weil auch sie ins Untergeschoss wollten. Hinter ihm schrie Gion etwas. Die beiden Passagiere drehten sich um. Gion schrie weiter. Nathan verstand ihn nicht. Er hatte nur Augen für die Passagiere. Zoe und Caleb. Er taumelte ihnen entgegen. Im Lift fiel er auf die Knie. Der Aufprall tat nicht weh, weil er seine Beine nicht mehr fühlen konnte. Die Taubheit breitete sich rasend schnell aus, erfasste seine Arme, seinen ganzen Körper. Es war in Ordnung. Zoe und Caleb waren bei ihm. Er fühlte nicht, wie sein Kopf hart auf dem Boden aufschlug. Das Letzte, was er sah, bevor er das Bewusstsein verlor, waren vier Füße. Zwei in teuren Schuhen unter weißen Hosen. Und zwei, die ihn an einen Yeti erinnerten.

DeeDee parkte den Wagen vor einem Gebäude, das aussah, als ob es einzig dafür gebaut worden wäre, dem Architekten Preise einzubringen. Es hob sich in Form und Material von den chaletartigen Häusern ab und fügte sich dennoch nahtlos in das Dorfbild ein.

»Was machen wir hier?«, fragte Kata.

»Uns mit Ayden treffen.«

»Nicht im Hotel?«

»Er meinte, die Wohnung sei sicherer.«

»Welche Wohnung?«

»Na die von Lynn Furrer.«

Katas Verwirrung löste sich auf wie die Nebelschleier, die durch das Tal gezogen waren. Lynn. Natürlich! Die Frau, bei der Ayden die Nacht verbracht hatte. Die Frau mit dem guten Aussehen, den Grübchen in den Wangen, dem hellen Lachen, der Selbstsicherheit, dem Humor, der Schlagfertigkeit …

»Kata?«

Sie zuckte zusammen. DeeDee stand im Eingang und hielt ihr die Tür auf. Kata hatte keine Ahnung, wie lange schon.

»Oberstes Stockwerk«, sagte DeeDee.

Kata ignorierte den Lift und nahm die Treppe. Wenn sie Lynn gegenüberstand, wollte sie einen Grund für ihren roten Kopf haben.

Lynn wartete an der Wohnungstür auf sie. Sie trug Jeans und einen weiten Pullover, ihre blonden Haare waren zu zwei Zöpfen geflochten. »Kommt rein.« Sie wich etwas zurück, damit Kata und DeeDee an ihr vorbeigehen konnten. »Es sind alle da. Ihr seid die Letzten.«

Ein paar Schritte hinter Lynn stand Ayden, die linke Hand tief in der Tasche vergraben, die rechte an den Körper gepresst, das Gesicht blass und angespannt.

»Hallo, Kata«, begrüßte er sie heiser.

»Hallo.«

»Oha!«, meinte DeeDee. »Immer noch Eiszeit?« Dann ging er mit ausgebreiteten Armen auf Ayden zu. Im letzten Moment stoppte er. »Was ist mit deiner Hand?«

»Verstaucht.«

Statt Ayden zu umarmen, klopfte ihm DeeDee auf die Schulter. »Schön, dich zu sehen, mein Freund.«

»Gleichfalls. Hast du die Papiere?«

»Sind im Wagen. Igor hat sich selbst übertroffen. Sie sehen perfekt aus.«

»Die Unterschrift?«

»Nicht, dass ich übertreiben will ...« DeeDee grinste. »Aber die ist ebenfalls perfekt. Ich fürchte nur, Grace wird mich feuern, wenn sie das rausbekommt.«

Die Papiere waren Teil von DeeDees Plan, der Schlüssel zum Tor der Klinik.

»Ein Vertrag für Nathan«, hatte er Kata während der Fahrt erklärt. »Ein Millionendeal, der nur gilt, wenn Nathan ihn unterschreibt. Die müssen mich einfach auf das Gelände lassen.«

»Und wie willst du Nathan und Raix aus der Klinik bringen?«

»Nathan wird sich mit Raix zum Wagen durchschlagen.«

»Zum Wagen durchschlagen?«, hatte Kata entgeistert gefragt.

»Na ja, entweder schleichen oder notfalls mithilfe von Gewalt.«

»Du meinst, den Weg freischießen oder so? Mit einem frisch operierten Kopf?«

DeeDee hatte entschuldigend mit den Schultern gezuckt. »Klingt ganz schön irre, ich weiß.«

Bis jetzt hatte Kata ihr Gespräch mit Patrizia Winkler tief bereut. Nun war sie froh, es geführt zu haben.

»Lasst uns ins Wohnzimmer gehen«, schlug Lynn vor.

Als wäre das eine Party! Mit ihr als Gastgeberin. Vielleicht gab es ja irgendwelche Häppchen zu essen. Würde zu der teuren Wohnung passen. Kata lag eine bissige Bemerkung auf der Zunge, doch Ayden kam ihr zuvor.

»Gute Idee«, antwortete er, ganz der höfliche Gast.

»Sie kommt nicht mit.« Kata zeigte auf Lynn.

Ayden nahm sie am Arm und zog sie ein Stück von den anderen weg. »Da drinnen warten Chao und Janis. Deine Freunde. Ich traue ihnen. Also trau du auch meinen Freunden«, flüsterte er ihr ins Ohr.

»Habe ich eine Wahl?«

»Nein.« Er ließ sie stehen. »Komm!«, sagte er zu DeeDee. »Ich stelle dir unsere Mannschaft vor.«

Das dämliche Lächeln, mit dem DeeDee Lynn ansah, sprach Bände. »Ist mir eine Ehre. Nach dir.«

Die beiden verschwanden durch die offene Tür. Ayden wartete. Wortlos ging Kata an ihm vorbei. Sie begrüßte Chao und Janis mit einem Kopfnicken, ignorierte die beiden leeren Plätze auf der Sitzgruppe und lehnte sich an die Wand. Zu ihrer Überraschung setzte sich Ayden nicht zu Lynn, sondern stellte sich neben sie, darauf bedacht, genügend Abstand zwischen ihnen zu lassen. Ganz im Gegensatz zu DeeDee, der näher zu Lynn heranrutschte.

»Danke, dass ihr hier seid«, begann Ayden. »Ich denke, bevor wir entscheiden, wie wir vorgehen wollen, sollten wir alle auf demselben Wissensstand sein. Janis, es geht nicht nur um Nathan MacArran, sondern auch um jemanden, den du als Richard William James Felix Ormond kennst.«

»Der arrogante Kotzbrocken?«

»Raix ist kein …«

»Er spielt eine Rolle, Kata«, fiel Ayden ihr ins Wort.

DeeDee grinste sie an. »Die beiden fanden den Namen witzig.«

Kata stand der Sinn nicht nach Humor. Statt sich dämliche Namen auszudenken, hätten die beiden besser etwas genauer darüber nachgedacht, was sie eigentlich taten!

»Raix ist unser Freund«, erklärte Ayden Janis. »Wir vermuten, dass er heute Nacht in einem illegalen Trakt der Klinik operiert wird. Danach muss er verschwinden, denn er wird von der Polizei gesucht. Nathan wird ihm dabei helfen, DeeDee wird die beiden abholen. Das ist der Plan.« Er schaute DeeDee an. »Das war der Plan. Falls man das einen Plan nennen kann. Am Ziel unseres Einsatzes hat sich nichts geändert. Raix und Nathan müssen aus dieser Klinik raus. Aber wir sind jetzt mehr Leute. Und damit erhöhen sich unsere Chancen.«

»Wann geht's los?«, fragte Chao.

»Voraussichtlich in den nächsten paar Stunden. Deshalb seid ihr hier. Raix ist mit ziemlicher Sicherheit schon im Untergeschoss, Nathan versucht, sich zu ihm durchzuschlagen. Janis, weißt du dazu mehr?«

»Es gab heute Nachmittag einen Alarm in der medizinischen Abteilung. Ich habe mir nichts dabei gedacht, denn das passiert häufiger.«

»Hat man euch gesagt, weshalb der Alarm ausgelöst wurde?«

Janis schüttelte den Kopf. »Ich habe mich umgehört. Es gab Gerüchte, dass Nathan seinen Therapeuten als Geisel genommen hat.«

»Er hat sich eine Geisel genommen? Krass.« Chao spielte nervös mit einer seiner Haarsträhnen. »Wo ist er jetzt?«

»Sie haben ihn in ein Krankenzimmer gebracht«, antwortete Janis. »Zumindest ist es das, was man sich erzählt.«

»Wo?«

»Im Untergeschoss.«

»Und wo ist Raix?«

»Wenn unsere Quelle in der Klinik recht hat, ist er ebenfalls im Untergeschoss, in einem geheimen Trakt«, sagte Ayden. »Dort wird er auch nicht mehr herauskommen, denn wenn Kendelbach ihn untersucht hat, hat er ihn erkannt. Ihn oder das Chaos in seinem Kopf. Er kann Raix nicht davonkommen lassen. Deshalb sind wir auch so sicher, dass er ihn heute operieren und dann verschwinden lassen will.«

»Redest du von Doktor Lorenz Kendelbach?«, fragte Lynn, die bis jetzt nur zugehört hatte.

»Kennst du ihn?«

»Ich habe ihn schon gesehen. Er arbeitet einmal die Woche ehrenamtlich im gleichen Krankenhaus wie meine Mutter.« Sie schüttelte ungläubig den Kopf. »Ihr müsst euch irren. Lorenz ist ein angesehener Arzt. Er würde keine illegalen Operationen durchführen. Und schon gar keine Leute verschwinden lassen.«

In Kata explodierte der Zorn, den sie mühsam heruntergeschluckt und im Zaum gehalten hatte. »Ein sicherer Ort. Diese Wohnung!«, fuhr sie Ayden an. »Und ach ja, ich soll deiner Freundin trauen. Wie du. Nur weil du … Ich muss hier raus.«

Sie flüchtete nach draußen, auf den Parkplatz. Weit unter ihr lag die Klinik. Durch die unzähligen Fenster fiel Licht, Laternen leuchteten den Park aus. Was sonst wunderschön aussah, wirkte jetzt bedrohlich. Hinter der Märchenfassade kämpften Nathan und Raix ums Überleben, während ihr und Ayden alles entglitt.

Hinter ihr fiel eine Tür ins Schloss, Schritte kamen näher. Kata drehte sich nicht um.

»Hey«, sagte eine Stimme in ihrem Rücken.

»Was willst du, Lynn?«

»Ich werde euch nicht verraten. Nur weil ich den Mann kenne, muss ich ihn weder mögen, noch schützen, noch verteidigen.«

»Dann ist ja gut.«

Und jetzt hau ab und lass mich in Ruhe, dachte Kata, doch Lynn blieb neben ihr stehen. Sie hatte auch nicht den Nerv, einfach ruhig zu sein, sondern redete weiter. »Weißt du eigentlich, dass Ayden völlig verrückt nach dir ist?«

Wenn das eine Art Entschuldigung für letzte Nacht war, konnte Kata darauf verzichten.

»Er hat im Gästezimmer geschlafen. Allein. Ich dachte, das solltest du wissen, bevor du das nächste Mal vor seinen Augen eine Bar mit einem anderen verlässt.«

Die Lichter der Klinik verschwammen vor Katas Augen.

»Danke«, sagte sie leise, als sie wieder reden konnte. Doch Lynn war nicht mehr da, um es zu hören. Kata blieb in der Kälte stehen. In ihr drin wurde es wärmer. Und klarer.

Zurück in der Wohnung, ging sie direkt auf Ayden zu. Die Gespräche verstummten kurz, ein paar verstohlene Blicke fielen auf sie, dann stieg der Lärmpegel an. Nur Ayden schaute ihr direkt in die Augen. »Es tut mir leid«, flüsterte sie. Und meinte alles. Außer dem Kuss. Sie konnte in Aydens Gesicht lesen wie in einem Buch. Es tat weh, auf eine gute Art. Kata ließ es zu und verschloss sich dem, was sich ihr auftat, nicht länger.

»… beim Haupteingang«, hörte sie DeeDee von weit her sagen.

Zum Glück schien er es nicht eilig zu haben, aus Lynns Nähe zu verschwinden. Er fasste für Kata noch einmal zusammen, was sie verpasst hatte. Es klang beinahe wie ein vernünftiger Plan.

»Was ist mit Patrizia Winkler?«, fragte Ayden, als DeeDee fertig war und seine Hand die von Lynn gefunden hatte.

»Sie rechnet mit einem Anruf«, antwortete Kata. »Allerdings erst in den nächsten Tagen, aber ich denke, wenn es schneller gehen muss, wird sie auch schneller hier sein.«

»Nur um sicherzugehen, dass ich das richtig verstehe«, meldete sich Janis. »Ihr glaubt wirklich, dass Kendelbach euren Freund operiert? Es wäre viel einfacher für ihn, ihn vorher umzubringen oder während der Operation sterben zu lassen. Oder ihn bei der Polizei anzuzeigen.«

»Nathan wird das verhindern. Er hat es Raix versprochen.«

»Und wenn nicht?«

»Dann sterben beide.«

»Ihr könnt doch nicht ...«, begann Lynn.

DeeDee ließ ihre Hand los. »Wir sind hier, um die beiden rauszuhauen, sobald die Operation vorbei ist. Zu nichts anderem. Ist das klar? Das ist der Deal oder keiner. Wer nicht damit leben kann, sollte jetzt gehen.«

Chao nickte beklommen.

Janis stellte seine leere Bierflasche auf den Fenstersims hinter ihm. »Bin dabei. Hat jemand einen Kaugummi? Es macht sich schlecht, wenn ich im Dienst nach Bier rieche.«

»Hast du denn Dienst?«

»Keinen offiziellen. Aber ich geh ab und zu abends in die Klinik und erledige administrativen Kleinkram. Es wird also nicht auffallen, wenn ich heute noch einmal auftauche.« Er schüttelte den Kopf. »Mann, ich wusste, dass da Dinge laufen, über die niemand spricht. Doch das ist einfach nur ... nur ... Leute, ihr könnt auf mich zählen.«

Nachdem er die Wohnung verlassen hatte, wurde es still. Jeder hing seinen eigenen Gedanken nach. Bis Aydens Handy klingelte und sich Henriette meldete. Er schaltete auf Lautsprecher. »Die Bilder«, sagte sie. »Sie gehen mir einfach nicht mehr aus dem Kopf. Mein Mann hat beide in den Keller gebracht.«

»Sind sie denn dort gut aufgehoben?«, fragte Ayden.

»Er denkt schon. Ich bin mir nicht ganz sicher. Ich glaube, sobald ich wieder zu Hause bin, gehe ich nachsehen.«

»Das ist eine gute Idee. Und melden Sie sich einfach bei mir, wenn es Probleme gibt.«

»Danke. Das werde ich gerne tun. Ich muss jetzt auflegen.«

Sie unterbrach die Verbindung. Wenn jemand in der Klinik das Gespräch mitgehört hatte, fand er es höchstens albern, dass jemand ein eingeschmuggeltes Handy für einen solch banalen Anruf nutzte.

»Ich habe Angst, die beiden zu verlieren«, gestand Ayden.

»Das haben wir doch schon«, sagte Kata. »Raix wird ohne Operation sterben und Nathan wohnt in der Hölle. Wenn wir sie zurückhaben wollen, müssen wir sie ihr Ding durchziehen lassen.«

11.

Nathan erwachte in einem Bett. Statt auf eine Fensterfront wie in seinem Zimmer blickte er auf einen riesigen Bildschirm. Nirgends gab es Scheiben. Er war im Untergeschoss! Sein Blick schweifte weiter. Keine Überwachungskameras. Ein Stuhl neben dem Bett. Auf dem Stuhl saß ein Bär mit einer geschwollenen, schiefen Nase und blutiger Kleidung.

»Wie lange war ich weg?«

»Beinahe zwei Stunden.«

Nathan schoss hoch und legte sich gleich wieder hin.

»Langsam.« Gion schüttelte den Kopf. »Du bist, wo du hinwolltest. Wozu die Eile?«

Die Wörter kamen mit Verzögerung bei Nathan an, der damit beschäftigt war, das Gleichgewicht zu finden. Sogar im Liegen schien es sich verschoben zu haben. »Scheiße, was war das für ein Zeug?«, fragte er.

»Mach dir keine Hoffnungen. Ist die hauseigene Betäubungsdroge«, antwortete Gion ohne jeglichen Anflug von Humor in seiner Stimme.

»Wieso bist du noch hier?«

»Nennen wir es Freiwilligenarbeit.«

Gion verschränkte seine Arme und sagte irgendwas, das Nathan nicht verstand. Sein Blick klebte an Gions Armen. »Wer hat dich losgebunden?«

»Altherr.«

»Der Doc, der mich im Lift mitfahren lassen hat?«

»Genau der.«

»Warum?«

»Er fand es das Beste, dich für eine Weile ruhigzustellen. Ich habe den Hütejob übernommen.«

»Obwohl ich dir die Nase gebrochen habe?«

»Das war tatsächlich nicht gerade vertrauensbildend.«

»Du bist trotzdem hier.«

»Wenn ich es nicht gemacht hätte, dann einer vom Sicherheitsdienst.« Gion verzog den Mund zu etwas zwischen einem besorgten Lächeln und einem verschwörerischen Grinsen. »Das wäre wohl nicht in deinem Sinn gewesen. Außerdem hast du ein paar Dinge gesagt, die mich nachdenklich gemacht haben.«

»Die illegalen Operationen.«

Gion nickte ernst. »Ich hätte das als Hirngespinst abgetan, aber nach Altherrs Eingreifen wurde ich misstrauisch. Altherr ist einer der Ärzte, der heikle Operationen im Grenzbereich durchführt. Ich habe ihn mir genauer angeschaut. Dem Mann rinnt die Angst durch seine Fassade. Er konnte dich nicht oben lassen, weil er hier unten noch etwas vorhat, das du ihm mit deinen Kamikaze-Aktionen vermasseln könntest. Es wäre nett von dir, wenn du mir verraten würdest, weshalb wir wirklich hier sind, und wofür ich gerade meine berufliche Zukunft hingeschmissen habe.«

Gion redete, als würde niemand zusehen und zuhören. Er musste zum gleichen Schluss gekommen sein wie Nathan. Altherr hatte sie hierher gebracht, weil dieser Raum nicht überwacht war.

»Für eine gute Sache«, beantwortete Nathan Gions Frage ausweichend.

»Das reicht mir nicht! Wer ist es, Nathan? Wen willst du von einer Operation abhalten?«

»Ich will ihn nicht davon abhalten. Ich muss dafür sorgen, dass die Operation stattfindet.«

Darauf wusste Gion erst einmal nichts zu sagen. Er verschwand in das kleine Privatbad, das dem Raum angegliedert war. Nathan hörte Wasser rauschen. Ein Gurgeln. Ächzendes

Stöhnen. Dann wurde es still. Als Gion zurückkam, tropfte sein Bart und in seinem Gesicht stand enttäuschte Ratlosigkeit.

»Du hast gesagt, du willst, dass es aufhört.«

Nathan senkte den Kopf. »Es tut mir leid. Ich brauchte deine Hilfe.«

»Bei einer illegalen Operation?«, fragte Gion bitter. »Du hast mich belogen, um mich dazu zu bringen, etwas zu tun, das ich nie gutheißen könnte?«

»Lass es mich erklären.«

»Gerne. Ich verstehe nämlich gar nichts mehr.«

»Es geht um Richard Ormond. Raix. Er ist mein Freund. Und er wird sterben, wenn diese Operation nicht stattfindet.«

Nathan erzählte Gion die Geschichte in einer Kurzversion, da sie nicht unendlich viel Zeit hatten. Gion hörte zu, ohne ihn zu unterbrechen. »Wenn ich nicht wüsste, wer du bist und was du getan hast, würde ich dich für verrückt erklären«, meinte er, nachdem Nathan fertig geredet hatte.

»Du hättest oben bleiben sollen, Gion.«

»Es gibt Momente im Leben, in denen man sich entscheiden muss. Dies ist so einer. Wie sagtest du so treffend? *It takes two.*«

Zwei. Die Gefühle schwappten über Nathan zusammen. Er brachte keinen Ton heraus.

»Sobald dein Freund in Sicherheit ist, werde ich die Leute hochgehen lassen«, sagte Gion aufgebracht. »Das garantiere ich dir!«

»Um ihn in Sicherheit zu bringen, müssen wir hier raus.« Nathan hatte seine Stimme noch nicht ganz unter Kontrolle. »Ich nehme an, die Tür ist verschlossen.«

»Verriegelt wie die Tür einer Gefängniszelle. Altherr meinte, es sei das Beste, dich für eine Weile hier unten *unter Verschluss* zu halten.« Gion ahmte Altherrs Stimme nach. »Bis sich die Dinge beruhigt hätten. Zum Wohle aller, vor allem der anderen Patienten. Er würde Ursina Derungs informieren. Ich Idiot habe mich von ihm täuschen lassen.«

Nathan dachte an die kurze Nachricht, die er Ayden geschickt hatte. *R-ok*. Man konnte sie für eine fahrig geschriebene SMS halten, eine Folge von Tippfehlern, nichts, das Sinn ergab. Außer für Altherr, wenn er an das Handy herangekommen war. Das erklärte seine Reaktion im Flur. Nicht jedoch, weshalb Janis durch den Trainer ersetzt worden war. Trotzdem schrieb Nathan die Aktion in der Schlucht Altherr zu. Er musste sich von Nathans zu hartnäckigen Fragen nach der dritten Kategorie bedroht gefühlt haben. Altherr war ein Machtmensch. Sein Handeln gründete auf Sichern und Kontrollieren und, wenn etwas schiefllief, auf Schadensbegrenzung. Zu spät erkannte Nathan seinen Fehler. Er hatte sich auf Kendelbach konzentriert und dabei vergessen, dass der vermeintlich Schwächere der Gefährlichere sein konnte.

»Es wird nicht zur Operation kommen«, flüsterte er.

Raix tauchte in seinem Traum zusammen mit Chesil nach Muscheln, als ihn Altherr unsanft aus seiner Südseeidylle holte.

»Es ist so weit.«

Auf Altherrs Stirn perlte der Schweiß. Raix schloss daraus, dass der Arzt wusste, wer er war. Es musste für ihn ein Schock gewesen sein, die wahre Identität des reichen Schnösels zu erfahren, von dem man sich mit einer Sonderbehandlung ein paar Zehntausender mehr erhofft hatte. »Werden Sie dabei sein?«, fragte er.

»Doktor Kendelbach und ich führen deine Operation gemeinsam durch.«

Die Perlen schlossen sich zu einem Rinnsal zusammen, das langsam über Altherrs Stirn floss.

»Nehmen Sie es sportlich«, versuchte Raix zu scherzen. »Sie dürfen an einer der interessantesten Operationen teilhaben, die je durchgeführt wurde.«

Altherr schien sich nicht zu freuen. Fahrig wischte er sich gleich mehrere Rinnsale von der Stirn.

Scherzen war die falsche Taktik. Raix wurde ernst. »Niemand muss das je erfahren.«

»Halt endlich deinen Mund!«

Der Befehl brach aus Altherr heraus wie das Wasser eines Geysirs. Hochgeschleudert von zu viel unterdrückter Angst und Wut. Gefühle, die außer Kontrolle gerieten. Das machte ihn gefährlicher als Kendelbach, der in seinem Unfehlbarkeitswahn berechenbarer war. Raix musste einen Weg finden, diese Gefühle in kontrollierte Bahnen zu lenken.

»Bei meiner letzten Operation ist jemand umgekommen. Leider. Ein Arzt, wie Sie. Die Polizei sieht in mir den Täter, aber offen gesagt, trägt Kendelbach den größten Teil der Schuld.«

Altherrs Gesicht färbte sich grau. Seine Angst wuchs ins Unermessliche, genau das, was Raix mit seinen Worten beabsichtigt hatte. Er kanalisierte Altherrs Ängste auf Kendelbach. Der Mann musste sich mehr vor seinem Kollegen fürchten als vor den Konsequenzen seiner Handlungen. Nur dann hatte Raix eine Chance.

»Es ist Ihnen doch bewusst, wie wichtig diese Operation für Ihren Partner Kendelbach ist, nicht wahr?«

Wieder sprach Altherrs Gesicht Bände. Die Augen schienen von Minute zu Minute tiefer in ihren Höhlen zu verschwinden. Weiter vordringen durfte Raix nicht. Hinter Altherrs Angst lauerte die Panik, und Panik führte selten zu guten Resultaten. Es war an der Zeit, den Mund zu halten.

Schweigend ließ Raix sämtliche Vorbereitungen über sich ergehen. Er stellte sich unter die Dusche und rieb sich von Kopf bis Fuß mit etwas ein, das ihm Altherr gab. Danach musste er sich nackt auf das Bett legen, wo ihn der Arzt mit einem Laken zudeckte. Sogar das Rasieren der Kopfhaare übernahm Altherr selber, eine Arbeit, die sonst weit unter seinem Rang und seiner Würde war. Es gab keine Assistenten, niemanden, der etwas brachte oder holte. Altherr erledigte alles. Dass Kendelbach ihn dabei nicht unterstützte, war ein eindeutiger Hinweis auf die Hierarchie zwischen den beiden. Natürlich, dachte Raix. Es gab nur einen Gott. Und der hieß Kendelbach. Herr über Leben und Tod.

Erst als es darum ging, das Krankenbett in den OP zu bringen, tauchte ein Hüne von einem Mann auf. Wortlos half er Altherr, Raix in den Flur zu schieben. Die letzte Wegstrecke. Raix wollte nicht an den Tod denken. Er stellte sich das Leben danach vor. Chesil, der Strickspringerstiefler und er. Eine glückliche Familie. Irgendwo, wo es warm war. Sie hatten Besuch. Mit ihnen saßen Nathan, Ayden, Kata und DeeDee an einem großen Tisch. Auf Nathans Knien krähte der Strickspringerstiefler vor Freude über den verrückten Abzählreim, den Nathan mit seinen kleinen Fingern spielte, Aydens Arm lag um Katas Schulter, deren Augen leuchteten wie funkelnde Sterne. Ein Lächeln legte sich auf Raix' Gesicht. Nathan sagte etwas zu ihm. Zuerst dachte Raix, er könnte die Leute aus seinem Traum sprechen hören, aber dann merkte er, dass die Stimme aus der Tür drang, an der er vorbeigerollt wurde.

»Wie lange dauert die Operation?«, fragte er.

Altherr antwortete nicht. Mit zusammengekniffenem Mund ging er neben dem Bett her, beinahe bis zum Ende des Ganges. Kurz bevor sie die Wand erreichten, gingen sie durch eine Tür. Auf der anderen Seite war es viel zu warm. Die Luft roch abgestanden und es rauschte und klopfte. Der Hüne drückte auf einen Lichtschalter. Endlose Rohre verloren sich in einem schnurgeraden Tunnel. Ob er einen Ausgang hatte, erfuhr Raix nicht, denn nach wenigen Metern gelangten sie zu einer Art

Tor aus Stahl oder Eisen. Der Hüne schob es beiseite. Hinter ihm befand sich ein Raum aus rohem Fels. Und noch eine Tür. Altherr gab einen Code ein. Die Tür öffnete sich wie von Geisterhand. Und wie von Geisterhand schloss sie sich wieder. Raix sah sich um. Der weiß gekachelte Raum sah aus wie eine Arztpraxis aus einem Horrorfilm. Auf der einen Seite stand ein riesiger Schrank, auf der anderen trat hinter einem grünen Vorhang ein genauso grün gekleideter Mann heraus.

»Hallo, Peder.« Kendelbach kam auf Raix zu. Während er bedächtig seine Handschuhe überzog, bedeutete er Altherr, sich bereit zu machen. Raix zitterte. Nicht nur, weil ihm unter den Tüchern zu kalt war. »Hat dir Samuel etwas zur Beruhigung gegeben?«

Raix schüttelte den Kopf.

Kendelbach lächelte. »So ist er. Ich denke, er gehört zu den Menschen, die als Kind heimlich Tiere quälen.«

Er zog das Laken von Raix und ging zum Schrank. Raix lag nackt auf dem Bett, so, wie er zur Welt gekommen war. Vielleicht würde er auch so sterben. Als Kendelbach mit einem frischen Laken zurückkam und es auf Raix legte, hielt er den Atem an. Einen Augenblick lang glaubte er, Kendelbach würde das Laken nicht nur über seinen Körper, sondern auch über seinen Kopf legen. Er sah sich als Leiche, bereit, aufgeschnitten und seziert zu werden. Das Bild war so real, dass ihm schlecht wurde.

»Angst?«, fragte Kendelbach.

Raix presste die Lippen zusammen. Atmen, befahl er sich. Atmen! Ein und aus. Und dabei an Chesil denken. An ihre Wärme. An ihre Liebe. Ein und aus. Atmen!

Der Vorhang öffnete sich erneut. Altherr hatte sich umgezogen, auch er ein Mann in Grün, mit Schweißperlen, die im Mundschutz versickerten. Raix atmete weiter. Auf dem Weg in den OP, in den man ebenfalls nur mit einem Code gelangte.

Hinein in eine uneinnehmbare Festung ohne Fluchtmöglichkeit. Nathan konnte vieles. Aber nicht durch Wände gehen. In Raix breitete sich die Angst aus. Kalt und unaufhörlich.

Der Hüne blieb im Vorraum. Raix war allein mit den beiden Ärzten. Er blickte in gleißendes Licht. Ein künstlicher weißer Himmel ohne jegliches Versprechen auf einen neuen anbrechenden Tag.

Das war Raix«, flüsterte Nathan. »Sie bringen ihn in den Operationssaal.«

Nur wenige Meter trennten ihn von seinem Freund. Trotzdem war er unerreichbar. Bestimmt hatte Altherr dafür gesorgt, dass sich zum Zeitpunkt der Operation niemand im Untergeschoss befand. Damit hatte er sämtliche Risiken aus dem Weg geschafft. Keine Kontrollgänge durch Personal, keine Überwachung. Niemand, der Hilfeschreie hören und eingreifen konnte.

»Rauchst du?«, fragte Nathan.

»Was soll die Frage? Rauchst du?«

»Wir haben keine Zeit für deine Seelenklempnerspiele! Antworte, verdammt noch mal!«

»Beruhige dich! Ich weiß, in welcher Lage wir sind, aber Fluchen bringt uns nichts.«

»Ein Feueralarm schon«, sagte Nathan ungeduldig. »Ist nur ziemlich schwierig ohne Feuerzeug oder Zündhölzer.«

Endlich verstand Gion, worauf er hinauswollte. Seine Hand grub sich tief in die vordere Tasche seiner verbeulten Hose. Wenig später hielt er ein Feuerzeug und eine halb zerknüllte Zigarettenpackung in die Höhe. »Unser Glück, dass ich es nicht schaffe, damit aufzuhören. Eins musst du wissen: Wenn wir den Alarm auslösen, ist hier in wenigen Minuten die Hölle los.«

»Gut.«

»Gut?«, fragte Gion.

»Siehst du eine andere Möglichkeit, hier herauszukommen? Ein Loch zu buddeln, dauert zu lange.«

»Und ist zu anstrengend. Kannst du überhaupt schon aufstehen?«

Nathan wusste es nicht. Er stemmte sich auf die Ellbogen. Sein Gleichgewicht geriet aus der Balance, doch es benahm sich nicht mehr wie eine Kompassnadel, die in alle Richtungen ausschlug. Nachdem es sich eingependelt hatte, setzte sich Nathan ganz auf.

»Höllisches Zeug«, krächzte er.

Als Nächstes waren die Beine an der Reihe. Er zog sie an und streckte sie wieder. Dabei brach ihm der Schweiß aus allen Poren. Er wiederholte die Übung ein paarmal und schwang dann die Beine über die Bettkante. Mit Gions Hilfe stand er wenig später auf dem Boden. Es fühlte sich ähnlich an, wie betrunken zu sein. Gemeinsam liefen sie im Kreis, bis Nathan sich zutraute, alleine von Wand zu Wand zu gehen. Er torkelte durch den Raum. Hin und her. Dabei erzählte er Gion von Ayden und Kata. Am Ende hatte er seinen Körper nicht unter Kontrolle, aber einigermaßen im Griff. »Bevor wir unsere Zigaretten anzünden, müssten wir so was wie einen Plan haben«, sagte er.

»Schieß los«, forderte ihn Gion auf.

»Ich muss zu Raix. Und du nach oben.«

»Wie?«

»Irgendwie.«

»Etwas unausgereift, dieser Plan.« Gion nestelte zwei Kippen aus dem, was einmal eine Verpackung gewesen war. »Zuerst gehen die Sprinkler und der Feuermelder an. Gleich danach entriegelt die Tür. Wir haben höchstens zwei bis drei Minuten, dann sind die klinikinternen Einsatzleute da.«

»Geh ihnen entgegen. Behaupte, ich hätte mich in eine der Toiletten geflüchtet. Damit gewinne ich zusätzliche Zeit. Wenn du oben bist, suchst du Henriette, du weißt schon, die …«

»Ich weiß, wer Henriette ist«.

»Sie gehört zu uns. Sag ihr, sie soll Ayden informieren.«

»Nicht die Polizei?«

»Nein. Die werden alles stoppen. Dann stirbt Raix. Ayden wird auch sofort was tun wollen. Aber er muss warten. Was immer geschieht. Nicht eingreifen. Nicht bevor ich es sage.«

Gion hielt Nathan eine ziemlich lädierte Zigarette hin und steckte sich die andere in den Mund. »Du bist dir absolut sicher, das Richtige zu tun?«

»Ja.« Nathan griff nach der angebotenen Kippe. »Ich werde später aussagen, dass ich dich zu allem gezwungen habe.«

»Schon gut.« Gion entzündete die Flamme. »In meinem nächsten Leben therapiere ich nur noch ausgebrannte Manager. Bringt viel Kohle und ist total ungefährlich«, murmelte er, während Nathan den ersten Zug tat.

»Wo sind die Operationssäle?«, fragte Nathan.

»Es gibt zwei offizielle. Die sind auf der linken Seite des Flurs.« Gion nahm einen tiefen Zug. »Diejenigen, die es offiziell nicht gibt, müssen irgendwo sein, wo laut Plan nichts mehr ist.«

»Welche Richtung?«

»Halt dich rechts, wenn du zur Tür hinauskommst. Sonst endest du beim Lift und läufst den Einsatzleuten in die Arme. Mehr kann ich dir leider nicht sagen, weil ich es auch nicht weiß.«

Sie qualmten, was das Zeug hielt. Keiner von ihnen redete mehr. Wie Gion vorausgesagt hatte, gingen die Sprinkler und der Alarm beinahe gleichzeitig los. Sekunden später entriegelte sich die Tür. Gion drückte Nathan das Feuerzeug in die Hand. Zusammen stürzten sie sich in den Flur, Gion in Richtung Lift,

Nathan nach rechts. Fünf Türen später endete der Gang an einer Betonwand. Hier ging es nicht weiter! Aus dem Bereich, in dem sich der Lift befand, drangen laute Stimmen.

»Toiletten!«, rief Gion.

In Nathans Hand pochte das Blut. Aus seinen Haaren lief Wasser über das Gesicht. Er war den Sprinklern nicht lange ausgesetzt gewesen, aber lange genug, um nasse Spuren auf dem Boden zu hinterlassen. Ganz in der Nähe knallten Türen. Eine nach der anderen. Wie Dominosteine, die laut krachend fielen. Einer der nächsten Steine würde er sein. Ihm blieben nur wenige Sekunden, vielleicht eine halbe Minute. Er drückte die Klinke der Tür, die ihm am nächsten war. Sie war verschlossen. Er ging eine zurück. Offen! Nathan glitt in den Raum. Es war zu dunkel, um etwas zu erkennen. In seinen Ohren rauschte und klopfte es. Nicht von seinem Puls, der hart und schnell ging, sondern von etwas anderem.

Im Flur draußen kamen das Knallen und die Stimmen näher. Nathan zündete das Feuerzeug an. Ein Gang! Er befand sich in einem Tunnel, an dessen Wänden Röhren verliefen. Die Flamme leuchtete einen viel zu kleinen Bereich aus, um auszumachen, wie lang er war. Das Licht erlosch. Kurz bevor es ausging, entdeckte Nathan einen Schatten an der Wand. Vielleicht eine Nische, vielleicht eine weitere Tür. Er konnte es nicht genau erkennen. Er wusste nur, dass seine Zeit um war. Die Männer mussten jeden Moment in den Gang stürmen. Er hatte genau diese eine Möglichkeit. Ohne nachzudenken, stürzte er sich im Dunkeln dorthin, wo er den Schatten gesehen hatte. Sein Körper prallte gegen Stahl.

»Der Kerl ist unberechenbar!«, rief eine Stimme. »Vorsicht beim Zugriff.«

Stahl. Nur Stahl! Keine Türklinke. Keine Nische. Nathan überlegte, ob er einfach losrennen sollte. Während sich seine Gedanken jagten, begann sich der Stahl in seinem Rücken zu bewegen. Er wurde gepackt und nach hinten gezogen, von einem Dunkel ins nächste. Würgend rang er nach Atem. Ein Schlag fegte ihn von den Füßen. Den Aufprall auf dem Boden bekam er nicht mehr mit.

12.

Das Klingeln des Handys zerriss die Stille, die sich über den Raum gelegt hatte.

»Zwei Kollegen sind aus dem Fitnessraum abgezogen worden«, hallte Janis' Stimme aus dem Lautsprecher. »Feueralarm im Untergeschoss.«

»Haben sie etwas gesagt?«, drängte Ayden. »Weißt du Genaueres?«

»Nur, dass im Untergeschoss der Feueralarm losgegangen ist. Ich weiß nicht, in welchem Bereich.«

»Halt die Ohren offen und ruf wieder an!«

Ayden unterbrach die Verbindung.

DeeDee schüttelte den Kopf. »Das klingt nicht gut.«

»Es klingt nach Nate«, antwortete Ayden. »Kein Arzt steckt seinen OP in Brand.«

»Ein Feueralarm«, murmelte DeeDee. »Nicht gerade die beste Idee.«

»Wenn er eingeschlossen gewesen ist, war das eine ziemlich gute«, entgegnete Kata.

Sie saß in einem atemberaubenden Kleid von Lynn in einem der Sessel, die Füße in schwindelerregenden High Heels, das Gesicht geschminkt, die Haare zu einer wilden Frisur gestylt. Lynn und Chao hatten sie gemeinsam unter fachmännischen Diskussionen in die Assistentin einer Musikmanagerin verwandelt. Grace hätte gestaunt, wer alles für sie arbeitete!

»Was schlagt ihr vor?«, fragte Ayden.

»Eingreifen«, antwortete Kata.

»Nein«, widersprach DeeDee. »Denkt an die Abmachung!«

»Tun wir ja«, gab Kata ungeduldig zurück. »Deshalb sitzen wir immer noch hier. Ich finde, wir haben lange genug gewartet. Die beiden brauchen Rückendeckung, wenn sie nach diesem Aufruhr heil aus der Klinik kommen wollen.«

»Ich sehe das genauso«, pflichtete ihr Ayden bei. »Wir greifen ein.«

Chao rutschte unruhig auf dem Sessel hin und her. »Dann bin ich jetzt dran?«

DeeDee gab seinen Widerstand auf. »Bist du, Kumpel.«

»Oh, Mann!« Während Chao nervös grinste, strich er sich die Hände an den Hosen trocken.

Das Handy klingelte erneut. Ayden erwartete, Janis zu hören, doch es war Henriette, die sich meldete.

»Mein Mann empfiehlt mir, die Bilder noch eine Weile im Keller zu lassen.«

»Hat er keine Angst, dass sie Schaden nehmen?«

»Natürlich! Aber er meint, wir können es riskieren.«

»Etwas gewagt«, antwortete Ayden. »Und wann gedenkt er, sie nach oben zu holen?«

»Sie kennen doch meinen Mann.« Henriette seufzte. »Er wird es mich wissen lassen, wenn es so weit ist.«

»Henriette!«, tadelte eine empörte Männerstimme. Es folgten ein paar Geräusche, die nichts Gutes verhießen, dann brach die Verbindung ab.

»Sollen wir die Sache trotzdem weiterlaufen lassen?«, fragte DeeDee.

»Nein«, entschied Ayden. »Wir warten.«

Chao hielt es nicht länger an seinem Platz. Nervös tigerte er im Wohnzimmer hin und her. »Wie lange dauert so eine Operation?«

»Lange, denke ich«, meinte DeeDee. »Die schnipseln immerhin an seinem Hirn rum. Und das ist ziemlich beschädigt.«

»Geben wir ihnen noch etwas Zeit«, schlug Ayden vor. »Aber nicht zu viel. Es könnte eine Weile dauern, bis wir in der Klinik sind und sie gefunden haben.«

Er zog sich in die Küche zurück, um allein zu sein. In ihm tobten die Gefühle. Nathan und Raix riskierten in diesem Augenblick ihr Leben. Und da war Kata. So anders in ihrer Verkleidung, weit weg und dennoch ganz nah. *Es tut mir leid*, hatte sie geflüstert. Nicht die Worte waren wichtig gewesen, sondern das, was er in ihren Augen gesehen hatte. Der Riss im Eis. Er brach auf. Zu weit, um sich zu schließen. Ayden wollte durch ihn hindurchgehen und mit Kata zusammen in ein neues Leben aufbrechen. Er war so tief in sich versunken, dass er Kata erst bemerkte, als sie sich neben ihn ans Fenster stellte.

»Ich habe nicht …«, begann sie. »Janis …«

Ayden ahnte, was sie ihm sagen wollte. Es war nicht nötig. »Ich auch nicht«, antwortete er.

Sie schauten in die Dunkelheit hinaus. Zwei Magnete, deren Pole sich zu drehen begannen.

Als es so weit war, fuhr DeeDee sie bis zum Waldstück vor dem See. Eine eisige, glasklare Nacht brach an. Obwohl der Mond nur als dünne Sichel am Himmel stand, erhellten die vielen Sterne und die weiße Landschaft die Umgebung genügend, um sich zurechtzufinden.

Lynn und Chao stiegen aus und verschwanden um die nächste Wegbiegung. DeeDee, Kata und Ayden blieben in der Kälte des Wagens sitzen.

»Sie waren glücklich«, sagte DeeDee unvermittelt.

Glücklich gehörte nicht unbedingt zu seinem Wortschatz. Ayden war nicht sicher, wen er meinte.

»Raix und Nathan«, erklärte DeeDee. »Sie tanzten im Schnee wie kleine Kinder.« Er fuhr sich über die Augen. »Scheiße.«

»Wir werden sie rausholen. Gebt uns genügend Zeit, bevor ihr den Laden von eurer Seite her aufmischt«, bat Ayden.

»Genau das hat Nate gesagt.« DeeDee räusperte sich einen

Kloß aus dem Hals. »Dass sie den Laden ordentlich aufmischen wollen. Scheint ihm zu gelingen.«

»Kennst ihn ja«, versuchte Ayden, ihn etwas aufzuheitern.

»Ich hätte sie davon abhalten sollen!«

»Vergiss es!« Katas Stimme klang weich, beinahe sanft. »Du hättest keine Chance gehabt. Sie hatten sich entschieden.«

»Sie hat recht.« Ayden legte DeeDee die Hand auf die Schulter. »Ich muss los. Sonst falle ich zu weit hinter Lynn und Chao zurück.«

»Kata und ich werden diesen Nobelschuppen rocken!«, krächzte DeeDee. »Hau schon ab, Mann.«

»Ich passe auf ihn auf«, sagte Kata zu Ayden. »Bis nachher.«

Das Nachher konnte alles sein. Ein neues Leben. Oder eine Welt ohne Nathan und Raix. Ayden öffnete die Wagentür. In klirrender Kälte machte er sich auf den Weg.

Seine Schritte auf dem harten Schnee waren das einzige hörbare Geräusch. Auf beiden Seiten der schmalen Straße standen die Tannen wie schwarze Geister, die ihre Arme nach ihm ausstreckten. Als er das Ende des Waldstücks erreichte, sah er Lynn und Chao über den Parkplatz des Cafés gehen und dann auf den Spazierweg einbiegen. Links von ihnen erstreckte sich der See, rechts der beleuchtete Park. Ayden lenkte seinen Blick auf das Kliniktor, an dem die Straße kurz hinter dem Café endete. In wenigen Minuten würde es sich hoffentlich für DeeDee und Kata öffnen.

Vor ihm waren Lynn und Chao verschwunden. Sie mussten den Weg verlassen haben. Aber wo waren sie? Angestrengt hielt Ayden nach ihnen Ausschau. Lynns helles Lachen lenkte seine Aufmerksamkeit in ihre Richtung. Die beiden tauchten aus dem Schatten von Sträuchern auf, deren Äste sich unter dem Gewicht des Schnees gebogen hatten. Chao stapfte voraus, Lynn hinterher. Nicht mehr lange, und sie würden von den Überwachungskameras am Zaun erfasst werden.

Wie in Zeitlupe näherten sich die beiden dem Gitter. Dann ging alles ganz schnell. Lynn kletterte Chao auf die Schulter, schwang sich von dort auf den Zaun, beugte sich zu Chao hinunter und half ihm hoch. Ein paar Sekunden saßen sie da wie zwei Vögel auf einer Hochspannungsleitung. Laute Jauchzer hallten über den See. Die beiden rissen die Arme hoch, reckten sie in die Luft und sprangen auf das Klinikgelände. Nachdem sie sich aufgerappelt hatten, hielten sie sich an den Händen fest. In einem irren Tanz taumelten sie durch den Schnee. Derwische vor einem Eispalast.

Das Märchen hielt nicht lange an. Vom Seitenausgang her rannten dunkle Gestalten auf sie zu. Ayden zählte mindestens vier. Während er DeeDees Nummer in sein Handy tippte, hoffte er, dass Janis die Aktion mitbekommen hatte. »Jetzt«, sagte er zu DeeDee und Kata. »Die nächsten fünf Minuten gehören euch.«

Die dunklen Gestalten umkreisten Lynn und Chao. Auf der anderen Seite, beim Haupteingang zur Klinik, leuchteten die Scheinwerfer von DeeDees Wagen auf. Kurz vor dem Tor legte er eine Vollbremsung hin. Als es sich nicht sofort öffnete, begann DeeDee zu hupen, worauf es erst recht verschlossen blieb. DeeDee stieg aus dem Wagen und wedelte schreiend mit Papieren in der Luft herum. Auf der Rückseite der Klinik kreischte Lynn hysterisch.

Unberührt von dem Chaos spazierte Ayden den See entlang. Zwei Minuten nach seinem Anruf an DeeDee trat eine Gestalt aus dem Seitenausgang. Weitere drei Minuten später erreichte Janis das Tor.

»Bitte gehen Sie weiter«, sagte er zu Ayden, der neugierig stehen geblieben war.

»Was ist hier los?«

»Nichts. Gehen Sie einfach weiter.«

Scheinbar neugierig näherte sich ihm Ayden. Janis öffnete das Tor, gestikulierte wild mit den Händen und befahl ihm, endlich wegzugehen. Ayden trat dicht an ihn heran. Im toten Winkel der Kamera tauschten sie blitzschnell ihre Mützen und Jacken, während sie sich gleichzeitig ein Wortgefecht lieferten. Das Tor begann sich zu schließen. Bevor es ganz zuging, glitt Ayden auf das Grundstück. Kopfschüttelnd stapfte er zurück zum Seiteneingang. Mit der rechten Hand griff er in die Jackentasche, wo Janis' Klinikhandy leise summte. Er zog es heraus. Eine Nachricht auf dem Display verlangte von ihm die Bestätigung, dass alles in Ordnung war. Ayden tippte ein Ja und schickte es ab.

Beim Vordereingang öffnete sich das Tor. Das hysterische Gekreische von Lynn hielt noch ein paar Minuten an. Danach wurde es ruhig. Vier kräftige Gestalten eskortierten die zwei Eindringlinge hinaus auf den Spazierweg. Sie sahen Ayden nicht, der sich in einer Nische versteckte, bis er sicher war, dass Chao und Lynn das Gelände verlassen hatten. Weit vor ihnen ging eine Gestalt, die seine Mütze und seine Jacke trug. Im Kopf den Plan, den Janis ihm in Lynns Wohnung gezeichnet hatte, betrat Ayden die Klinik durch den Westeingang, ohne von jemandem aufgehalten zu werden.

Nathans Gesicht klebte auf weißen Fliesen. Speichel lief aus seinem Mund, sein Kopf fühlte sich an wie nach einem heftigen Besäufnis. Hustend stemmte er sich auf die Ellbogen.

»So sieht man sich wieder«, sagte eine Stimme, die ihm bekannt vorkam.

Nathan blinzelte. Ihm gegenüber an der Wand saß ein ziemlich großer Mann.

»Trainer«, krächzte er. »Bist du jetzt Liftboy?«

Der Witz prallte am Trainer ab. Er verzog keine Miene. »Was tust du hier?«

»Den Lift nach oben suchen.«

»In einem Tunnel, mit einer Einsatztruppe auf den Fersen?«

Nathan schaffte ein Grinsen. »Habe geraucht. War keine gute Idee. Ich fürchte, diese Leute mögen mich nicht besonders.«

»Wer mag dich schon?«

»Meine Fans.«

Mit dem gelangweilten Gesichtsausdruck eines Pokerspielers, der einen unterlegenen Gegner vor sich hat, kratzte sich der Trainer an der Schulter.

Nathan griff sich an den Kopf. »Was ist passiert? Bin ich hingefallen?«

»Hast eins verpasst bekommen.«

»Von dir?«

»Nette Show, MacArran.«

Er war aufgeflogen! Wie sehr, wurde Nathan klar, als der Trainer zu reden begann. »Ich habe im Internet ein nettes Foto gefunden. Auf dem warst du zusammen mit dem schrägen Vogel da drin auf dem OP-Tisch. Der Typ, der dich in die Klinik gefahren hat, war auch drauf. Zusammen mit einer der beiden Snowboarderinnen, die dir in der Schlucht oben den Arsch gerettet haben. Die mit den Eisaugen. Und dann wollen wir mal den Kerl nicht vergessen, der mit seiner Kamera im Seecafé herumhängt.« Ein fieses Grinsen zog sich über das Gesicht des Trainers. »Nur eine fehlt. Die Rothaarige. Du weißt schon, die aus der Kirche.«

Gemma. Nathan schloss die Augen.

»Du wirst sie nicht wiedersehen.«

Das würde er sowieso nicht. Weil Gemma ihn weder sehen konnte noch wollte. Der Tod machte Nathan keine Angst. Mit dem Sterben würde endlich dieser Schmerz aufhören, der ihn jeden Tag aufs Neue innerlich zerfetzte. Aber noch nicht jetzt. Er hatte Raix ein Versprechen gegeben.

»Ich will dabei sein«, sagte er.

»Wobei? Bei deinem Tod?« Der Trainer lachte über seinen Witz. Er hatte also doch Humor.

»Bei der Operation«, antwortete Nathan. »Der Irre im OP ist mein Freund. Betrachte es als meinen letzten Willen.«

Neugierig schaute ihn der Trainer an. Die Häme wich aus seinen Augen. »Das ist dir ernst.«

»Was denkst du denn? Andere bekommen ein leckeres Todesmenü. Ich will in den OP.«

»Du kannst da nicht rein.«

Den Mann anzuflehen, war sinnlos. Versuchen, sich auf ihn zu werfen, ebenfalls. Nathan konnte weder das Feuerzeug noch die Scherbe in seiner Hosentasche fühlen. Beides war ihm abgenommen worden, während er bewusstlos gewesen war, die Scherbe wahrscheinlich schon im Lift, das Feuerzeug vom Trainer. Es spielte keine Rolle. Bei diesem Gegner hätten sie als Waffe sowieso nicht getaugt.

»Altherr wird meinen Freund auf dem Tisch sterben lassen.« Nathan rappelte sich hoch. Erst jetzt bemerkte er, dass er die ganze Zeit unter einem Fenster gelegen hatte, durch das man in den OP sah. Er stützte sich an der Wand ab und starrte auf das Tuch, unter dem sich der Körper von Raix abzeichnete. Links und rechts von ihm standen die beiden Ärzte, über seinen Kopf gebeugt. Nathan konnte ihn nicht sehen. Nur das Blut auf den Handschuhen von Kendelbach und Altherr. Ihm wurde schwindlig. Er zwang seinen Blick hin zum Monitor, auf dem neonfarbene Linien zu Kurven ausschlugen. Raix lebte noch!

Nathan hob die Faust. Er kam nicht dazu, sie gegen die Scheibe zu schlagen. Bevor er fertig ausgeholt hatte, lag er auf dem Bauch, den Trainer auf sich, die zerschnittene Hand unter seinem Körper. Tränen schossen in seine Augen. Vor Schmerz. Vor Wut. Vor Hilflosigkeit. Der Trainer presste seinen Kopf auf die Fliesen. »Keine Bewegung und keinen Ton oder du bist tot«, zischte er Nathan ins Ohr.

Er stand auf und drückte einen Knopf auf der Schließanlage neben der Tür. »Der Kerl macht Schwierigkeiten. Er will zu Ihnen in den OP.«

Die Aufmerksamkeit des Trainers richtete sich auf die Ärzte. Das war seine Chance! Eine verschwindend kleine. Nathan rollte über den Boden, hinter den grünen Vorhang. Er versuchte, so viel wie möglich auf einmal zu erfassen. Waschbecken. Schränke. Schubladen. Ein Kubus mit Tür. Wahrscheinlich sanitäre Anlagen. Nichts, was man als Waffe einsetzen könnte. Spritzen vielleicht. In den Schubladen. Nathan robbte darauf zu. Ein Sportschuh stellte sich auf seine Hand. Eine Schmerzwelle rollte über Nathan hinweg, gleich hinter ihr folgte Übelkeit.

»Wo wolltest du denn hin?«

»Klo«, stöhnte Nathan.

»Mädchen fragen normalerweise, ob sie gehen dürfen.«

Der Trainer zog ihn auf die Beine und schleppte ihn zum Kubus. Der Geruch nach Putzmittel löste Brechreiz aus. Nathan hielt seinen Kopf über die Schüssel. Das Würgen schüttelte seinen Körper durch, doch es kam nichts hoch. Dafür merkte er, dass er wirklich musste. Er brauchte eine Weile, bis er den Reißverschluss offen hatte. Noch länger, bis er danach wieder zu war. Es gab keine Stelle an Nathans Körper, die nicht schmerzte. Weiter gegen den Trainer anzukämpfen, war sinnlos. Bitten und Betteln halfen auch nicht. Das würde den Mann höchstens belustigen. Es galt, keine Furcht zu zeigen, und den Trainer dort zu packen, wo es um seine eigenen Interessen ging. Mit diesem Drecksjob riskierte er eine Menge. Lief er schief, landete er für lange Zeit im Gefängnis. Das war der Punkt, an dem Nathan ansetzen wollte.

»Hat ja ganz schön gedauert«, empfing ihn der Trainer. »Na, die Angstpisse abgeladen?«

»Besser im Klo als in der Hose.«

Der Trainer grinste. Aber nicht lange, denn Nathan ging direkt zum Angriff über. »Weiß Kendelbach, dass Altherr meinen Freund umbringen will?«

»Keine Ahnung, wovon du redest.«

»Altherr manipuliert die Operation.«

»Na und? Der Typ wird sowieso sterben.«

Es klang unbeteiligt, doch in den Blick des Trainers schlich sich Unsicherheit. Nathan setzte noch einen drauf. »Das wird Kendelbach gar nicht gefallen.«

Der Trainer kratzte sich am Hals. Sein Pokerface fiel in sich zusammen. Nathan konnte dem Mann buchstäblich beim Denken zuschauen. Das Sagen hatte Kendelbach. Sein Geld bekam der Trainer jedoch von Altherr, denn einer wie Kendelbach machte sich die Hände nicht schmutzig. Der Trainer wusste, wem seine Loyalität zu gelten hatte. »Sag du's ihm!« Er ging zur Schließanlage, wo er auf einen Knopf drückte. »Rede!«, befahl er Nathan.

»Altherr spielt falsch, Kendelbach.« Nathan hörte, wie seine Stimme aus dem OP zurückhallte. »Er wird verhindern, dass mein Freund die Operation überlebt.«

Altherr verharrte mitten in der Bewegung. Das, was man von seinem Gesicht über dem Mundschutz sah, sprach Bände.

»Ist das wahr?«, schepperte Kendelbachs Stimme aus einem Lautsprecher.

»Nein!«, antwortete Altherr schrill. »Natürlich nicht!«

»Dann ist ja gut.« In Kendelbachs Stimme lag eine Autorität, wie sie Nathan noch nie gehört hatte. Er wusste, dass Altherr es nicht wagen würde, irgendetwas zu unternehmen. Raix' Überlebenschancen waren gerade wieder gestiegen.

DeeDee parkte direkt vor dem Eingang der Klinik. Er überließ es dem Uniformierten, Kata die Tür zu öffnen. Sie stöckelte um den Wagen herum und hängte sich bei ihm ein. »Noble Hütte«, flüsterte sie DeeDee gut hörbar zu.

»Kannst du laut sagen!«

Kata spuckte ihren Kaugummi in den Schnee. »Ich hoffe, da drin ist es warm.«

»Baby, das ist ein Luxusschuppen. Da hat es sogar ein richtiges Feuer im Kamin. Und dieser nette Herr bringt unseren Wagen in die Tiefgarage, nicht wahr?« Grinsend hielt DeeDee dem Mann die Wagenschlüssel hin.

»Selbstverständlich, Sir.«

»Na, siehst du!«

DeeDee strich Kata triumphierend über den Hintern. Sie würde ihm später eine dafür kleben. Jetzt stolperte sie neben ihm die Treppe hoch.

Das Gesicht der Empfangsdame fror ein, als sie die beiden durch die Tür kommen sah. Trotzdem setzte sie ein Lächeln auf. »Sind Sie angemeldet?«

»Wenn das Hupen am Tor dazuzählt, ja.« DeeDee lehnte sich gegen die Theke und sah sich um. »Wir müssen zu Nathan MacArran, Miss ...« Er beugte sich vor und las das Namensschild auf der Bluse der Frau. »Huber.«

»Es tut mir leid«, sagte Frau Huber. »Unsere Gäste dürfen während ihres Aufenthalts niemanden empfangen.«

»Wir wollen auch nicht empfangen werden«, mischte sich Kata ein. »Wir brauchen eine Unterschrift.«

»Unter diese Verträge.« DeeDee knallte den Stapel Papier hin, mit dem er am Tor herumgewedelt hatte. »Es geht um ein paar Milliönchen, werte Frau Huber. Dafür dürfte MacArran uns schon kurz persönlich seine Aufwartung machen, finden Sie nicht auch?«

Frau Huber schaute voller Entsetzen auf die feuchten, gewellten Dokumente mit den eingerissenen Rändern, die ohne Umschlag vor ihr lagen. Bedauernd schüttelte sie den Kopf. »Ich kann Mr MacArran die Verträge bringen lassen.«

»Oh, nein, Werteste! Seine Managerin drängt darauf, dass er vor Zeugen unterschreibt. Sonst behauptet er nachher wieder, jemand anderes hätte seine Unterschrift gefälscht.«

Kata beugte sich verschwörerisch vor. »Ist eine totale Mistzicke, seine Managerin. Gibt's hier irgendwo ein Klo? Ich muss mal dringend.«

Frau Huber hatte das Lächeln längst aufgegeben. Sie versuchte nur noch, sich ihre Gefühle nicht allzu sehr anmerken zu lassen.

»Dort drüben.« Diskret wies sie auf eine Tür neben der großen Treppe. »Wenn Sie bitte hier in der Lobby warten würden«, sagte sie zu DeeDee. »Ich werde mit meiner Vorgesetzten besprechen, was sich machen lässt.«

Während DeeDee eine Sitzgruppe ansteuerte, ging Kata zielstrebig auf die Toiletten zu. Früher hatte sie regelmäßig mit ihren Adoptiveltern in Hotels der Luxusklasse übernachtet. Diese Klinik konnte es mit den besten davon aufnehmen. Von ihr konnte man das weniger behaupten. Sie sah aus wie ein aufgetakeltes Flittchen. Nach einem kurzen Check im Spiegel verließ sie die Toilette in entgegengesetzter Richtung zum Empfang. Es dauerte keine fünf Sekunden, bis ihr ein Uniformierter hinterhereilte und sie sanft aber bestimmt in die Lobby zurückführte.

DeeDee lümmelte sich auf einem Sofa, einen Arm locker über der Lehne, in der anderen ein Champagnerglas. »Für dich«, rief er ihr zu. »Siehst aus wie eine Million Dollar.«

Frau Huber kam händeringend auf sie zu. »Entschuldigen Sie, die Abklärungen könnten etwas länger dauern. Dürfen wir Ihnen noch ein Glas anbieten?«

»Sie dürfen.«

Kata schlug die Beine übereinander. Sie waren drin! Und so schnell konnte man sie nicht loswerden. Henriette musste das Hupen gehört haben. Früher oder später, so hofften sie, würde sie unter irgendeinem Vorwand in der Lobby auftauchen.

Kata schaute sich um. Nichts deutete darauf hin, dass in der Klinik ein Ausnahmezustand herrschte. Keine Hektik, keine Panik, keine beunruhigten Mitarbeiter. Alles schien seinen geordneten Gang zu gehen, bis am Empfang ein Mann auftauchte, der Kata an einen Bären erinnerte, der soeben einen Kampf verloren hatte. Auf seiner Nase klebte ein Pflaster und sein Hemd war voller Blut. Als er an ihrer Sitzgruppe vorbeikam, nahm Kata den Geruch von Zigaretten und feuchten Kleidern wahr. Feueralarm und Sprinkleranlage, schoss es ihr durch den Kopf.

»Gion!«

Eine elegante Frau eilte ihm entgegen.

»Ursina.« Er sprach den Namen aus wie eine Warnung.

Kata erkannte ihn und erinnerte sich an das Bild der Frau im Internet. Ursina Derungs, Leiterin der *Mountain Clinic Valgronda*. Höchstpersönlich.

Sie nahm den Mann sachte, aber bestimmt am Arm. »Ich habe gehört, was Ihnen passiert ist«, sagte sie leise. »Bitte kommen Sie doch in mein Büro.«

Er entzog sich ihrem Griff. »Das versuche ich schon seit mehr als einer Stunde. Man hält mich von Ihnen fern.«

»Sie können so nicht …«

»Ich kann, Ursina, ich kann. Und wie. Weil ich morgen nicht mehr wiederkomme. Aber ich werde nach Nathan MacArran und Richard Ormond fragen. Morgen. Wenn es sein muss auch übermorgen und jeden einzelnen Tag danach.«

Er sprach nicht übermäßig laut, gestikulierte nicht herum, machte kein Drama aus der Sache. Seine Hände glitten auf den Rücken, wo er sie kreuzte, wie jemand, dem man Handschellen angelegt hatte. Auf den Handflächen standen Zahlen. Drei auf der linken, zwei auf der rechten. Kata hatte keine Ahnung, woher er wusste, wer sie waren und was sie hier wollten, doch der Mann hatte Nathans und Raix' Namen so laut fallen lassen, dass sie ihn hören mussten. Nathan schien einen weiteren Verbündeten gefunden zu haben! Kata prägte sich die Zahlen ein. Sie mussten der Code für den Lift sein, von dem Janis ihnen erzählt hatte.

»Lassen Sie uns in mein Büro gehen«, wiederholte die Klinikleiterin.

»Um über etwas zu sprechen, von dem Sie behaupten werden, nichts davon zu wissen?«

»Gion, Sie haben sich da in etwas verrannt.« Die Stimme von Ursina Derungs klang gezwungen ruhig und besonnen. »Ich fürchte, was Sie sagen, ergibt keinen Sinn.«

Kata beobachtete, wie sich schwarz gekleidete Sicherheitsangestellte unauffällig beim Empfang, der Drehtür und der Treppe positionierten. In einer bedächtigen Bewegung wischte sich der Mann die Hände an den Hosen ab. Als er sie wieder auf den Rücken legte, waren die Zahlen verschwunden. Dafür tauchten aus dem Flur bei den Toiletten weitere Sicherheitsleute auf. Wie auf ein geheimes Kommando kamen sie näher und kreisten Gion ein, der sich ihnen widerstandslos ergab. Dabei würdigte er Kata und DeeDee keines Blickes.

»Ziemlich abgefahrener Typ«, meinte DeeDee zu Ursina Derungs. »Der arbeitet hoffentlich nicht hier.«

»Er ist einer unserer Patienten.« Ein verkniffenes Lächeln umspielte ihren Mund. »Mit der unerschöpflichen Fantasie des Verschwörungstheoretikers. Es tut mir leid, dass Sie Zeugen dieses Vorfalls wurden.«

Kata antwortete mit einem gelangweilten Schulterzucken. »Und wer kümmert sich um unsere Angelegenheit?«

»Welche Angelegenheit?«, fragte Ursina Derungs.

»Wir brauchen eine Unterschrift unter einem Vertrag«, klärte DeeDee sie genervt auf. »Dringend.«

»Ah, ja«, antwortete sie. »Ich kümmere mich darum. Wenn Sie mich jetzt entschuldigen.«

»Bei der steht die Panik bis zur Halskrause«, flüsterte DeeDee, nachdem die Klinikleiterin die Lobby verlassen hatte.

Kata lachte, als hätte er einen Scherz gemacht. Dann beugte sie sich vor und raunte DeeDee die Zahlen ins Ohr.

»Nein, ist nicht wahr!«, rief er.

»Doch.« Kata schaute sich demonstrativ um. »Ich glaube, wir sind zu laut.« Kichernd fiel sie DeeDee um den Hals. »Henriette! Sie kommt die Treppe runter. Mit einem Aufpasser im Schlepptau. Ich geh aufs Klo. Lenk die Huber und ihre Leute ab.«

Sie löste sich von DeeDee und tippelte auf ihren hohen Absätzen abermals zur Toilette. Für einen Augenblick traf sich ihr Blick mit jenem von Henriette. Was Kata darin sah, stellte ihr die Haare im Nacken auf. Es war, als schaue die Frau auf den Grund ihrer Seele, mit Augen voller Wehmut. Das Klirren von Glas und ein lauter Fluch von DeeDee brachen den Bann. Hastig ging Kata weiter.

Wenig später war sie mit Henriette allein in einem Raum, der an einen Wellnessbereich erinnerte. Henriette ging zum Waschbecken und löste mit einer Handbewegung den Wasserfluss aus. Kata tat es ihr gleich. »Untergeschoss«, flüsterte sie. »Ich habe den Code für den Lift.«

Als hätte sie nichts gehört, streckte Henriette ihre Hand nach dem edlen Seifenspender aus, betrachtete sich kurz im Spiegel und seifte dann bedächtig ihre Hände ein. »Wir müssen in die medizinische Abteilung. Da kommt man nicht einfach rein. Die ist gesichert.«

»Ich weiß.«

Janis hatte ihnen die Sicherheitsvorkehrungen genau beschrieben. Es war Lynn gewesen, die die zündende Idee gehabt hatte, wie Kata in die medizinische Abteilung gelangen konnte.

»Nicht erschrecken«, warnte sie Henriette. »Spielen Sie bitte einfach mit.«

Leise stöhnend presste sie ihre Hand gegen den Magen.

»Ist alles in Ordnung?«, fragte Henriette besorgt.

»Ich weiß nicht«, wimmerte Kata. »Das ... Das Baby.«

Sie krümmte sich und sank in die Knie. Die Fäuste gegen ihren Bauch gepresst rief sie: »Das Baby! Oh mein Gott, das Baby!«

»Ich hole Hilfe!«

Während Henriette aus der Toilette rannte, wiegte sich Kata schreiend vor und zurück, bis sie mit dem Kopf den Boden berührte. Die Stirn auf die Fliesen gedrückt, presste sie die Hände zwischen die Beine, ritzte sich mit ihren falschen Fingernägeln die frisch verkrustete Haut des Schnitts an ihrem Oberschenkel auf, den sie sich in Lynns Küche beigebracht hatte, und verschmierte das Blut zwischen den Beinen.

Die Tür wurde aufgerissen. Leute stürzten herein. Henriette kauerte sich neben sie.

»Sie blutet!«, rief sie.

Ein Sicherheitsangestellter warf einen kurzen Blick zwischen Katas Beine und hob sie hoch. Gefolgt von Henriette und DeeDee trug er sie den Flur hinunter. Die Tür zur medizinischen Abteilung öffnete sich. Keine fünf Minuten nachdem Kata zu schreien begonnen hatte, lag sie in einem Praxiszimmer der Klinik. Henriette hielt ihre Hand. DeeDee tigerte im Flur auf und ab.

»Die Ärztin kommt gleich«, sagte der Mann vom Sicherheitsdienst.

»Gut«, antwortete Henriette. Ihre Hand schoss vor. Der Mann fiel wie ein gefällter Baum zu Boden.

Kata riss sich die Schuhe von den Füßen und sprang von der Liege. Henriette eilte ihr voraus. DeeDee befand sich fast am Ende des Flurs, nur wenige Meter vom Lift entfernt. Er rannte los und drückte den Knopf. Die sich langsam öffnende Lifttür vor Augen, sprintete Kata hinter Henriette auf ihr Ziel zu.

Ayden schritt zielstrebig durch die Flure. Obwohl er sich Janis' Gang und seine Körperhaltung eingeprägt und die Mütze tief ins Gesicht gezogen hatte, hoffte er, der Sicherheitsdienst gönne sich nach all den Aufregungen des Tages eine kleine Ruhepause und schaue nicht allzu genau hin. Im Materialraum schnappte er sich das passende Wartungskit und ein paar zusätzliche Werkzeuge und machte sich auf den Weg zum Geräteraum. Irgendwo zwischen diesen beiden Räumen gab es einen stillgelegten Notausgang, der in einen unterirdischen Tunnel mündete, von dem aus man in die Tiefgarage gelangte. Janis war per Zufall auf ihn gestoßen, konnte sich jedoch nicht mehr erinnern, hinter welcher Tür sich der Durchgang befand. »Eher am Anfang oder am Ende als in der Mitte«, hatte er entschuldigend gemeint.

So viele Türen! Ayden konnte unmöglich an jeder rütteln. Das würde sogar einem übermüdeten, nur halbherzig kontrollierenden Sicherheitsbeamten auffallen. Er entschied sich für je zwei Türen am Anfang und am Ende des Flurs. Die erste ließ sich nicht öffnen, hinter der zweiten verbarg sich ein ungenutztes Kellerabteil.

Das Klinikhandy summte. Ayden nahm den Anruf entgegen.

»Was tust du da?«, fragte eine männliche Stimme ungehalten.

»'tschuldigung«, nuschelte Ayden. »Mir ist langweilig. Blödes Spiel. Nennt sich *Sesam öffne dich.*«

»Noch nie davon gehört.«

»Ist eine Erfindung meiner Freundin und mir.«

»Auf was ihr jungen Spinner alles kommt.« Der Mann seufzte. »Keine Arbeit, oder was?«

»Doch«, antwortete Ayden zerknirscht. »Hab vergessen, die Schneeschuhe auf Schäden zu checken.«

»Dann hol das gefälligst nach! Beweg deinen Hintern in den Geräteraum.«

»Alles klar. Mach ich. Schönen Abend noch. Und, hey, sorry, war eine blöde Idee.«

Hastig, als drücke ihn sein schlechtes Gewissen, ging Ayden an den nächsten Türen vorbei. Bei der zweitletzten streckte er verstohlen die Hand aus und drückte die Klinke. Aus der Tiefe des Dunkels drang ein entferntes Klopfen. Das musste es sein! Ayden widerstand dem Drang, durch die Tür zu gehen. Mit einem verlegenen Grinsen und einem entschuldigenden Schulterzucken schaute er in die Kamera und verschwand im Geräteraum. Dort fand er einen Schneeschuh mit einem kleinen Defekt, gerade richtig für eine nicht allzu schwierige, kurze Reparatur. Die ganze Zeit über hatte er das Gefühl, der Mann in der Zentrale schaue kritisch zu. Schweiß brach durch seine Poren. Ein schrilles Piepsen ließ ihn zusammenzucken. Das Handy! Auf dem Display blinkte ein rotes Ausrufezeichen, darunter leuchteten zwei Wörter. *Medizinische Abteilung*. Erleichtert atmete er auf. Es ging nicht um ihn!

Janis hatte ihm erklärt, dass der Alarm losgehen könnte, wenn sich in der Klinik etwas tat. Von Mitarbeitern, die sich nicht im betroffenen Gebäudeteil aufhielten, wurde kein Eingreifen erwartet. Sie sollten wachsamer sein, mehr nicht. Also steckte Ayden das Handy wieder in die Tasche, packte das Wartungskit und verließ den Geräteraum.

Kata und DeeDee waren auf dem Weg ins Untergeschoss! Ayden musste sich zwingen, nicht zur Tür zu rennen, hinter der er den Durchgang dorthin vermutete. Als er sich seinem Ziel näherte, rückte er dichter an die Wand. Seine Hand fand die Klinke. Er drückte die Tür einen Spaltbreit auf und glitt ins Dunkel.

13.

Obwohl weder Kendelbach noch Altherr redeten, fühlte Nathan, dass sich die Operation dem Ende näherte. Es lag nicht am Monitor, der beruhigende Signale aussandte, sondern an der Art, wie sich die Männer bewegten. Sie arbeiteten immer noch hochkonzentriert und trotzdem glaubte Nathan eine Veränderung zu bemerken. Die Anspannung war nicht mehr dieselbe. Bei Kendelbach ließ sie nach und machte gelassener Routine Platz, bei Altherr stieg sie an. Die Nervosität, die er im Lauf der Operation abgelegt hatte, kehrte zurück.

Kendelbach legte sein Werkzeug beiseite.

»Bring den Wagen, Trainer«, schepperte es aus dem Lautsprecher.

Nathan hörte die Bewegung, mit der der Trainer ausholte. Er duckte sich ganz leicht weg. Der Schlag traf ihn, raubte ihm jedoch nicht das Bewusstsein. Dennoch ließ er sich auf den Boden fallen. Mit geschlossenen Augen blieb er liegen und wartete darauf, dass sich die Tür zum Operationssaal öffnete. Sie blieb zu. Es war die andere Tür, die aufging und sich wieder schloss. Ein Geruch nach Fels und Höhlenluft drang Nathan in die Nase. Der Trainer hatte den Raum verlassen. Danach geschah nichts mehr.

Es dauerte lange. Viel zu lange. Gab es Komplikationen? Stritten sich Kendelbach und Altherr? Rechneten sie miteinander ab? Oder war es einfach die Zeit, die ihre Dimension geändert hatte? Nathan hörte sein Herz schnell und laut schlagen. Mit jedem Atemzug wurde seine Angst größer, aber er durfte nicht aufstehen und nachsehen. Solange die Tür geschlossen war, konnte er nichts tun. Er begann, die Sekunden zu zählen. Bei dreihundertelf öffnete sich endlich die Tür. Schritte kamen auf ihn zu. Seine Nerven zogen sich zusammen, er verkrampfte sich. So nahmen ihm die beiden Ärzte den Besinnungslosen nicht ab!

Loslassen, sagte Zoe.

Er ließ sich fallen. Vom Balkon in den weichen Schnee. Es tat nicht weh, es war auch nicht kalt. Um ihn war Geborgenheit, über ihm schwebte ein Schneeengel. Nathan entspannte sich. Gerade rechtzeitig. Ein Fuß traf ihn in die Seite. Kein Muskel sperrte sich dagegen. Der schlaffe Körper reagierte so, wie ein bewusstloser Körper reagiert.

»Ich bereite die Spritze vor«, sagte die Stimme von Altherr über Nathan.

Kendelbach antwortete nicht, aber im Operationssaal klirrte es leise. Er war dort! Die Verbindungstür stand offen, Altherr war drüben beim Schrank und hantierte in den Schubladen herum. Nathan packte die Gelegenheit. Er rollte sich zum Durchgang, hinein in den OP, wo er hochschnellte, bereit, sich gegen Kendelbach zu verteidigen. Vor seinen Augen flimmerte es. Wankend stand er da und verstand nicht, weshalb Kendelbach ihn nicht angriff.

»Noch lebt dein Freund.« Die eisige Stimme stellte Nathan die Haare im Nacken auf. »Du willst doch nicht, dass er stirbt.«

Nathan schüttelte langsam den Kopf.

»Perfekt.« Kendelbach schaute auf seinen Patienten herunter.

Nathan folgte seinem Blick. Über Raix' Kopf zog sich wie eine silberne Schlange eine Wunde. Als hätte ein Nachfahre von Frankenstein mit einem Tacker gewütet und eine Klammer nach der anderen dicht an dicht in den Schädel geschossen. Nathan starrte auf den Monitor. Die Linien schlugen heftiger aus als vorher. Kendelbach hob den Arm an. In seiner Hand blitzte im gleißenden Licht etwas auf.

»Das ist ein Skalpell«, sagte er ruhig. »Wenn du mich angreifst, dringt es mühelos in dein Gewebe und zerschneidet deine Blutbahnen.«

Aus den Augenwinkeln beobachtete Nathan, wie Altherr auf ihn zukam. In seiner Hand hielt er eine Spritze, in seinem Gesicht stand verzweifelte Entschlossenheit. Der Mann hatte nichts mehr zu verlieren. Um doch noch zu gewinnen, musste er diesen Abend ungeschehen machen. Die Spuren löschen, die Zeugen beseitigen.

»Nicht bewegen!«, befahl Kendelbach. »Oder dein Freund stirbt.«

Kendelbach bluffte. Er hatte das Risiko dieser Operation nicht auf sich genommen, um Raix sterben zu lassen. Nicht, bevor er wusste, ob sie erfolgreich verlaufen war. Er würde Raix wegbringen, irgendwo verstecken und dort seinen Genesungsprozess beobachten. Raix hatte eine Chance. Ayden, Kata und DeeDee würden ihn suchen. Nathan drehte sich um. Zu spät. Altherrs Arm schoss auf ihn zu. In der geballten Hand hielt er die Spritze.

Kata rannte den Flur entlang. Riss Türen von Räumen auf, die nicht verschlossen waren. Zu wenige. Polterte gegen verschlossene. Zu viele. Fand den Raum, in dem Nathan und Gion eingesperrt gewesen waren. Offen. Sie rutschte in ihren Strümpfen auf dem nassen Boden aus, rappelte sich hoch und stürmte weiter. Auf der anderen Flurseite tat Henriette dasselbe. DeeDee war hinter ihnen. Er versuchte, den Lift zu blockieren und ihnen damit etwas Vorsprung zu verschaffen.

Immer verzweifelter zerrte Kata an verriegelten Türen. Wie sollten sie so den Weg zum Operationsraum finden? Wie sollten sie so hineinkommen? Sie schluchzte auf und rannte weiter. Kurz vor dem Ende des Flurs gab eine Tür nach. Miefige Luft schlug Kata entgegen. Es rauschte und klopfte. »Was ist das?«, flüsterte sie.

»Ein unterirdischer Tunnel.«

Hinter ihnen kam DeeDee durch den Flur angerannt. »Das ist die Verbindung zur Tiefgarage, von der Janis gesprochen hat«, keuchte er. »Ich habe die Lifttür blockiert. Das gibt uns etwas Zeit.«

Kata schaute nach unten und sah zwei Paar schuhlose Füße. Ihre eigenen, in zerrissenen schwarzen Stümpfen, und die von DeeDee in rot-grün gestreiften Socken.

»Hat jemand von euch Licht?«, fragte Henriette.

»Ich.« DeeDee hielt ein Feuerzeug in die Höhe.

Er trat in den Tunnel. Kata und Henriette folgten ihm. Es klickte und eine Flamme leuchtete einen kleinen Radius um sie herum aus.

Kata zog die Tür hinter sich zu. Der Boden unter ihren Füßen war nun rauer. Das Rauschen und Klopfen vermischte sich mit ihrem Herzschlag. Meter um Meter tasteten sie sich voran. Sie bemerkten den Eingang erst, als sie direkt davor standen. Ein Schatten in der grauen Steinwand, den sie beinahe übersehen hätten. Kein Lichtstrahl drang hindurch. Keine Stimme war zu hören. Nur die Flamme flackerte ein wenig.

»Wie bekommt man denn dieses Ding auf?«, fragte DeeDee.

Sie fanden keine Klinke, keinen Riegel, kein Schließsystem.

»Vielleicht ein Sensor?«

Kata hob den Arm und bewegte ihn langsam hin und her. Nichts passierte. Bis Henriette an der vorstehenden Kante zog. Unter leisem Quietschen rollte die Tür zur Seite. »Gute alte Mechanik«, meinte sie.

Vor ihnen lag ein breiter Notausgang, durch den frische Luft strömte. Enttäuscht wollte Kata weitergehen. DeeDee hielt sie am Arm zurück. Weiter hinten begann jemand gedämpft zu reden. Hinter einer Tür. Es war nicht Nathan. Kata verstand auch nicht, was der Mann sagte. Aber die Art, wie er es sagte, ließ sie frieren. John Owen hatte ähnlich geredet. Kurz bevor er sie umbringen wollte.

Die Treppe endete bei einer Tür, die zu Aydens Erstaunen nicht verschlossen war. Links oder rechts. Er musste sich entscheiden, ohne etwas sehen zu können. Rechts. Langsam tastete er sich in der Dunkelheit voran. Zur Orientierung diente ihm eine Röhre. Er hatte keine Ahnung, ob die Richtung stimmte, und ob ihn dieser Gang überhaupt in die Nähe des geheimen Traktes führte. Ein schepperndes Quietschen machte Aydens aufkommenden Zweifeln ein Ende. Ungefähr zehn Meter vor ihm öffnete sich ein Spalt. Licht fiel in den Tunnel. Nicht mehr lange, und es würde ihn erfassen. Gehetzt schaute er sich um. Keine Nischen. Keine Türen. Nur drei übereinander verlaufende Rohre, die bis an die Decke reichten. Kein Versteck.

Der Spalt wurde breiter. Ayden rannte los, zurück zum Durchgang, auf der Flucht vor dem Lichtkegel, der immer größer wurde. Kurz bevor er ihn erfasste, erreichte Ayden die Tür. Er riss sie auf und stürzte sich ins Treppenhaus. Gerade noch rechtzeitig. Zwei Scheinwerfer warfen grelles Licht in den Tunnel. Ein Motor startete. Ayden hielt den Atem an. Der Wagen, der auf ihn zukam, füllte den Tunnel in der Breite beinahe aus. Ein verzerrtes Brummen hallte von den Wänden. Der Anblick war völlig surreal. Batman und sein Batmobil! Nur viel langsamer. Es war völlig irr. Nicht von dieser Welt. So, wie in diesem unwirklichen Eispalast vieles nicht von dieser Welt war.

Kurz bevor das Gefährt auf seiner Höhe war, schloss Ayden die Tür. Kaum war der Spuk vorbei, riss er sie auf, sprang mit einem Satz in den Tunnel und folgte dem Geistergefährt, das mit eingezogenen Seitenspiegeln zentimetergenau zwischen den Wänden hindurchfuhr. Der Fahrer würde nicht in den Rückspiegel schauen und selbst wenn, konnte er Ayden, der dicht an der Wand blieb, nicht entdecken.

Weiter vorne, wo der Tunnel etwas breiter wurde, hielt das Fahrzeug an. Die Scheinwerfer gingen aus, nur die Abblendlichter waren noch an. Ayden beobachtete, wie ein ziemlich großer Mann auf einen Schatten zuging, die Hände um etwas schloss und zu ziehen begann. Dann verschwand er.

Vorsichtig näherte sich Ayden dem Wagen. Als er näher kam, bemerkte er, dass der Schatten, der den Mann verschluckt hatte, eine Tür war. Er linste durch die Öffnung. Bis auf einen dünnen Lichtstrahl weiter vorn war es dunkel. Keine Spur von dem Mann. Durch den Tunnel hallten Männerstimmen. Sie schrien Befehle. Schnell glitt Ayden durch die Tür. Unter seinen Füßen knirschte es. Vor ihm blitzte etwas auf. Ein heftiger Schlag raubte ihm den Atem. Er ging in die Knie.

»Oh, Scheiße, das ist Ayden!«

Im Licht einer flackernden Flamme erkannte er DeeDee, doch er hatte nur Augen für Katas gespenstisch weiße Gesicht mit dem knallroten Mund und den kohleschwarz geschminkten Augen, in denen Angst stand.

Der kleine Lichtkegel bewegte sich weiter, hin zu Henriette. »Den Zugangscode zum Raum da vorn und du kannst gehen«, sagte sie. »Oder du wanderst zusammen mit den beiden da drin ins Gefängnis.«

Ayden hörte ein Stöhnen. Es musste von dem Mann kommen, der eben noch durch den Tunnel gefahren war.

»Er hat den Fluchtwagen mitgebracht«, flüsterte er DeeDee zu. »Steht direkt vor der Tür. Leider zusammen mit einer Horde Einsatzleute.«

»Na, dann ist ja gut, dass hier so was wie ein Notstollen beginnt«, antwortete DeeDee leise. »Wird verdammt knapp!«

»Den Code!«, wiederholte Henriette.

Der Mann stieß die Zahlen aus wie einen Fluch. DeeDee tippte sie ein. Es zischte. Gleißendes Licht blendete Ayden.

Katas Finger gruben sich tief in seinen Arm. Eine grün gekleidete Gestalt kam auf sie zu. Ihre Füße hinterließen eine rote Spur auf den weißen Fliesen.

»Idioten«, sagte der Mann. »Ich hätte Geschichte schreiben können. Aber dieser Wahnsinnige da drin hat alles vermasselt.«

Sie kamen zu spät. Zu spät für Raix. Der Monitor war tot. Keine Neonfarben, keine Kurven, keine Zahlen. Kein Leben mehr. Nathan beugte seinen Kopf nach unten, bis er den von Raix berührte. »Es tut mir leid«, flüsterte er heiser. »Es tut mir so leid.«

Irgendwie trugen ihn seine Beine an Altherr vorbei, der gekrümmt auf dem Boden lag, im Hals die Spritze, in seiner Brust das Skalpell. Vor dem OP standen Kata, Ayden und DeeDee, starr vor Entsetzen und unendlichen Schmerz in ihren Gesichtern. Nathan geriet ins Taumeln. Henriette fing ihn auf. Er stieß sie von sich weg. Kata streckte ihren Arm nach ihm aus. In ihren blauen Augen stand eine Frage, die Nathan nicht beantworten wollte. Er wich ihr aus und wankte an ihr vorbei, ohne etwas zu sagen. Was auch? Auf der anderen Seite der Stahltür hörte er Stimmen. Ein unterdrücktes Husten. Es klang wie eine Einsatztruppe kurz vor der Stürmung. Er zog sich in den Notausgangstollen zurück, hinein in ein feuchtes Dunkel, in dem es von der Decke tropfte. Eine Hölle ohne Fegefeuer. Seine Schuld. Alles seine Schuld.

Mit geschlossenen Augen hatte er auf den Einstich der Spritze gewartet, darauf, dass die Flüssigkeit mit Hochdruck in seinen Blutkreislauf gejagt wurde. Er verabschiedete sich von seinen

Freunden, bat seinen Vater um Verzeihung und richtete dann sein ganzes Denken und Fühlen auf Gemma. Alles in weniger als einer Sekunde, die ihm vorkam wie eine Ewigkeit. Auf der anderen Seite wartete Zoe auf ihn. Aber der verdammte Tod wollte ihn nicht. Irgendetwas stoppte Altherr.

»Sie sind hier!«, rief er.

Nathan öffnete die Augen und sah über der Tür zum Vorraum ein rot blinkendes Licht. Auch Kendelbachs Aufmerksamkeit galt dem Warnsignal.

»Nun verlier mal nicht die Nerven«, herrschte er Altherr an. »Das ist bestimmt der Trainer. Er hat den Wagen geholt. In wenigen Minuten sind wir weg von hier.«

Doch Altherr ließ sich nicht beruhigen. »Und wenn nicht?«

»Dann haben wir einen unerwünschten Zeugen.« Kendelbach deutete mit dem Kopf auf Nathan.

Altherr starrte ihn an. »Es ist vorbei und du bist schuld. Wir hätten den kleinen Scheißer einfach verschwinden lassen sollen. Aber du wolltest ja unbedingt ...«

Mitten im Satz brach er ab. Er hob den Arm und stürzte auf Kendelbach zu. Über den Operationstisch hinweg versuchte er, ihm die Spritze in den Körper zu rammen. In einer geschmeidigen Bewegung wich Kendelbach aus. Gleichzeitig schoss seine Hand nach vorn. Blut tropfte auf die Tücher, die Raix bedeckten. Altherr geriet ins Wanken. Nathan schnellte nach vorn und zog ihn zurück, damit er nicht über Raix zusammenbrach. Sie fielen zu Boden. Altherr packte Nathan am Pullover und verkrallte sich darin. Aus seinem Mund kamen unverständliche Laute. Nathan schaffte es nicht, sich von ihm zu lösen. Während der Mann neben ihm starb, nicht neugierig wie Jenkinson, sondern voller Angst und Panik, fragte sich Nathan, warum ihn Kendelbach leben ließ.

»Du fragst dich, warum du noch lebst.« Die Stimme war dicht an seinem Ohr. »Ganz einfach, ich brauche dich.«

Kendelbach umklammerte Nathans Handgelenk und drückte ihm die Spritze in die Hand.

»Dein Freund ist tot!«

Heißer Atem streifte Nathans Gesicht. Seine Finger schlossen sich um die Spritze. Er bäumte sich auf. Wollte die tödliche Flüssigkeit in Kendelbachs Körper jagen. Doch der Druck um sein Handgelenk nahm zu. Die Nadel änderte ihre Richtung. Zeigte auf Altherr.

»Nein«, flüsterte Nathan. Er schaute weg, als seine Hand, geführt von Kendelbach, vorwärtsschoss. Konnte sie nicht öffnen. Fühlte, wie die Spritze in Altherrs toten Körper drang. Gallenflüssigkeit stieg hoch und blieb in seinem Mund stecken. Er sank in sich zusammen. Seine Finger ließen endlich los. Noch einmal wurde seine Hand an etwas gedrückt. Dieses Mal kaltes Metall. Das Skalpell. In Nathans Kopf lachte das Schicksal. Er würde wegen Mord drankommen. Nicht dem an Jenkinson, sondern dem an Altherr. Vielleicht sah so ausgleichende Gerechtigkeit aus. Sein Kopf sackte nach vorn. Als er ihn wieder hob, war auf dem Monitor nichts mehr. Nichts.

Im Dunkel hinter sich hörte er Stimmen. Es gab keine Flucht. Vor sich selber konnte man nicht wegrennen. Nathan war bereit, jede Strafe anzunehmen. Seine Schuld. Für immer.

Die Stimmen kamen näher. Noch einmal den Schnee sehen. Noch einmal einen Schneeengel für Zoe zaubern. Danach sollten sie ihn haben. Nathan breitete die Arme aus und lief los. Blind. Seine Hände waren sein Navigationssystem. Berührte eine von ihnen die Wand, korrigierte er seine Richtung.

Er fühlte den Ausgang, bevor er ihn sah. Frische Luft strömte ihm entgegen. Am Ende des Stollens erwartete ihn glitzernder Schnee, beleuchtet von unzähligen Sternen. Nathan stolperte diesem Wunder entgegen.

Beinahe unberührt lag der Schnee vor der offenen Tür. Eine

einzige Fußspur führte von ihr weg, hinüber zum Gitterzaun, hinter dem dichter Wald lag. Über der wuchtigen Steinmauer hinter Nathan thronte die Klinik, die auf dieser Seite an eine Festung erinnerte. Aus ein paar der kleinen Fenster drang Licht nach draußen. Weit vorne ragten die Bäume des Klinikparks in den klaren Himmel. Er lag er in einem märchenhaften Tiefschlaf. Irgendeine Macht schenkte Nathan die Zeit für seinen Schneeengel.

Er taumelte den Laternen entgegen. Breitete seine Arme aus. Legte den Kopf in den Nacken. Schaute hinauf in das Funkeln am Himmel und ließ sich rückwärts in den Schnee fallen. Dann malte er die drei schönsten Schneeengel, die er je gemalt hatte. Einen für Zoe. Einen für Raix. Und einen für Gemma.

Umgeben von der Ruhe und der Stille der Nacht stand er auf. Weit vor ihm ging eine Gestalt. Ihr blondes Haar schimmerte im Licht der Sterne. Nathans Augen füllten sich mit Tränen. »Warte, Zoe«, flüsterte er.

Sie konnte ihn nicht hören. Nathan folgte ihr durch den Park. Als auf der Straße Scheinwerfer auftauchten, versteckte er sich im Schatten einer Skulptur. Er beobachtete, wie sich das Tor der Klinik öffnete. Drei Streifenwagen passierten es und fuhren bis vor den Eingang. Kurz bevor sich das Tor schloss, huschte Nathan nach draußen. Ein letztes Mal schaute er zurück. Hinter einem der Fenster war das Licht angegangen. Auf dem Balkon stand eine Gestalt in einem weißen Nachthemd. Elegant. Eine Tänzerin. Ivana. Sie winkte ihm zu. Er hob den Arm und erwiderte ihren stummen Gruß. Als er sich umdrehte, konnte er Zoe nirgends entdecken. Ihm wurde kalt. Zum ersten Mal an diesem Abend. Nathan entschied, auf einer der Bänke beim See auf die Polizei zu warten.

14.

Nicht ein Einziger der Männer, die in den Raum drängten, trug eine Polizeiuniform. Einige von ihnen waren schwarz gekleidet, andere in dieser Art Uniform, die Kata in der Lobby gesehen hatte. Einer der Männer stürzte sich auf Ayden, drückte ihn hart gegen die Wand und zog ihm ein Handy aus der Jackentasche.

»Räumen und Abführen!«, rief ein hochgewachsener Mann mit grauen Schläfen.

»Warten Sie!«, bat Kata. »Ich … Ich möchte mich gern von meinem Freund verabschieden.« Sie deutete auf den Operationssaal, der von vier der Schwarzgekleideten bewacht wurde. »Ich werde keine Spuren hinterlassen. Bitte.«

Der Mann musterte sie von oben bis unten. Kata sah das Mitgefühl in seinen Augen.

»Er … Er hat mir das Leben gerettet.«

»Eine Minute«, sagte er. »Keine Szene, nichts anfassen.«

Sie nickte. »Danke.«

Die Männer, die den Eingang zum OP bewachten, traten zur Seite. Einer nahm sie am Arm und führte sie zum Operationstisch.

Raix' Körper war mit blutigen Tüchern bedeckt. Einzig sein Kopf war frei. Dort, wo sonst die wildesten Frisuren gewuchert hatten, war nichts mehr. Nur eine lange, silberne Wunde. Das Gesicht, auf dem sich immer alle Gefühle gespiegelt hatten, war fahl und ohne Leben. Aber auf Raix' Lippen glaubte Kata ein Lächeln zu sehen. Er musste an etwas Schönes gedacht haben beim Hinübergleiten in die andere Welt.

Sie streckte ihre Hand nach ihm aus. Der Mann neben ihr reagierte nicht. Er hielt sie auch nicht zurück, als sie Raix sanft über die Wange fuhr. Seine Haut fühlte sich warm an. Vielleicht war das normal. Raix war noch nicht lange tot.

»Miss.«

Sie wollte nicht loslassen. Noch nicht.

In einer beinahe zärtlichen Geste legte der Mann seine Hand auf ihren Arm.

»Mach's gut«, sagte sie leise.

Raix' Wimpern flatterten. Es musste an ihrer Berührung liegen oder an ihrem Atem. Lider waren leicht und fein wie Schmetterlinge. Kata löste ihre Hand von Raix' Wange. Wieder flatterten die Wimpern.

»Wenn Sie mich jetzt begleiten würden.«

»Warten Sie«, flüsterte Kata. »Ich glaube, er lebt.«

»Das kann nicht sein«, antwortete der Mann. »Die Maschine ist aus, der Junge hängt an keinen Geräten mehr.«

»Puls«, keuchte sie. »Hat er Puls?«

Der Mann legte den Finger auf Raix' Hals. »Da ist nichts ...« Er stockte. »Er hat Puls!«, rief er. »Ganz schwach. Wir brauchen einen Arzt. Sofort.«

»Kendelbach!«, rief jemand. »Tun Sie was!«

»Nicht er!«, schrie Kata. »Er wird ihn umbringen.«

»Hier ist sonst niemand«, antwortete der Mann neben ihr.

Verzweiflung packte sie. »Dann holen Sie jemanden!«

»Das dauert zu lange.« Der Mann hielt sie an beiden Armen fest und zwang sie, ihn anzusehen. »Ich werde auf ihn aufpassen. Versprochen.«

Kata wusste nicht, ob dieses Versprechen mehr wert war als die Energie, die es den Mann gekostet hatte, es auszusprechen.

»Ich bürge dafür.« Ursina Derungs trat in den Operationssaal. »Ich bin die Leiterin dieser Klinik und ich bürge dafür, dass dieser Arzt alles geben wird, um Ihren Freund zu retten.« Sie schickte die Einsatzleute nach oben, wo sie auf die Polizei warten sollten, befahl Kendelbach in den OP und bot Kata an, zusammen mit ihren Freunden bei Raix zu bleiben. »Ich wusste nichts von diesem Raum«, sagte sie. »Bis Sie aufgetaucht sind, wusste keiner davon. Glauben Sie mir.«

Seit dem Tag, an dem sie Ronan getroffen hatte, glaubte Kata nichts mehr. Es war ihr egal, ob die Frau eingeweiht gewesen war oder nicht. Das war Patrizia Winklers Mission. Sie würde es herausfinden und die richtigen Leute dafür anklagen.

Raix lebte. Dieser verrückte Kerl hatte gekämpft. Er hatte ihr ein Zeichen gegeben. Nach allem, was er durchgemacht hatte, durfte er nicht sterben. Vielleicht gelang es Patrizia Winkler, tief genug zu graben und zu beweisen, dass Raix damals in Notwehr gehandelt hatte. Und wenn nicht, würden sie einen Weg finden, Raix in die Freiheit zu holen. Keiner von ihnen war allein. Sie hatten einander. Sie waren *Lost Souls Ltd.*, mehr denn je.

Ayden hielt ihr seine Jacke hin. »Du brauchst Schuhe.«

»Ich auch«, erklärte DeeDee.

»Einer von uns muss bei Raix bleiben. Kannst du das bitte tun?«, fragte Ayden.

»Wenn ihr mir versprecht, Nate zu finden.«

»Es könnte dauern.« Ayden versuchte ein Grinsen, das ihm jämmerlich misslang. »Kennst ihn ja.«

DeeDee nickte beklommen.

Kata schlüpfte in Aydens Jacke. Das letzte Mal hatten sie Nathan gehen lassen. Diesmal mussten sie ihn zurückhalten.

»Fragen Sie am Empfang«, sagte Ursina Derungs. »Man wird Ihnen dort Schuhe in Ihrer Größe geben können.«

Der Lift nach oben war in Betrieb. Sie brauchten nicht einmal einen Code. Kurz bevor sich die Tür schloss, schob sich Henriette zu ihnen herein.

»Einen Augenblick lang glaubte ich wirklich, euer Freund sei tot.«

»Wie ist das möglich?«, fragte Kata. »Wie konnte er noch leben?«

»Es war zu spät für Kendelbach, Raix umzubringen, aber er konnte alle glauben lassen, er sei tot, indem er ihn von sämtlichen Maschinen abgehängt hat. Wenn du nicht aufgepasst hättest, wäre er wohl gestorben.«

Der Lift erreichte das Erdgeschoss.

»Werden wir uns wiedersehen?«, fragte Kata.

»Ich fürchte, ja. Und jetzt geht und sucht Nathan. Ich habe noch etwas zu erledigen. DeeDee hat Peter gemeldet, dass ich komme. Wenn ich in einer Stunde nicht am vereinbarten Treffpunkt bin, soll er ohne mich abheben.«

Sie verließen Henriette in der medizinischen Abteilung und passierten die Sicherheitskontrollen ohne Probleme. Auf dem Weg zum Empfang kamen ihnen Polizeibeamte entgegen. Einer griff zum Funkgerät, als er sie sah, doch niemand hielt sie auf. Der Grund war Patrizia Winkler, die am Empfang auf sie wartete. Es gelang ihr nicht, die Betroffenheit zu verbergen, die Katas Anblick bei ihr auslöste.

»Können Sie fliegen?«, fragte Kata.

»Nein. Ich habe ein gutes Team. Es hat sie nicht aus den Augen gelassen. Warum haben Sie nicht angerufen?«

Kata schwieg.

»Schon in Ordnung«, meinte Patrizia Winkler. »Ich beginne so langsam, Sie zu verstehen. Die Socken und Schuhe hier sind für Sie, nehme ich an.«

»Ja.«

»Ich habe auch um eine anständige Jacke gebeten. Dieses scheußliche Ding, das Sie bei Ihrer Ankunft trugen, taugt nicht gegen die Kälte.«

Kata war froh um die Sachlichkeit der Ermittlerin. Alles andere hätte sie nicht ausgehalten. Sie gab Ayden seine Jacke und schlüpfte in die, die ihr Patrizia Winkler hinhielt.

»Bringen Sie Nathan MacArran zurück.«

»Damit Sie ihn verhaften können?«

»Das auch«, seufzte Patrizia Winkler. »Aber wenn er unschuldig ist, wie ich vermute, werden wir ihn nicht lange festhalten.«

»Und Raix?«

»Der ist bei uns in besten Händen.«

Kata nickte. In ihrem Hals steckte ein dicker Kloss. Freiheit oder Tod.

Irgendwo da draußen irrte Nathan herum und dachte, Raix hätte es nicht geschafft. Sie mussten ihn finden! »Gehen wir!«, sagte sie zu Ayden.

Auf dem Weg zum Tor hielt sie ein Ruf zurück. Im dritten Stock lehnte sich eine Gestalt in einem weißen Nachthemd weit über die Brüstung.

»Er hat Engel in den Schnee gezeichnet«, rief die Frau. »Drei wunderschöne Engel.«

»Wer?«

»Der traurige Sänger.«

»Und dann?«, fragte Ayden.

»Dann ist er rüber zum See gegangen.«

Zoe tauchte so plötzlich auf, wie sie verschwunden war. Nathan entdeckte sie weit draußen auf dem See. Viel zu nahe an der Absperrung, hinter der dünnes, brüchiges Eis über tiefem Wasser auf jene lauerte, die nicht aufpassten. Oder die nicht mehr leben wollten. Er musste sie warnen, doch aus seinem Mund kam kein Ton. Das Aufstehen war eine Qual. Seine vor Kälte tauben Beine gehorchten ihm nicht. Schwerfällig stolperte er auf das Eis hinaus. Nur langsam kam das Gefühl zurück, wurde sein Gang sicherer. Als Zoe bei der Absperrung nicht stehen blieb, sondern sie einfach umging, überkam ihn tiefe Verzweiflung. Aber Zoe brach nicht ein. Wie ein Schneeengel glitt sie über das dünne Eis hinweg.

»Warte auf mich«, krächzte Nathan. »Nimm mich mit.«

Unter seinen Füßen knirschte es. Um ihn herum glitzerte eine Märchenwelt. Er hielt den Atem an und einen magischen Augenblick lang fror die Zeit ein. Ein Knacken brach den Bann.

Zoe drehte sich um. »Du musst hierbleiben«, sagte sie leise. »Geh zurück.«

»Da ist nichts mehr.«

Diesmal war das Knacken laut wie ein Knall. Der Boden unter Nathan brach weg. Kälte griff nach ihm. Kurz bevor er darin verschwand, hörte er Stimmen, die seinen Namen riefen. Er glitt ins Dunkel, ohne sich dagegen zu wehren.

Ein Mädchen in einem roten Badeanzug schwamm auf ihn zu und streckte seine Hand nach ihm aus. Ihre Finger berührten sich. Wärme flutete durch Nathan, während er weiter in die Tiefe sank. Jetzt musste er nur noch den Mund öffnen und das Wasser einatmen. Dann war er zu Hause, bei Zoe. Weit weg von den Dämonen und Geistern, die ihn die letzten Jahre gejagt hatten. Weit weg vom Tod, den er den Menschen brachte, die ihn liebten. Doch das Mädchen legte einen Finger auf seine Lippen. Sachte nur. Und trotzdem konnte Nathan den Mund nicht öffnen. Er fühlte einen ungeheuren Schmerz in den Lungen.

»Menschen können kein Wasser einatmen«, erklärte das Mädchen ernst. Es saß an einem Strand neben einer Sandburg, die es zusammen mit dem kleinen Jungen gebaut hatte, der weinend neben ihr kauerte. »Das weißt du doch, Nathan.«

»Bist du mir böse, Zoe?«

»Weil du versucht hast, mit den Fischen zu schwimmen? Nein, ich bin dir nicht böse.«

»Ich hab dich lieb.«

»Ich dich auch. Aber jetzt musst du nach oben.«

Nach oben? Nathan sah sich um. Die Burg und der Strand waren verschwunden. Nur das Wasser war noch da. Und weit über ihm ein Loch, durch das Licht drang. Der Schmerz in seinen Lungen wurde unerträglich. Nathan begann, mit den Armen zu rudern und mit den Beinen zu strampeln. Kurz bevor er das rettende Licht erreichte, riss er den Mund auf. Er füllte sich mit Wasser und Nathan mit Panik. Seine Bewegungen wurden hektisch, vor seinen Augen begann es zu flimmern. Er konnte Zoes Hand nicht mehr fühlen! Nur noch Schmerz. Und Kälte, die ihn in die Tiefe ziehen wollte. Hinab zu Zoe, die im Wasser atmen und gleichzeitig übers Eis schweben konnte. Oben rief jemand seinen Namen.

Nathan griff nach dem Lichtstrahl, der hell ins Wasser tauchte. Eine starke Hand packte seine und zog ihn hoch, bis sein Kopf aus dem Wasser auftauchte. Luft! Er hustete, atmete, spuckte, atmete, würgte, atmete. Schrammte über scharfes Eis, das gleich wieder unter ihm wegbrach. Millionen Kältenadeln bohrten sich in ihn. Und die ganze Zeit war da Katas weißes Gesicht, über das Farbe lief. Sie schrie seinen Namen. Bis er wie ein gestrandeter Walfisch auf festem Grund lag, Auge in Auge mit Kata, die nicht mehr schrie. Über ihnen war keine Sonne, sondern ein Nachthimmel, in dem riesige Lampen hingen.

Erst jetzt bemerkte er Ayden und verstand, woher Kata die Kraft genommen hatte, ihn aus dem Wasser zu ziehen, und warum sie nicht darin versunken waren. Als die leichtere von beiden hatte sie sich auf das dünne, brechende Eis gewagt. Ayden hatte sie festgehalten und langsam, aber sicher, aus der Gefahrenzone gezogen. Nun versuchte er, auf die Beine zu kommen, doch sie knickten unter ihm weg. Kata stemmte sich auf die Knie. Ihre Hände griffen nach Nathan, zerrten seinen Oberkörper hoch. »Idiot!«, schrie sie. »Du verdammter Idiot!«

Sie hörte nicht auf zu schreien, bis Ayden bei ihr war und die Arme um sie schlang. »Es ist gut, Kata.«

»Ist es nicht!«

Hinter den beiden tauchte wie ein riesiger Schatten ein Polizeibeamter auf. Er kauerte sich neben Kata auf das Eis. »Sie können ihn loslassen. Wir übernehmen.«

»Lassen Sie mich in Ruhe!«, rief Kata. »Raix lebt! Hörst du? Er lebt. Und du willst sterben, du Idiot!«

»Miss, Sie …«

»Hauen Sie ab!«

Sie schrie und schluchzte gleichzeitig. Das konnte nicht sein. Kata weinte nie. Nur, wie kam es dann, dass warme Tränen auf seinem Gesicht zerplatzten wie feine Regentropfen? Und warum weinte sie, wenn Raix lebte? Nathan verstand das alles nicht. Raix lebte? Er war nicht tot?

»Es tut mir leid.« Seine Zähne schlugen aufeinander.

»Bitte, Miss. Meine Kollegen werden sich um Sie und Ihren Freund kümmern.«

Kata löste sich von Nathan. Ayden half ihr auf die Beine. Zwei Polizeibeamte führten sie weg.

»Er … ist … nicht tot?«

»Nein. Können Sie aufstehen?«

»Weiß nicht.«

Der Polizeibeamte und zwei seiner Kollegen halfen Nathan hoch. Unter dem hellen Flutlicht von den Scheinwerfern am Rand des Sees brachten sie ihn zu blinkenden Lichtern eines Ambulanzwagens auf dem Seeweg. Kein Dunkel. Gleißende Helligkeit. Ein weißer Himmel mitten in der Nacht. Unsägliche Kälte.

Vor Nathan gingen Kata und Ayden nebeneinander her. Ayden hatte seinen Arm um sie geschlungen, als wolle er sie nie mehr loslassen. Sie klammerte sich an ihm fest. Zwei Magnete, deren Pole sich heftig anzogen.

»Passen Sie auf ihn auf!«, befahl der Beamte dem Notarzt, der Nathan in Empfang nahm. »Er hat versucht, sich umzubringen.«

Zoe! Nathan drehte sich um und schaute zurück. Sie war verschwunden.

Ungefähr einen halben Kilometer Luftlinie von der Klinik entfernt stieg ein Helikopter in die Luft. Ohne Raix und Nathan. Dafür mit einer Frau mit dem Namen einer Toten. Auf welcher Seite auch immer Henriette stand und für wen immer sie arbeitete: Bei dieser Mission hatte sie mit den *Lost Souls* gekämpft.

Raix befand sich im illegalen Operationsraum. Ein Arzt aus dem regionalen Krankenhaus, der seinen Zustand geprüft hatte, hielt den Transport für zu riskant. Er und Beamte von Patrizia Winklers Sondereinheit überwachten Kendelbach bei seiner wohl letzten Tätigkeit in seinem Beruf.

Ayden und Kata standen in Decken gehüllt neben einem der Einsatzwagen vor der Klinik.

»Sind Sie sicher, dass Sie keinen Arzt brauchen?«, fragte Patrizia Winkler.

Ayden nickte. Ein Sanitäter hatte sein Handgelenk frisch eingebunden und ihm eine Schmerztablette gegeben.

»Dann fahre ich Sie in Ihr Hotel. Dort können Sie sich aufwärmen und ausruhen. Sobald Raix erwacht, melde ich mich bei Ihnen.«

»Was ist mit Nathan?«, fragte Ayden.

Die Beamten hatten sie nicht zu ihm durchgelassen. »Er ist auf dem Weg ins Krankenhaus, wo er untersucht wird. Danach müssen wir mit ihm sprechen.« Patrizia Winkler öffnete die Hintertür des Wagens und bedeutete ihnen einzusteigen. »Keine Angst, wir werden behutsam vorgehen. Ihr Freund hat in den letzten Monaten sehr viel aushalten müssen. Zu viel. Er wird Hilfe brauchen. Und Sie beide.«

Kata schwieg. Es war, als hätte sie alle Worte, die ihr geblieben waren, auf dem See aus sich hinausgeschrien. Ihr Blick ging ins Leere, ihre blau angelaufenen Lippen waren fest aufeinandergepresst, ihr Körper bebte. Ayden war nicht sicher, ob sie die Aufforderung der Ermittlerin gesehen hatte.

»Kommen Sie.« Patrizia Winkler streckte ihren Arm nach Kata aus. Sie wich zurück. Ayden schüttelte den Kopf. Patrizia Winkler verstand. Sie stieg ein. Ayden half Kata auf den Rücksitz. Dort setzte er sich neben sie und drückte sie fest an sich.

Die Neuigkeiten über die Ereignisse in der Klinik mussten die Runde im Dorf bereits gemacht haben, denn Frau Vinzens kam ihnen schon unter der Tür entgegen. Der Schreck stand ihr ins Gesicht geschrieben. »Um Himmels willen! Sie sind ja völlig durchfroren.«

»Wenn wir bitte den Schlüssel haben könnten.«

»Natürlich.« Während Frau Vinzens um die Theke zu den Fächern mit den Schlüsseln ging, bestellte sie bei der herbeigeeilten Bedienung heißen Tee mit Kräutern. »Damit Sie sich nicht erkälten«, erklärte sie. Dann ging sie vor ihnen her, schloss die Tür auf und stellte den Tee auf den Tisch beim Fenster. »Wenn Sie noch etwas brauchen …« Mit einem letzten neugierigen Blick auf Kata huschte sie aus dem Raum.

»Du kannst mich jetzt loslassen.«

Ayden zögerte.

»Ich werde nicht umkippen. Ich … Ich muss nur raus aus diesen Sachen.«

Kata begann, sich auszuziehen. Verlegen wollte Ayden sich abwenden, doch dann bemerkte er, dass ihre Hände viel zu sehr zitterten. Sie bekam den Reißverschluss des Kleides nicht auf. Ungeduldig versuchte sie, sich das Stück über den Kopf zu ziehen. Ayden stoppte sie.

»Lass mich helfen«, bat er.

Auch er brauchte mehr als einen Anlauf, bis er ihr das Kleid ausgezogen hatte. Den Rest schaffte sie alleine. Er sah nicht hin, sondern streifte seine Sachen ab. Im Bad lief die Dusche. Er wartete, bis Kata fertig war, dann stellte er sich unter den warmen Strahl. Das Wasser half gegen die oberflächliche Kälte. Gegen die Kälte im Innern konnte es nichts ausrichten.

Als er aus dem Bad kam, lag Kata im Bett. Auf seiner Seite. Er schlüpfte zu ihr unter die Decke. Sein Herz klopfte wild. Sie rückte dicht zu ihm heran. Er wagte beinahe nicht zu atmen. Irgendwann schlang sie ihren Arm um ihn. Ayden hielt sie fest. Die ganze Nacht.

15.

»Ziemlich beeindruckend«, meinte Chesil.

Raix lag in seinem Bett in einer Spezialklinik in der Schweiz, wo man seinen Genesungsprozess für die Forschung dokumentierte.

»Was?«, fragte er. »Meine Frisur oder die Narbe?«

»Beides.«

Sie strich ihm über die Stoppeln, die in den letzten drei Wochen gewachsen waren.

»Vier Millimeter«, meinte sie.

»Mindestens fünf«, widersprach er. »Jetzt bin ich dran.« Er legte die Hand auf ihren Bauch. »Drei Zentimeter mehr.«

»Mindestens fünf.«

Nathan hatte für Raix gezaubert. Einmal mehr. Chesil war hier. Seine Eltern hatten ihn besucht, nachdem sie mit Patrizia Winkler gesprochen hatten. Weder sein Vater noch seine Mutter hatten viele Worte gefunden, aber das war nicht nötig gewesen. Ihre Blicke und Gesten hatten für sich gesprochen.

Der Mordfall an Diethelm wurde wieder aufgerollt, denn es gab neue Beweismittel. Henriette hatte eine Videoaufnahme einer geheimen Überwachungskamera in Kendelbachs Büro auf Altherrs Computer gefunden und Patrizia Winkler den Dateinamen verraten, bevor sie die Klinik für eine kurze Rauchpause verlassen hatte, von der sie nie zurückgekommen war. Altherr hatte Kendelbach überwacht, ganz privat, und dabei sein Gespräch mit Raix aufgezeichnet. Patrizia Winklers Einheit arbeitete daran, die Informationen auszuwerten. Es sah gut aus für Raix. Wenn nichts mehr schieflief, wurde er wegen schwerer Körperverletzung angeklagt. Dass er in höchster Notwehr gehandelt hatte, würde die Strafe mildern. Raix hatte eine

Zukunft geschenkt bekommen, eine, die er mit einem klaren Kopf angehen konnte. »Ich werde Vater«, sagte er. Und dann, als könne er sein Glück nicht fassen, wiederholte er die Worte. »Ich werde Vater.«

»Frag mich jetzt nicht, wie es mir geht«, warnte Nathan.

Sam setzte ein unschuldiges Gesicht auf. »Das hatte ich nicht vor.«

»Lügner.«

»Und du willst mir wirklich nicht verraten, warum wir hier sind?«

»Nein.«

Entschlossen ging Nathan auf den Eingang des klotzigen Glasbaus zu.

»Warte!«, hielt Sam ihn zurück. »Manche Dinge sollte man ruhen lassen. Jenkinson war ein durch und durch gefährlicher Mensch. Er hätte weiter getötet.«

Nathan verstand, was Sam ihm damit sagen wollte. Aber deswegen war er nicht hier. Er würde den Mord an Jenkinson nicht gestehen. Nur Gerry hatte er eingeweiht, weil er wusste, dass er Gemma bei der Verarbeitung ihrer Erlebnisse half. Dazu musste Gerry die Wahrheit kennen, denn Gemma würde sie ihm nicht verraten.

»Kommst du nun mit oder nicht?«, fragte er.

»Wenn du dir sicher bist, dass du weißt, was du tust.«

»Sam!«

»Schon gut.«

Gemeinsam schritten sie durch den Eingang und meldeten sich am Empfang. Wenig später saßen sie bei Dean Burton im Büro.

»Nathan MacArran.« Hinter Burtons Lächeln erkannte Nathan dieselbe Sorge, die auch Sam vergeblich zu verbergen versuchte. »Ich hatte eigentlich gehofft, Ihnen nie wieder zu begegnen.«

Es klang wie eine Einladung, sich alles noch einmal zu überlegen und dann unverrichteter Dinge zu gehen.

»Nun, Mr Burton, mit Wünschen und Hoffnungen ist das so eine Sache.«

»Immer noch derselbe!«

»Finden Sie es heraus.«

Burton wechselte einen Blick mit Sam. »Also. Was führt Sie zu mir?«

»Der 14. November 1973.«

»Ein Datum?«

»Ein spezielles Datum. An dem Tag wurde der Mörder meiner Schwester geboren.«

Diesmal fiel der Blickwechsel zwischen Burton und Sam länger aus.

»Woher wissen Sie das?«

Gc_1411. G für 7, c für 3, 14 für den Tag und 11 für den Monat. Raix hatte sofort erkannt, wofür Nathan blind gewesen war, weil er sich nur auf den Inhalt der Mails konzentriert hatte. Jedes einzelne Wort seines Informanten hatte Nathan analysiert, nie jedoch seine Adresse. Und das, obwohl er wusste, dass der Mann ein Spieler war, der seine Informationen in Rätsel verpackte.

»Ich weiß es einfach. Machen Sie damit, was Sie wollen.«

»Werde ich Ihnen auf dieser Suche begegnen, wenn ich sie starte?«

»Nein.« Nathan stand auf. »Finden Sie ihn. Er gehört Ihnen.«

Vor dem Gebäude wartete ein trüber Wintertag auf ihn und Sam. Über den Häuserschluchten lag ein grauweißer Himmel.

»Es geht mir gut«, beantwortete Nathan die Frage, die Sam nicht stellen würde.

Das war nicht gelogen. Er wohnte bei Kata und Ronan. Fuhr mit den Fischern aufs Meer. Half einem alten Farmer mit den Schafen. Trank nicht mehr. Schrieb Songs. Lernte, die Sehnsucht nach Gemma auszuhalten. Nahm einen Tag nach dem anderen. In den Nächten tauchte er in die Welt, die er am besten kannte, und suchte nach John Owen.

Kata warf ihre Reisetasche auf den Rücksitz von Ronans Jeep. »Morgen ist Nathan wieder da.«

Ronan grinste.

»Ich bin in ein paar Tagen auch wieder hier.«

Das Grinsen wurde breiter.

»Was?«, fragte Kata.

»Denkst wohl, ich komischer Kauz komme alleine nicht zurecht.«

»Und du bist froh, dass ich wegfahre.«

»Ja.«

Das war es, was er sich immer für sie gewünscht hatte. Ein Leben unter Menschen, eine Zukunft. Kata wusste nicht, wie viel Zeit ihr John lassen würde, doch sie würde diese Zeit auskosten. Sie hatte Interviews mit sterbenskranken Menschen gelesen. Jeder ging auf seine Weise mit dem bevorstehenden Tod um. Am meisten beeindruckt hatten Kata jene, die nicht jammern oder trauern wollten, sondern intensiv die Augenblicke leben, die ihnen blieben.

Es gab auch Hoffnung. Die Sondereinheit, die sich mit John befasste, suchte nach ihm. Und es gab die Liebe. In Plymouth wartete Ayden auf sie. Er war von seinem Urlaub mit Joseph zurück und konnte es kaum erwarten, sie zu sehen. Gemeinsam würden sie sich die Universität anschauen. Psychologie und Kriminalistik konnte man auch in Plymouth studieren. Kata schwang sich auf den Beifahrersitz. Ronan blieb neben dem Jeep stehen.

»Ich dachte, du willst mich loswerden?« Sie klopfte auf den Fahrersitz. »Dann steig endlich ein und fahr mich zum Bahnhof.«

Er reagierte nicht.

»Was ist?«

»Heute ist nicht der Achte.«

»Nein, warum?«

»Weil Jeremia zu uns unterwegs ist.«

Der Junge, der Johns Rosen brachte. Jeden Achten des Monats. Eine dunkle Vorahnung erfasste Kata. Sie kletterte aus dem Jeep und musste sich dabei an der Tür festhalten. Langsam kam der Junge die Einfahrt hoch. Kata ging ihm entgegen, erst genauso langsam wie er, dann immer schneller. Der Junge blieb stehen, legte eine weiße Schachtel auf den Boden und rannte los. Wie ein Fremdkörper lag sie im Matsch. Die Vorahnung wurde zu Angst.

»Wirf sie weg!«, sagte Ronan, der zu Kata aufgeschlossen hatte.

Sie schüttelte den Kopf. Bloß weil man etwas nicht sah, war es nicht einfach verschwunden. Zu wissen, womit man es zu tun hatte, war besser, als sich vor dem Unbekannten zu fürchten. Kata hob die Schachtel auf. Mit zittrigen Händen öffnete sie den Deckel. Während er zu Boden fiel, sich in einer Pfütze mit Wasser vollsog und zu einem unansehnlich braunen Pappgebilde wurde, starrte Kata auf die zwei Rosen mit den abgeschnittenen Köpfen.

»Es ist so weit«, flüsterte sie.

»Warum zwei?«, fragte Ronan.

»Ayden.«

Sie hatte recht gehabt und doch nicht. John hatte auf den Augenblick gewartet, in dem sie aufhörte, ein Zombie zu sein, den Moment, in dem sie etwas zu verlieren hatte, wenn sie starb. Doch vorher würde er es ihr wegnehmen, damit es so richtig wehtat. Fieberhaft suchte sie in den Jackentaschen nach ihrem Handy. »Er wird mit Ayden anfangen.«

In Aydens Hosentasche vibrierte das Handy. Es war der falsche Zeitpunkt für einen Anruf, denn er befand sich in einem Haus, in das er soeben eingebrochen war. Nicht zum ersten Mal und auch nicht als Einziger. Jemand war hier gewesen und hatte die Karte mit den Nadeln entfernt. Irgendwann würde jemand kommen und das Bild finden. Ayden stellte es an die Wand, wo die Hinweise gehangen hatten. Er hatte es in einen Karton gepackt und mit Zeitungspapier umwickelt. Oben links klebte ein kleiner Umschlag mit Henriettes Namen. In ihm befand sich eine Karte mit einem einzigen Wort. *Danke*.

Ein letztes Mal fuhr Ayden mit der Hand über das Bild. Er sah dabei nicht das Zeitungspapier, nicht die Klippen mit dem roten Meer dahinter, sondern Rose, wie sie am Ufer stand und auf das Meer hinaussah. Er fühlte den Wind, die Sonne auf den Haaren, roch das Wasser, hörte die Wellen, die an den Strand rollten und die Kieselsteine zum Klingen brachten. Rose drehte sich um. Über ihr Gesicht ging ein Lächeln. Aydens Herz setzte einen Schlag lang aus. Er blinzelte. Als er die Augen öffnete, war Rose verschwunden. Sein Herz schlug weiter. Seine Hand löste sich vom Bild. In ein paar Stunden würde Kata bei ihm sein. Rose hätte sie gemocht. Er liebte sie. So, wie er gedacht hatte, nie mehr jemanden lieben zu können.

Ohne einmal zurückzuschauen, verließ er den Raum und schlich sich aus dem Haus. Erst draußen fiel ihm ein, dass er vergessen hatte, nach Hinweisen auf Henrys Vergangenheit zu suchen. Er wollte kehrtmachen, doch laute, aufgeregte Rufe ließen ihn erstarren. Jemand hatte ihn gesehen und die Polizei gerufen! Gehetzt sah er sich nach einem Fluchtweg um. Aber es ging nicht um ihn.

Hinter dem Zaun, der Henrys Grundstück umgab, stieg Rauch in den Himmel. »Feuer!«, schrie jemand. »Es brennt.« Von einer dunklen Ahnung und Angst getrieben schwang sich Ayden über den Zaun und rannte über den schmalen Pfad zwischen den hohen Bretterwänden, die die Grundstücke auf beiden Seiten begrenzten.

»Es ist Josephs Laden!«, rief eine Frau.

Kurz bevor der Pfad in die Gasse mündete, stellte sich eine dunkle Gestalt in die Öffnung. Ayden bremste hart ab. Hinter sich hörte er ein Geräusch. Er wirbelte herum. Zu spät. Bevor er den Mund öffnen und um Hilfe rufen konnte, fühlte er einen Stich im Nacken. Er sank in die Knie. Ihm wurde schwarz vor den Augen. Das schrille Geräusch einer Sirene vermischte sich mit dem Rauschen in seinen Ohren. Starke Hände zerrten ihn auf die Beine, schleppten ihn zu einem Wagen, der dicht vor der Öffnung geparkt war. Über das Autodach hinweg sah er rote Flammen vor schwarzem Hintergrund. Der Rücksitz des Wagens raste ihm entgegen, sein Gesicht schrammte über Leder. Joseph, dachte er. Im Dunkel wartete Kata auf ihn.

Packender Thrill: das große Finale!
Lies jetzt schon einen Auszug aus dem vierten Band:

Lost Souls Ltd. – Red Rage

Das Wasser sammelte sich in den kleinen Zwischenräumen der steinernen Mauern und rann von dort auf den Boden. Erst nur in dünnen Rinnsalen, doch als das Grollen des Donners näher kam und das Gewitter heftiger wurde, strömte es in das Verlies, weichte den Lehmboden auf, füllte erst die Unebenheiten zu Pfützen auf und verwandelte dann die ganze Zelle in eine stinkende Kloake. Ayden rettete die letzten verbliebenen Essensreste in seine Hosentaschen. Eine halbe Packung Chips. Ein zu zwei Dritteln aufgegessener Schokoriegel. Nach der langen Gefangenschaft kostete ihn die Aktion seine ganze Kraft. Zittrig wie ein alter Mann stützte er sich mit den Händen gegen die Mauer und wartete auf das Nachlassen des Schwindels, der ihn mittlerweile bei jeder Bewegung erfasste. An die zwei angegammelten Brotscheiben erinnerte er sich erst, als es zu spät war. Bestimmt schwammen sie längst aufgeweicht in der Brühe zwischen seinen Füßen. Sehen konnte er sie nicht, nur fühlen und riechen.

Das Verlies hatte keine Fenster. Wände und Decke waren aus Stein, die verriegelte Tür über den zwei Stufen aus hartem, metallbeschlagenem Holz, der Boden aus Lehm. Ayden hatte jeden Quadratzentimeter abgetastet. Es gab keine Pritsche, auf die er sich legen konnte, keine Decke gegen die feuchte Kälte, keinen Eimer, wenn er mal musste. Nur ein paar wenige Nahrungsmittel. Fünf Flaschen mit Wasser. Und Zeit. Sehr viel Zeit.

Anfangs war Ayden hin und her gegangen. Klaubte scharfkantige Steine aus der Mauer und versuchte, das Loch zu vergrößern. Warf sich gegen die Tür. Tastete mit seinen blutig gekratzten Fingern nach Ritzen zwischen Tür und Stein. Er teilte sich das Essen in Kleinstportionen ein, trank das Wasser, das schon nach kurzer Zeit abgestanden schmeckte, nur schluckweise. Um so wenig Kraft und Energie wie möglich zu verbrauchen, hätte er sich hinsetzen sollen, doch er fror. Also ging er wieder bis zur Erschöpfung hin und her. Schlief im Sitzen. Der Boden war hart, eine dünne oberste Schicht aufgeweicht und glitschig. Feuchte Luft drang durch die Hohlräume der Steine. Irgendwann kam der Husten, dann das Fieber. Der Husten schüttelte Ayden durch, das Fieber ließ ihn abwechselnd schwitzen und frieren. Wenn er für eine Weile wegdämmerte, quälten ihn Albträume. Joseph starb in einem flammenden Feuer. Kata stand neben John Owen auf der Klippe. Und ein kleiner Junge verhungerte und verdurstete langsam in einer Zelle.

Fünf kleine Tüten Chips, fünf Schokoriegel und fünf Flaschen Wasser waren alles, was sie hatten, er und der kleine Junge. Zehn Tage lang hatte der Junge ausgehalten. Zehn Tage. Jeder davon eine Ewigkeit, jeder ohne Anfang und Ende, denn im Finsteren gab es keinen Tag und keine Nacht.

Die Bartstoppeln wuchsen, die Hose wurde lose, die Träume hörten auf. Wenn Ayden jetzt wegdriftete, dann nicht in den Schlaf, sondern in die Bewusstlosigkeit. War er wach, kämpfte er gegen das fiebrige Durcheinander im Kopf. Es gab Menschen, die nach ihm suchten. Zehn Tage hatten sie Zeit, danach würde etwas passieren.

Das Donnergrollen verzog sich. Nicht jedoch das Wasser in der Zelle. Aydens Ellbogen knickten ein, seine Hände, mit denen er sich an die Wand stützte, glitten ab. Die Beine, völlig gefühllos von der Kälte, die von seinen Füßen ausging, trugen ihn nicht länger. Adyen sank in die Knie. Er sammelte alle verbliebenen Kräfte und versuchte, wieder aufzustehen. Es gelang ihm nicht. Mit tauben Fingern zog er die Tüte aus der Hosentasche. Essen. Er musste etwas essen. Auch wenn er fast nichts mehr hatte. Die weichen Chips schmeckten nach der schmutzigen Brühe, in der er kniete. Trotzdem würgte Ayden sie hinunter. Nach den ersten paar Bissen wurde ihm schlecht. Sein Magen zog sich krampfartig zusammen. Die Tüte glitt aus seiner Hand. Er tastete nach der Flasche mit dem Wasser. Der letzten. Er fand sie nicht. Mit der Zunge fing er das Nass auf, das aus den Steinen rann. Das Dunkel um ihn herum begann sich zu drehen. Auf allen vieren kroch er zu den Stufen bei der Tür. Erneut zog sich sein Magen zusammen. Bittere Gallenflüssigkeit schoss durch die Speiseröhre nach oben. Ayden spuckte sie aus. Sein Kopf sackte nach vorn. »Fick dich, John«, keuchte er.

Weit hinten, am Ende eines langen Tunnels, hörte er Stimmen. Sie kamen näher. Ihn holen. Panik erfasste Ayden. Sie gab ihm die Kraft, aufzustehen und sich in eine Ecke zu flüchten. Eine sinnlose Aktion. Es gab kein Entkommen. Metallenes Klicken hallte durch Aydens Kopf. Ihm folgte wie ein langes Echo ein unerträgliches Quietschen. Licht fiel in den Raum. Nach einer Ewigkeit im Dunkeln schmerzten Aydens Augen fast so sehr wie der Kopf. Er blinzelte. Unter der offenen Tür stand ein riesiger schwarzer Schatten.

»Scheiße, was für ein Gestank!« Die Stimme gellte in Aydens Ohren. »Steh auf!«

Der Mann hätte Ayden genauso gut befehlen können, die Flügel auszubreiten und zu fliegen. Es war unmöglich.

»Holt ihn raus!«

Der kalte, gefühllose Befehl schnitt sich tief in Aydens Erinnerung. Zurück an den Tag in der Lagerhalle, als zwei Schläger ihn krankenhausreif geprügelt hatten, während ein Mann, der an einen Wolf erinnerte, ihm leise gesagt hatte, was er von ihm erwartete. Der Wolf war hier! Noch konnte Ayden ihn nicht sehen, sondern nur hören, doch er war da, draußen vor der Tür.

Unter leisem Fluchen betraten zwei Männer das Verlies. Sie zerrten Ayden hoch. Kraftlos hing er zwischen ihnen, Hose und Schuhe durchweicht und mit einer schmierigen Lehmschicht überzogen, auf dem feuchten Pullover sein Erbrochenes, die Haare verfilzt, zwischen den Bartstoppeln eine juckende, entzündete Schürfwunde. Die Männer schleppten ihn in den steinernen Flur eines Kellergewölbes und von dort eine Treppe hoch in einen leeren Stall, in dem es nach Heu und Schafen roch. Durch ein Tor schien helles Licht, noch viel heller als vorhin im Verlies. Zuerst sah Ayden nur gleißende Leere. Dann einen stahlblauen Himmel. Und unter dem Himmel eine karge Landschaft, fast so karg wie in Schottland, nur dass auf diesem steinernen Boden bis hin zu dem markanten Felsenhügel am Horizont Olivenbäume wuchsen.

Vor der Scheune wartete der Wolf auf sie. Er hatte sich eine Zigarette angezündet und zog genüsslich daran. »Bringt ihn zum Boss.«

»Aber der Typ ist völlig verdreckt.«

Ein belustigtes Grinsen legte sich auf das Gesicht des Wolfs. »Der Boss wartet nicht im Haus, sondern drüben in der Kapelle. Vor Gott sind alle gleich egal, wie sie aussehen und riechen.«

Obwohl der Wolf leise sprach, gehorchten die beiden Männer augenblicklich. Sie führten Ayden über einen Pfad auf die andere Seite des Stalls. Während sich seine Augen an das Licht gewöhnten, schaute er gebannt auf das, was sich vor ihm auftat. Auf einer Anhöhe stand eine kleine weiße Kapelle mit einem grauen Steindach. Sie war beinahe ein Ebenbild der Kapelle, die er auf unzähligen Fotos gesehen hatte. Nur die Landschaft dahinter war die falsche. Von der Anhöhe bis zum

Meer erstreckte sich zwischen sanften Hügeln ein unberührtes Tal. An der schönsten Stelle lag ein steinerner Bau mit riesigen Fensterfronten, der sich in Form und Farbe nahtlos in die Landschaft einfügte. John Owen hatte noch immer Geschmack. Denn dass er es war, der in der Kapelle auf ihn wartete, daran zweifelte Ayden nicht eine Sekunde.

Bis er ihm gegenüberstand.

Der dunkelhaarige Mann mit dem sonnengebräunten Gesicht neben dem Altar konnte unmöglich John Owen sein. Das lag nicht nur an der Haarfarbe. Er hatte weder Owens Nase, noch seinen Mund. Sogar sein Profil war ein anderes. In den hellen Jeans und dem weißen Hemd mit dem offenen Kragen sah der Fremde aus wie einer dieser verwegenen Aussteiger, die sich nach einer brillanten Karriere mit ihrem Geld ein eigenes Weingut leisteten.

»Lasst ihn los!«, befahl er.

Nicht einmal die Stimme war die von John Owen.

Ayden taumelte und musste sich an einer der wenigen Kirchenbänke festhalten. Fünf Reihen. In jeder Reihe Platz für ungefähr fünf Leute. Mehr nicht. Kein kleiner Junge, der leblos und mit gebrochenen Augen auf einer Bank lag.

Ayden starrte auf die rechte Hand des Mannes. Sie steckte in einem schwarzen Lederhandschuh. Der Mann musste seinen Blick bemerkt haben. Langsam streifte er den Handschuh ab.

»Kata hat ganze Arbeit geleistet.« Er hielt seine Hand in die Höhe. Sie war steif und vernarbt, an zwei Fingern fehlten die Kuppen. »Der Chirurg konnte mein Gesicht verändern, ein Chip sorgt für eine andere Stimme, aber die Hand ist verloren.« Er zog den Handschuh wieder über. »Willkommen in meiner Welt, Tyler Carlton. Ich hoffe, du hattest genügend Zeit, dir zu überlegen, warum du noch lebst.«

Erneut hob er die Hand. Diesmal, um jemanden in den Raum zu winken. Ayden klammerte sich an die Bank. Mit angehaltenem Atem drehte er sich um, doch die beiden Gestalten, die die Kapelle betraten, waren nicht die, die er erwartet hatte. Obwohl er sich festhielt, geriet er ins Wanken.

John lachte. »Für Laura und Patrick ist es noch zu früh, Tyler.«

Aydens Hände glitten ab. Bevor er umkippen konnte, fingen ihn die beiden Männer auf und brachten ihn unter Johns Gelächter aus der Kapelle.